致青春 069

白日夢我

（上）

棲見　著

高寶書版集團

目錄
CONTENTS

第一章
很暴躁的社會哥

八月底，烈日炎炎，熱氣凝固在一起，黏膩悶躁。一直到開學前幾天，幾場大雨潑下，氣溫稍降了幾度。

下午兩點半，林語驚站在商場門口，看著外面雨水劈哩啪啦地砸在平整的石板地面上，濺起水花，濺得站在外側的人鞋子透濕。

等了十分鐘，雨勢不減。林語驚單手拎著購物袋翻出手機，確認沒有來電和訊息，走到角落裡巨大的玻璃門前，把袋子掛在手臂上，兩隻手的食指和拇指對在一起，比了個相機的框框舉到面前，閉起一隻眼。

高樓林立，商場大樓隔街相望，門市開著風格各異的店面，對面星巴克的巨大標誌被大雨浸泡，綠色的美人魚像是沉入了海底，整個畫面都透著一股濕漉漉、灰濛濛的繁華，又熟悉又陌生的環境。

林語驚是兩天前才到A市的。

三個月前，她見證了林芷和孟偉國糾纏多年的婚姻生活終於走到了盡頭。兩個人離婚前還打了一架，是為了林語驚的撫養權。

當時晚上六點半，決定離婚的第二天，三個人坐在餐桌前吃著她們一家三口的最後一頓飯，從房子、財產、房車說到林語驚，林芷的表情全程很平靜，帶著一種麻木的冷漠：「住的這套房子歸你，車我也不要，孩子你帶走。」

孟偉國本來聽見前半句話的時候是滿意的，後半句一出來，他皺起眉：「什麼叫孩子我帶走？」

林芷有點不耐煩：「我沒時間管。」

「什麼叫妳沒時間管？妳沒時間，我就有時間？」

「你很有啊，」林芷冷笑了一聲，「軟飯吃了這麼多年，總算能裝大忙人了？」

孟偉國的臉上紅一陣白一陣，惱羞成怒地瞪著她，深吸了口氣平復情緒：「林芷，今天大家好聚好散，我不想跟妳吵，希望我們能互相尊重。」

林芷揚眉：「怎麼，現在想起要跟我談尊重了？你當初入贅到我們家的時候，我怎麼沒看出來你要這個臉呢？」

孟偉國忍無可忍，「砰」地一聲狠狠拍了一下桌子，人站起來。

林芷也緊跟著站起來，戰爭的號角被吹響，兩個人開始昏天暗地地吵，桌子上的食物飯菜被摔得七七八八。

林語驚翹著二郎腿，用筷子戳自己碗裡的白米飯，就這麼撐著下巴看著兩個人因為孩子歸誰管這件事爆發新一輪的爭吵，甚至毫不避諱，就當著她的面開始互相推脫。好像她是條狗，聽不懂人話，沒人在意，情緒也根本不需要被照顧。

孟偉國是入贅的。

林芷家三代從商，富有得很，孟偉國跟她是大學同學，從農村考進城裡的，功課好，能說會道卻又低調，而且長得很帥。十八九歲的少年，穿著洗得發白的棉T，樣貌清雋，身材挺拔，看起來孤傲而英俊。被這樣的男生追求，沒有那個女生會不心動，林芷也沒例外。

窮學生和千金小姐戀愛結婚，結局也不一定都是好的。

從林語驚有記憶以來，爸爸和媽媽就和別人家的不一樣，她看得出林芷對孟偉國已經厭惡透，對這個男人的極端厭惡，連帶磨掉了她對自己孩子僅剩的一點喜愛。

林語驚本來以為，她被父母當做負擔、想要拋棄的時候會有點難過。然而真的看到這一幕，她什麼感覺都沒有。就像是一口氣乾掉了一桶烈酒什麼的，舌頭、腦子都麻得半點知覺都沒有，麻掉了。

孟偉國沒堅持和林芷打官司。

林芷家的人脈、背景、錢樣樣都有，他去硬碰硬完全就是死路一條，最終林語驚歸他，林芷每個月會匯固定數目的撫養費給她。

孟偉國先生迅速走出了上一段失敗婚姻的陰影，在離婚一個月後，帶著林語驚去見了他的新女朋友關向梅，兩個人光速發展，並且有了第一個五年計畫，結婚登記、搬家到這個女人的城市來，入贅入得十分熟練。

林語驚只覺得長得帥又會說話真是好，有這麼多傻子富婆願意跟他結婚。

把她送到這裡來的第二天，兩個人度蜜月去了，臨走之前關向梅微笑地看著她：

「以後妳就把這裡當成自己家。」

林語驚點了點頭。

「我兒子這兩天和同學出去玩了，應該明天會回來，我已經跟他說過了，我們不在的這段時間讓他照顧妳一點，以後他就是妳哥哥，等等我把妳的手機給他，你們自己聯繫。」關向梅繼續道。

「……」

林語驚並不是很想和她兒子聯繫，但是她更不想一來就破壞掉這種表面和諧的家庭氣氛，所以還是安靜地點了點頭。

果然，關向梅很滿意，又說：「有事也可以跟張姨說，不用不好意思，也不用覺得拘束，大家都很喜歡妳。」

「……」

林語鶯看了一眼旁邊只差把「現在什麼野雞都能裝千金了」、「吃軟飯的爹帶著他閨女來分家產」和「妳別想拿一分錢」刻在臉上的張姨，覺得關向梅的眼力可能有點不太好。

商場裡面的冷氣開得太強，剛出來還是覺得熱，連雨都帶著熱氣，彷彿等不到落下就會被蒸發在空氣中。林語鶯沒什麼表情地看著雨幕，再次看了一眼時間。

三點了。

她輕輕跳兩下，活動了一下站得有點麻的腿，手機鈴聲響起，是她昨天晚上剛存的手機號碼，她那個需要聯繫的哥哥。

林語鶯接起電話：「哥哥。」

男人似乎被她這一聲哥哥嚇到了，沉默了至少十秒鐘才問：『東西買完了？』

「嗯。」

『我感冒了，就不去接妳了。』哥哥冷硬地說。

「……」

林語鶯覺得自己給自己的定位滿準確的，她一向是一個很真實的人，不屑於和任何人弄假做戲，而且這個人演技還這麼差。

不知道的還以為您姓林呢，嬌花兒林妹妹。

她很關心他的病情：「嚴不嚴重？幾度啊？」

小女生的聲音有點小心翼翼，輕軟好聽，對面又沉默了十秒，聲音有些猶豫了：『四十。』

「我幫您打個一一九吧。」林語驚真摯地說。

火警消防電話，一一九。

男人把電話掛了。林語驚放下手機，抬起頭來，看了眼外面雷霆萬鈞，彷彿能砸穿石板地面的大雨，翻了個大大的白眼。

林語驚的新家在別墅區，市中心，隔了兩個街區是一片破舊的老式公寓。

住在這種大城市市中心的，一般情況下有這兩種人，一種是窮得只剩下一個弄堂裡小房子的，一種是富有得很，買一坪二三十萬人民幣豪宅的。

車子開到一半雨停了，空氣裡混合著泥土的濕潤味道。一想到要跟她那個素未謀面、體弱多病的「哥哥」和那個眼睛長在額頭上的張姨待在一起，林語驚都喘不過氣了，直接在那一片老式公寓後面下了車，打算在這個陌生的環境裡迷路兩個小時再回去。

每個地方都會有這麼一片房子老、牆木製的老舊窗戶，深紅色的油漆一片一片剝落，窗口拉出長長的杆子掛著各種床單和衣服，有種濃縮了這個城市最古老的底蘊和氣場的感覺。

林語驚穿過狹窄的弄堂往前走，果然，最外圍開著幾家低調中透著格調的工作室店面，她簡單掃了兩眼，繼續往裡面走。

晃晃悠悠、邊走邊唱著海綿寶寶的主題曲，走到盡頭往左邊轉，看見一扇黑色的鐵門。

單開的門，純黑色，半虛掩著，門上用白色的油漆塗著一串英文，看起來有點像什麼鬼屋的入口。

林語驚腳步一頓，走了過去，看清上面漆著的字母是什麼。

——TATTOO。

紋身的店？

鐵門不高，她墊著腳，裡面是一個大概只有三四平方公尺的小院子，正對著一扇木門，上面的木牌上刻著一個很複雜，類似圖騰的東西。

林語驚被這個從裡到外都寫滿了「我十分屌，但我十分低調」的紋身店深深吸引了，她猶豫幾秒，抬手，伸出一根食指來，輕輕地推了一下黑色的鐵門，嘎吱一聲輕響，悠長地畫過。

小小的一個院子，巴掌大小，裡面的植物生長軌跡很狂野，看起來常年沒人打理。

林語驚走到門口推門進去，屋裡光線暗，昏黃發紅光，深灰的牆，上面掛著紅色的掛毯和密密麻麻的各種紋身圖案，漂亮又精細。

她仰著腦袋看了一圈，一回頭，頓住了。

才發現這間房子裡有人。

門後角落那塊被門板擋住了，是視線死角，剛進來看不見。有張深灰色長沙發、厚地毯，無數個靠墊、抱枕亂七八糟地丟著，沙發上坐著三個人。

長得都滿帥的，屬於那種很有個性的帥哥，留著三胞胎似的髒辮拖把頭，紋著三胞胎似的繁複花臂。

三把花裡胡哨的拖把看著她，一動也不動，一時間氣氛有些詭異。其中一個還保持著一手夾菸湊到唇邊的動作，菸嘴懸在唇邊三毫米的位置，像是被人按了暫停鍵。

然後，他的眼睛動了動，從她的臉一直往下走，移到了她的衣服上。

林語驚不明白這幾個人為什麼會露出這種，像是觀賞動物園大猩猩的神情，那種新奇又詭異的眼神差點讓她以為自己剛剛是唱著青藏高原進來的。

她就這麼被掃視了大概三四秒，有點尷尬地抬了抬手：「……嗨？」

啪嗟一聲，空氣重新開始流動。

靠著沙發，坐在地毯上的拖把一號最先反應過來，也跟著打了招呼，拖著尾音：「歡迎光臨，妳等一下啊。」

他把菸咬進嘴裡，用那條紋滿了花紋的手肘往身後戳了戳：「倦爺。」

林語驚這才看見，長沙發上還有第四個人。

幻之第四人頭上蓋著一條深灰色的毯子，一直蓋到腰腹，下身是一條深灰色長褲，整個人完全融入了同樣顏色的沙發裡，肚子上還放著兩個抱枕。

睡得一動不動，還被他的拖把朋友擋住了一大半，一眼掃過去真的看不見。

這個人被戳了好半天依舊沒反應，如屍體一樣躺在沙發上，像一具高貴的睡美人。

拖把一號又叫了他一聲：「沈倦。」

睡美人蠕動了一下，從鼻腔裡哼出一聲，靠著沙發背屈起的那條大長腿伸直了，翻了個身，臉轉向裡面繼續睡。

毯子還蓋在腦袋上，厚厚一條毯子，林語驚都怕他把自己悶死。

拖把一號「嘖」了一聲，扭著身子，兩巴掌拍在他屁股上：「別他媽睡了，起來接客。」

睡美人清眠幾次三番被干擾，又被一個花臂猛男襲臀，罵了句髒話。

他抬手撈了一個抱枕朝旁邊的人砸過去，聲音就像他的名字一樣帶著濃濃的倦意，沙啞又不耐煩：「我接你媽，滾。」

「……」

非常暴躁的一個社會哥。

後來熟了以後，蔣寒說起第一次見到林語驚的時候，都會露出很神奇的表情。

「就穿著一條小裙子站在那裡，眼睛乾淨得跟玻璃珠一樣，一看就是個乖寶寶，和周圍的氣質太不搭了。」蔣寒搖了搖頭，「我他媽也有看走眼的一天。」

但此時此刻，林語驚連他叫什麼都不知道，腦子裡全是他的髒辮拖把頭，大寫的拖把一號。

拖把一號反應很快，在抱枕砸到臉的一瞬間拿遠了菸，抬手一擋，抓住了抱枕。

他手腕轉了一圈，將抱枕抱進自己懷裡，把菸重新叼進嘴裡，神情凝重：「好功夫啊。」

像一個傻子。

這傻子一副完全不覺得自己傻的樣子，見人叫不醒，轉過頭來笑咪咪地揮了揮手，配上他的髒辮和大花臂，有種說不出的猙獰：「妹妹，不好意思啊，我們老大精神狀態不太好。」

「……」

林語驚不知道這個人為什麼有種能把「他精神狀態不太好」，說得讓人覺得像「他有精神病」的氣質。

她看了一眼他舉起來、朝她熱情揮舞著的手，又瞥了一眼躺在沙發上，睡得像是死了一樣的那位叫沈倦的社會哥——的屁股。

別說，還真翹。

林語驚對這兩人有了一個粗略的初步判斷。

不像是直的。

她點點頭，想說沒事，我是隨便看看，你讓他睡吧。

結果話還來不及說出口，拖把一號已經單手抱著抱枕，另一隻手往沙發旁一放，手肘再次戳上睡著的那位暴躁老哥。

沈倦昨天一整晚沒睡，上午又出門，剛睡著沒幾個小時，正處於睡眠不足、情緒不穩定、極端暴躁的喪失狀態，又被人第二次襲臀。

他煩躁又低沉地「嘖」了一聲，也睡不下去了，翻了個身平躺在沙發上，抬手把蓋在臉上的毯子一把扯掉。

有一瞬間，林語驚以為自己會看到一個拖把頭四號。畢竟是一家人嘛，就是要整整齊齊，髒辮紋身大花臂，情侶款，親密無間的象徵。

他抬手，拉下頭上的深灰色毯子，社會哥露出了廬山真面目。從外形上來說一點都不社會，和他的好基友不怎麼親密，甚至看起來應該沒比她大多少，還是個少年社會哥。

少年社會哥漆黑的短髮理得乾淨俐落，單手撐著沙發墊坐起來，垂著腦袋，手臂搭在膝蓋上，衣服袖子捲起，露出一截冷白削瘦的手腕。

他慢吞吞地抬起頭，漆黑的眼，眼型狹長稍揚，此時眼皮垂著，散發著「老子不太耐煩」的氣場。緩了大概十幾秒，他終於慢吞吞地反應過來，瞇著眼看過來。

大概是剛平復了一下起床氣，倒也沒很暴躁地遷怒到林語驚，只擰著眉打了哈欠，人站起來：「紋身？」

聲音裡帶著沒睡醒時的沙啞，還有一點點鼻音。

林語驚隨口應了一聲：「啊。」

「哪裡？」沈倦轉過身去，將剛剛蓋在腦袋上的毯子拎起來，隨手放在沙發靠背上。

從背面看去，兩條腿筆直，長得讓人想吹口哨，黑衣服壓得有點皺，邊緣塞在褲子裡，露出一段皮帶。

林語驚視線不受控制地掃向他那被襲擊兩次、確實滿好看的屁股上，低聲無意識地脫口而出：「這屁股……」語氣似讚賞，似嘆息。

空氣寂靜了。

拖把一號、二號、三號再次被按了暫停鍵，僵硬地抬起頭。

沈倦回過頭來看著她，神情睏倦漠然。

林語驚本來覺得自己說這句話的時候聲音不大，就是自言自語的音量，但屋子裡一片安靜，顯得格外清晰。她說出口的下一秒就回過神來，在對方轉身的瞬間已經迅速反應過來，四目相對時甚至調整好了表情，眨著眼，安靜又無辜地看著他，似乎還帶著小羞澀：「就紋在——」

她頓了頓，十分不好意思的樣子，「可以嗎？」

沈倦揚眉：「可以。」

看見了嗎！看見沒有，多麼淡定！不愧是見過世面的社會哥！不就是紋在臀部嗎！人家什麼大風大浪沒見過！！

這個牛既然已經開了頭，就有吹下去的必要和義務，林語驚心一橫，開始翻看牆邊長木桌上的圖冊和亂七八糟地散落著的各種鉛筆草稿紙，假裝研究要弄什麼圖案好。

畢竟這位暴躁的社會哥已經醒了，她還用「我就隨便看看，你繼續睡吧」把人家嗆回去可能會挨揍。

「嗳，」林語驚捏起一張上面畫著其醜無比的哆啦A夢的紙，不明白這一堆高端精緻作品裡，為什麼會出現這種十歲小朋友的作品濫竽充數，「這個哆啦A夢好可愛啊。」

沈倦已經走過來了，簾子唰地一拉，角落那一片放著沙發，坐著人，像休息區的地方和外面的工作區域被劃分開來。他走到她旁邊瞥了一眼：「Hello Kitty。」

「啊？」

「這是個 Hello Kitty。」

「……」

林語驚仔細一瞅，喔，有耳朵。

那好吧。

她乾巴巴地笑了兩聲：「這是家裡小朋友畫的嗎？」

沈倦又打了個哈欠，聲音很好聽，就是鼻音聽起來稍微有點悶悶的：「我畫的。」

「……」

兄弟你別騙我吧？你告訴我，就你這個畫功，真的是個紋身師嗎？

林語驚沉默了幾秒，決定換個角度：「那麼，紋身的位置不同，也會有什麼需要注意的不同地方嗎？」

這個問題合情合理，總不會出錯了。

「疼痛、保養都不一樣，」沈倦靠著牆站著，無精打采拖著聲音，「妳要是信風水命理，那就還有說法。」

「哪裡最痛？」

「皮膚薄的地方。」

「喔，」小女生縮著脖子，看起來好像還滿怕的，「那哪裡比較不痛啊？」

沈倦也看出來了，這位朋友就是看他醒了，也不好意思再把他攆回去，強行沒話找話，隨便問問的，乾脆連電腦都不打算開了。

他頓了頓，直勾勾地看了她一會兒才似笑非笑說：「就妳要紋的那個地方。」

林語驚：「……」

林語驚胡扯八扯地和沈倦聊了五分鐘，絞盡腦汁地把自己腦子裡能想到關於紋身的問題全都問了一遍，看準時間差不多了，大大鬆了口氣。到最後，兩個人已經沒有任何對話了，沈倦就靠著牆懶洋洋地站著，林語驚能感受到他冷清清的視線，她也懶得理。

走的時候，還是拖把一號塞了張工作室的名片給她，讓她考慮得差不多了可以過來。

沈倦全程都保持著那一個姿勢，站得像沒骨頭一樣，依然一副睏得睜不開眼睛的樣子。

蔣寒剛準備關門，回頭看見他打哈欠，拍拍門框：「你昨天晚上是不是去偷地雷了？」

沈倦坐進旁邊的懶人沙發裡，隨手從桌邊撈了一支飛鏢，半瞇著眼一邊又打了個哈欠，一邊對屋子另一面牆上的黑色鏢盤丟過去：「生活不易。」

綠色的塑膠小飛鏢渾身上下都寫滿了粗製濫造，末端還有塑膠薄片的毛邊，「咻」的一下，飛過半個屋子，穩穩地紮在鏢盤上。

蔣寒看了一眼，距離比較遠，跑過去兩步才看得清，小飛鏢正好落在小小的紅色靶心上，半點都不偏。

「我倦爺還是厲害。」蔣寒不是第一次見到了，還是覺得嘆為觀止，離得遠，光線又暗，他在那個位置甚至都看不清靶心在哪裡。

蔣寒回身過去把門關好，趴過去小聲說：「剛剛那妹子，有點好看啊。」

沈倦看了他一眼，沒說話。

「就，身上那個小仙女的氣息，你懂吧，和外面的那種裝的不一樣，是真的仙。」

沈倦的視線在空中停了停，腦子裡忽然竄出那位小仙女剛剛的樣子。

是好看，腿又細又直，皮膚白出了透明感。就是空，眼睛裡什麼東西都沒有。

看著他的時候，可能和看著地上的石頭沒什麼兩樣，空洞洞的，左眼寫著「不在意」右眼寫著

「隨便吧」，合起來就是「我是誰？我在哪裡？我到底在幹什麼？」。

一個情緒十分茫然，喪得很不明顯的頹廢少女。總之，不是真的像看起來那麼仙。

兩秒鐘後，沈倦重新垂下眼簾，心情也不好：「你不是就喜歡蒸氣龐克風的嗎？」

「什麼叫我就喜歡蒸氣龐克風？」

蔣寒一臉嚴肅地抓了一把自己的髒辮，「我欣賞所有風格的養眼美少女，剛剛那個女孩也太可愛了，像個偷偷幹壞事怕被人知道的小朋友，我都能聽出她說話時的緊張。」

沈倦挑了一下眉，不置可否。

蔣寒越說越覺得後悔了：「我怎麼剛剛就沒想到要下手呢？我怎麼就給了她的工作室名片呢？我應該直接私人加個聯繫方式什麼的啊，多純多乖，家養小奶貓。」

沈倦抬頭瞥了他一眼，覺得有些好笑地重複：「乖？」

他的視線落在端正地躺在木桌上，其醜無比的 Hello Kitty 上，「就這小奶貓，你真的下手，她能讓你骨頭都不剩。」

蔣寒覺得他完全就是對人家女生有偏見，因為她的到來打擾了他大爺補眠，他往旁邊一靠：「這種涉世未深的小仙女，寒哥撩起來自己都害怕。」

「喔，」沈倦的長腿往前伸了伸，食指在桌沿輕敲了兩下，懶洋洋地說，「你撩。」

林語驚走出了紋身工作室，又逛了逛才回去，天黑了一大半時，接到了關向梅家裡司機的電話。

司機姓李，她只在剛下飛機那天見過他一次，從機場到新家一路上都很安靜，話不多，但是人看起來很好相處。

接到電話時她剛從藥店出來，白塑膠袋裡花花綠綠、各式各樣的小盒子一大堆，各種感冒、發燒、流鼻涕的。

哥哥討厭歸討厭，也不能真的天天跟他吵得山崩地裂。

林語驚手指勾著塑膠袋甩來甩去，單手抓著手機湊到耳邊，沒出聲。

她以前朋友也不多，真心的更少，兒時玩伴兩個——陸嘉珩和程軼都是接通了，就直接自顧自地劈里啪啦開始講的人，所以她習慣性地等著對面先開口。

安靜了兩秒，對面始終沒聲音，她反應過來，後知後覺地補了聲您好。

『您好您好，』電話那頭也連忙回了句好，『林小姐，我是老李，沒什麼事，就是問問您什麼時候回來。』

「我馬上回去。」林語驚漫不經心道。

那邊頓了頓，又說：『妳傳定位給我吧，我去接妳，天快黑了，小女生一個人人生地不熟的，不太安全。』

林語驚頓住了。她動作停住，抬眼掃了一圈周圍的環境，半天才說：「不用了，那多麻煩您，我一會兒自己回去就好了。」

老李笑道：『什麼麻不麻煩，我一個司機，就是幹這個的，或者妳拍一張附近的照片過來，我都能找到。』

林語驚垂著眼，這邊的天氣不僅熱，雨後潮濕得像泡在水裡，讓人一時半會都難以適應。她答應下來，掛了電話以後拍了張照片傳過去。

本來就在家附近不遠，沒幾分鐘，一輛黑色的賓士停在路邊。

掃了一眼車牌號碼，林語驚拎著袋子走過去，打開後座車門坐進去。

老李跟她問了聲好，她微微欠了一下身：「麻煩您了。」

老李反倒有點不好意思：「不麻煩，應該的。」

林語驚沒說話，看著窗外陌生的街道，偷偷掃了一眼前面開車的老李，穿著很正式的白襯衫，袖口有洗不掉的黃。

車子裡一片安靜。

老李咳了一聲：「後天開學了吧？」

林語驚回過頭來：「嗯。」

「需要的東西買齊了嗎？還缺什麼跟我說就行。」

「沒什麼了，都買了。」

「那就好，還缺什麼就告訴我。」老李又重複了一遍。

「好，」小女生聲音輕輕的，「謝謝。」

尬聊結束，林語驚重新扭過頭去，看向車窗外，開始發呆。

她小時候經常會挨罵，林芷是個完美主義者，不能接受她身上的任何毛病，或者在她看來，她這個懷胎十月生下來的女兒根本沒有優點，哪裡都是錯的，所有地方都是「跟妳那個爸一樣」。

而孟偉國根本不怎麼管她。

小時候，她還會沮喪一下，會努力讀書考試，希望林芷也能誇獎她一次，會覺得難過委屈，會一個人躲起來偷偷哭。後來發現習慣真的很可怕，無論是什麼樣的事情，只要習慣了以後，身體和思維都會自然地做出反應。

就像她早就習慣了管教訓斥、糟糕的家庭關係和永遠不被肯定的眼神，也能熟練應對孟偉國的漠然、關向梅的虛偽、張姨防備不屑的態度，和她那位還沒見過面的哥哥的冷漠敵意。

但是面對這個還算是陌生長輩的真摯善意時，她有點不知所措。

不習慣，也不太熟練，尤其是這種沒有第三個人在的環境下，除了道謝，不知道該說些什麼。

車子很快開進庭院，停在門口，九月白天沒那麼長，晚上近七點，天色漸暗，林語驚再次跟老李道了謝以後才下車，轉身往門口走。

走到一半，聽見身後有個少年的聲音響起，聽起來非常不耐煩：「怎麼那麼慢啊？」

林語驚下意識回過頭去，發現不是對她說的。

剛剛她沒看見，院子門口不知什麼時候站著一個少年，此時正往老李身邊走：「我都等了你半個小時，餓死我了。」

老李笑呵呵的：「餓了？走，回家了，晚上想吃什麼？」

花園裡的地燈發出暖黃色的光線，映出兩個人有七分相似的五官。

少年沒注意到這邊的視線，擰著眉，還是不高興：「沒想吃的，隨便吧。」

林語驚轉身，翻出鑰匙開門進去。

偌大的房子裡安靜無聲，穿過前廳走到客廳裡，水晶燈的光線璀璨又明亮，電視開著，茶几上擺著洗好的水果，沙發上沒人。

她忽然覺得非常煩，那種有點茫然的煩躁毫無預兆，原因連她自己都不知道，突如其來得讓人有點驚慌。

林語驚走到廚房，從櫃子上抽了個玻璃杯倒水，冰涼的水滑過喉管，她吐出了一口長氣，端著水杯站在中島臺前看了一會兒手機，才轉身走出廚房，準備上樓。

剛出來沒走兩步，一抬頭，就看見沙發上多出了一個人。

男人也正看著她，長得還很帥，眉眼輪廓跟關向梅有點像。

林語驚用大概零點五秒鐘的時間反應過來，迅速叫了一聲：「哥哥。」

她從小到大沒鍛煉出什麼別的本事，就是嘴非常甜，必要的時候也可以讓自己變得特別乖。

果然，男人嘴角有些僵硬，似乎還抽搐了一下，只是依舊沒說話，表情不善，眼神防備。

林語驚走過去，從袋子裡翻出白色小袋子，放到他面前的茶几上，小聲跟他道歉：「對不起，我下午的時候是開玩笑的，不是故意要打消防電話，但是因為你說你燒到四十度了……」

「……」

傅明修臉更黑了。

林語驚像沒看見似的：「你注意身體，多喝開水。」

傅明修：「……」

傅明修氣得差點站起來。

「熱水，對不起。」林語驚飛快地糾正道，看著他的表情小心翼翼，像在看著什麼妖魔鬼怪。

對手服軟道歉的速度太快，傅明修覺得自己一口氣就這麼卡著，上不來下不去，更他媽難受了。

等他反應過來的時候，林語驚已經像兔子一樣竄上樓，不見了，傅明修拉過茶几上，她放下的塑膠袋子，看了一眼。

裡面是幾盒感冒藥和退燒藥。

「……」

傅明修愣了愣，覺得有點不自在，心情十分複雜。

有時候，有些情緒是沒辦法控制的，儘管明白自己的無端排斥來得很不講道理、莫名其妙，但是就是一時之間接受不了，對這個空降的妹妹完全產生不了什麼好感。

還好她也沒有很討厭。

還不夠討厭？這才第一天，就又消防又開水的，傅明修想不到以後的日子要怎麼過。

回過頭確認一下少女確實上樓了，傅明修手裡的袋子往茶几上一摔，食指指著那個塑膠袋瞪著眼：「什麼意思？妳是什麼意思？溫柔刀是不是？想討好我？沒用！我告訴妳，沒！有！用！」

‡

林語驚是被餓醒的。

醒來的時候夜幕低垂，夜光的電子鐘顯示現在才九點，她睡了兩個小時，上樓進了房間就開始睡。

期間還做了一個很驚悚的夢，夢見那個叫沈倦的社會哥拿著像電鑽，不知道是什麼玩意兒的東西看著她。電鑽發出「滋滋滋」的聲音，沈倦面無表情地說：「把褲子脫了，我幫妳紋個 Hello Kitty。」

林語驚說：「不行，我屁股長得那麼好看，你的 Hello Kitty 畫得實在很醜，配不上我的臀。」

沈倦說：「那我幫妳紋個夜光手錶。」

林語驚覺得比起餓醒，她明明應該先被這個夢嚇醒才對。

她撐著身子坐起來，靠在床頭，先是發了一分鐘的呆，才後知後覺地覺得自己應該去吃點東西。胃裡翻江倒海的，餓得難受。

下午從商場回來到現在，她只喝了一杯水，本來還想吃個晚飯再回來的，結果老李一個電話打過來，讓她忘記了。

林語驚伸手端過床頭矮桌上的水杯，咕嚕咕嚕又一杯水灌下去，饑餓感有所緩解。

她重新躺回到床上，盯著天花板，不知道怎麼就想起了老李和那個應該是他兒子的少年。

如果她是他，有那樣的爸爸，那她是不是也可以撒嬌，也可以發點小脾氣？

她忽然知道自己剛剛為什麼會厭煩了，她覺得羨慕。

林語驚感覺自己現在有些莫名其妙，她從來都不是多愁善感的人，大概是換了陌生的城市、陌生的環境，還有即將面對的陌生生活都讓人太沒安全感，所以整個人都變得敏感了不少。

畢竟是離開生活了十幾年的地方，甚至包括林芷和孟偉國離婚這件事，對她多多少少還是有點影響。

以前再不堪，怎麼說也都還是個家，現在她連家都沒了。

肚子適時地咕嚕叫了兩聲，打斷她悲春傷秋，林語驚抬手揉了揉臉，又隨手抓了抓睡得有點亂的頭髮，翻身下床，隨便套了條褲子，抓起鑰匙和手機，下樓準備出門覓個食。廚房裡應該會有吃的，但是為了避免不必要的麻煩，她不太想在這個時間點自己一個人擅自去翻找。

別墅區的地燈和柱燈的光線柔和漂亮，畢竟是一坪二三十萬的房子，燈光藝術水準堪比義大利燈光藝術節。

坐車回來的時候，林語驚還不覺得有多遠，此時自己走就走了好一會兒才走出大門，街道上燈火通明，車水馬龍，處處透著一股大城市的味道。

林語驚跟著記憶往老巷子那邊走，今天下午過來的時候好像看到一家便利商店。她方向感還可以，走了差不多十分鐘就看見了牌子，散發著親切的光芒。

林語驚走進去，拿了一個飯團、一瓶混合果汁，又要了一份關東煮——只剩下三個脆骨丸子、菠菜豆腐還有一塊魚排，她付了錢，捏著紙杯出了店門，蹲在門口插起一顆丸子，塞進嘴裡。

晚上不像下午的時候那麼熱，這個城市到了夜裡有點溫差，風帶著潮濕的涼意，也不太冷，剛剛好的舒服，吹散了到這裡以後連續兩天持續不斷的陰鬱煩悶。

林語驚心情很好地嚼著丸子，垂頭去插第二顆咬進嘴巴裡，再抬頭，看見對面街角走出幾個人。

剛開始距離太遠，她沒看清楚，後來幾個人走到路邊準備過馬路，明顯是往她這個方向來時，她才看清楚了。

拖把一二三號，最後面跟著睡不醒的社會哥。

社會哥應該是下午又去補了眠，看起來終於不睏了，還是下午那身衣服，加了一件襯衫當外套，手揣在口袋裡，垂著腦袋聽旁邊的人說話。不知道他們說了什麼，前面兩個人笑了起來，穿過馬路，往林語驚這邊走。

拖把一號終於看見她了。

林語驚遲疑著要不要跟他打聲招呼。其實她本來根本不打算再去一次那個紋身工作室，也以為自己大概碰不到他們了。結果人生處處有緣分，不過既然工作室開在這裡，這片區域大概也算是他們的活動區域。

她把丸子整個塞進嘴裡、竹籤丟回紙杯，剛要抬手象徵性地打個招呼走個過場。那邊的拖把一號卻突然轉過頭去，低聲跟旁邊的人說了些什麼，然後沈倦抬起頭看過來，視線對上她。

他們已經過了馬路站在路邊，便利商店和昏黃路燈的光線揉合在一起，拉出長長的影子。黑夜的浸泡讓少年的五官看起來沉鬱又立體，像是加了噪點的老照片，黑眸匿在陰影裡，看不清情緒。

林語驚想起剛剛做的那個短暫又真實的夢，下意識地看他的手，生怕他舉著電鑽衝過來說：

「妳脫褲子，我幫妳紋個 Hello Kitty。」

三秒鐘後，沈倦沒什麼表情地垂下頭。

林語驚愣了愣，眨眨眼，嘴巴裡的丸子嚼啊嚼，被吞進肚子裡，也沒在意，重新捏起竹籤，專心致志地插了個菠菜豆腐。

剛插起來，道路另一頭傳來一陣噪音，又是一幫人出現在街口，大概有六七個人往這邊走。

拖把二號罵了句髒話，開始捲袖子，進入了備戰狀態。

林語驚頓悟了。

這是一場預約制的，社會哥之間的比試和較量，具體流程大概是先禮後兵，先文後武，大家在便利商店門口碰頭，老大和老大寒暄一下，直到肢體上有了第一次觸碰。這個過程，叫點炮。

再下一個階段，就是嘴炮輸了的那位惱羞成怒，在一言不合的瞬間掏出自己的五十公尺大長刀的同時，叫一下自己的兄弟們，可以開始幹架了。

她看著兩群火力十分旺盛的中二少年的距離越拉越近，站在便利商店門口。對方為首的那個看起來也沒多大，十八九歲的模樣，叼著菸，面色不善，臉上寫滿了「我是狠人」。

這兩夥人聚在一起，路過的人基本上全都繞著走，林語驚蹲在便利商店門口的臺階上，手裡拿著一杯關東煮就顯得有點醒目。

狠人大哥側過頭，看了她一眼。

林語驚也不是沒見過世面，她仰著頭，直接以注目禮回敬，嘴裡還嚼著脆骨丸子，喀嚓喀嚓，目光不避不讓。

大哥的視線滑到她穿著短褲的細白雙腿，停住，吐出一口煙來剛要說話，沈倦忽然側身，往前走了幾步站到少女面前，擋住了他的視線。

「那邊聊？」沈倦抬了抬下巴。

狠人大哥：「？」

沈倦非常有原則：「打擾人家吃關東煮，多不禮貌。」

原本蔣寒嚷嚷著說要去撩妹的時候，沈倦也是隨口應了一聲，他其實壓根就不覺得會再碰到。

人家擺明了就是隨便看看的，不知道那個傻子在開心什麼，還跟他打賭這個仙女什麼時候會再來，她到底想紋什麼。結果沒想到，今天還沒過去，晚上就見到了。

而且這女生也不知道是膽子大，還是真的打算把她「隨便」的生活態度貫徹落實到底，明知道是怎麼回事，看著對方一幫六七個，渾身寫滿了「我是來幹架的」的男人浩浩蕩蕩地走過來，她還蹲在那裡吃得渾然忘我，雷打不動，好像還有一點把他們當戲看的意思，甚至對面的陳子浩看著她的時候，她還津津有味地跟人家對視。

什麼毛病？

陳子浩是什麼貨色，沈倦也多少了解一點。讀了高職，大概也沒去上過課，在小旅店租了一個單人房，上午下午進出的都不是同一個女生，每天就這麼混著，拚盡全力揮霍著他廉價青春裡的最後一點餘熱。

沈倦覺得自己雖然不算是什麼正義使者、好好少年，但是好歹和這女生也有一面之緣，沒有看到不管的道理。

好在陳子浩對他的興趣比漂亮妹子還大，而且現在比較重要，還有後面一幫兄弟看著，他把這句話當做一個有效挑釁。

紅牌一次，敵方BOSS憤怒值上升十點。

陳子浩沉默了一下，沒說話，他對沈倦其實也有忌憚。

陳子浩國中的時候，對面就是沈倦的學校，十四中，那時候沈倦是國中，兩個人見過幾次。陳子浩有聽說過很多事，當時他不以為然，一個國二的小屁孩，能有多厲害。

直到後來，他親眼看見過一次，小少年那時候還沒怎麼開始長身高，拉著一個比他高一顆頭的人衣領，一路拖進小巷子裡，哐的一聲甩在鐵皮垃圾桶上。垃圾桶翻了翻，咕嚕嚕地滾到老遠，一大堆塑膠袋灑出來。

那個人呻吟著小聲說了什麼，沈倦冷笑了一聲。冷到骨子裡，帶著陰沉又尖銳的戾氣。

再後來，沈倦惹了事，說是差點把誰打成植物人，因為家裡有錢，所以擺平了，很多人半信半疑，陳子浩就覺得八成是真的。

今天這件事本來跟他沒半點關係，就是他新認識的兄弟和沈倦這邊的人起了衝突，他之前不知道，也根本沒想到沈倦會來，如果知道他會來，陳子浩大概不會來幫忙出這個頭。

陳子浩叼菸看著他，笑了一聲：「怎麼，倦爺今天這麼閒，來幫兄弟出頭？」

語氣還算客氣，確實不想惹他。

通常老大都會考慮很多，陳子浩作為狠人大哥，思路自然九曲十八彎，兩秒鐘內在「怎麼辦？這個頭要出完嗎？」和「還是不怎麼想惹，要不然撤了吧」之間瘋狂跳躍，考慮對比，迅速衡量，還來不及做出抉擇，沈倦往便利商店門口一指，平靜地說：

「不是，我來買瓶水。」

「……」

陳子浩有一瞬間的茫然，不明白是什麼讓這個擁有無數傳奇的老大現在看起來這麼佛。

估計茫然的也不止他一個人，安靜了幾秒，沈倦身後，拖把二號王一揚發出一聲撕心裂肺的哀嚎：「爸爸！您怎麼回事啊！！」

林語鶯咬著魚排，沒忍住笑著抬起眼來，想看看拖把二號說這句話時的表情。

結果什麼都沒看到，沈倦很高，因為距離太近，站在她面前把她的一半視線都遮住了，而且她蹲著，他站著，從這個角度，他的腿看起來更長，屁股也……

林語鶯欣賞了一會兒社會哥的翹臀，一邊把魚排吃掉，竹籤往紙杯裡一刺，撲了個空。低頭看一眼，吃完了，就剩下一點湯。

她意猶未盡，把紙杯放在旁邊的臺階上，又把飯團拿起來，開始剝包裝袋。

透明的塑膠包裝袋剝起來有嘩啦啦的聲音，在這個劍拔弩張的氛圍下，肆無忌憚得非常囂張。

沈倦回過頭來，垂眸看了她一眼。

林語鶯沒發現，低著腦袋認真又專注地和飯團包裝袋鬥爭，這東西裹得嚴嚴實實，不太好扯開。

終於撕開包裝的時候，她聽見沈倦說：「我有點睏。」

少年聲音寡淡，帶著一點點鼻音，顯得鬆鬆懶懶的，「所以動作快點吧，要上一起上，解決了好回去睡覺，後天開學了，我明天得補作業。」

陳子浩：「……」

林語鶯：「……」

眾人：「……」

詭異的安靜。

這是什麼欠揍的語氣，什麼欠揍的發言。

林語鶯看不見其他人是什麼表情，反正她是嚇得手一抖，剛撕開的飯團啪嘰一下掉在了地上。

這到底是一個怎麼樣的社會哥？也太屌了。

您原來還在上學？您還會交作業的啊？

他的班導師一定很欣慰，在趕場打架的百忙之中，竟然還記得要在暑假的最後兩天抽出時間來補作業。

狠人大哥是很沉得住氣，沒有出聲，不過他身後有人忍不了了，林語驚也覺得沈倦這個人確實欠揍，完全沒把人當成一回事，語氣裡全是「你們這群浪費老子睡覺時間的傻子」，打群架的態度十分不端正。

那個人往前幾步走過來，比沈倦還要高半顆頭，看起來很壯，穿著黑色的背心和運動短褲，露出結實的大腿，眼神很凶。

「你很厲害啊，」腱子哥氣勢逼人，「浩哥叫你一聲是給你面子，你還真的以為自己是爺了？倦爺？你他媽是不是覺得自己很屌——」

沈倦往前走了一步，一拳砸在他胃上。

下手很重，林語驚聽見了肉體撞擊的沉悶聲響。

腱子哥的話沒說完就被直接打斷了，乾嘔了一聲，弓著身彎下腰去，還來不及反應，沈倦一手抓著他頭髮，猛地往下一扯，膝蓋頂起來，哐地一聲撞上去，用那張臉熱情地親吻他的膝蓋骨，另一隻手對著胃又是一拳。

腱子哥叫都沒叫出聲來，沈倦拽著他的頭髮再次往上拉，他被迫抬起頭來，鼻血滴答滴答地往下淌，紅著眼睛瞪著他。嘴巴張了張，似乎是想出聲。

沈倦扯著他頭髮的手鬆開，一腳踢在他膝蓋上，腱子哥被踹得一個趔趄，勉強站穩後腿一軟，噗通一聲跪在地上。

沒人說話，連林語驚都沒反應過來。

腱子哥的一身腱子肉彷彿是奶油充出來的，人跪在地上，單手撐著地面，捂著胃痙攣著乾嘔，胃酸直往上湧，卻什麼都沒吐出來。

沈倦垂眸，神情漠然看著他，勾唇笑了笑：「倦爺肯定屌啊。」

腱子哥大概也算是敵方陣營二把手之類的人物，總之他挨了一頓揍，對面覺得被羞辱得十分徹底，於是沸騰了，伴隨著各種國罵就要衝上去。

拖把二號張牙舞爪地撲了出去，髒辮在空中飛舞出十分搖滾的節奏感，一邊咆哮著一邊揮出一記漂亮的左勾拳：「老子自己的事自己解決，我去你媽的！來啊！都來打我啊！打死我啊！！！」

「……」

林語驚覺得現在的不良少年怎麼都這麼有意思呢。

飯團剛剛掉到地上了，她用包裝袋包著撿起來，想丟進垃圾桶裡，結果一轉頭就看見便利商店的大玻璃窗後面，收銀員小姊姊慌亂地掛上電話的動作，裡面幾個店員聚在一起，都在往這邊看。

她頓了頓，在「自己一個人偷偷溜走」和「告訴他們一聲」之間猶豫，想了幾秒，還是抬起手來，輕輕拽了拽站在他面前的少年袖子。

沈倦本來在旁邊看戲看得津津有味的，他們這邊人雖然少，但是蔣寒、王一揚都比較能打，對面又廢了一個，還趴在地上吐，所以應該沒什麼問題。

再看錶，十點多了。

他正準備偷偷溜回家去洗個澡睡覺，感受到從身後袖口處傳來一點點輕微的拉力。

沈倦回過頭去，垂眸看了一眼自己的袖子。被兩根手指捏著，細細白白，指甲修得圓潤乾淨，末端帶著一點點白色的小月牙，再往後是漂亮纖細的手和一截白得透明的手腕。

他掀掀眼皮，視線上移，看著拉他袖子的女生揚眉，表示疑問。

林語驚鬆開手，指了指便利商店裡面的收銀員，低聲說：「我剛剛看到她好像報警了。」

那邊正在激烈地近身肉搏，噪音很大，沈倦沒聽清楚，皺了皺眉俯下身子，腦袋湊近了一點：「嗯？」

林語驚也配合地往前探了探頭，湊到他耳邊重複道：「剛剛那個小姊姊好像報警了。」

沈倦聞到清清淡淡的一點甜香氣味。

他不動聲色地偏了偏頭，拉開一點距離，直起身來：「那走吧。」

林語驚愣了愣，跟著站起來：「啊？」

「不是報警了嗎？」沈倦打了個哈欠，往便利商店裡面走。

林語驚沉默了兩秒，實在沒忍住：「你怎麼還沒睡醒？」

叮咚一聲，感應玻璃門打開，沈倦看了她一眼，朝牆上的掛鐘揚了揚下巴：「十點半了，最佳睡眠時間。」

「……」

敢情您還是個養生的社會哥。

林語驚翻了一個白眼，看著沈倦在店員小姊姊驚恐的注視下淡定地去冰櫃前溜了一圈，拎了一個飯團，順便承上啟下，他還真的買了一瓶水。

回來又拿了一包濕巾紙，結帳，然後在店員小姊姊把飯團塞進微波爐裡加熱時，撕開濕巾紙的包裝，抽出一張，倚靠在收銀台前慢條斯理地擦手。

大概是因為他剛剛揍了腱子哥。

少年身形修長清瘦，懶懶散散地靠著收銀台站著，安靜又專注的樣子沒半點剛剛把人臉往膝蓋上砸的狠戾，手很漂亮，在便利商店的燈光下顯得冷白，能看見淡淡的青色血管。

他低著頭，鼻梁很高，瀏海自然下垂，半遮住漆黑狹長的眼，睫毛不算很長，卻十分濃密，尾睫上揚眼尾微挑，冷漠又多情的眼型。

林語驚看了一眼明明有點害怕，卻又忍不住一直偷偷看他的店員小姊姊，內心「嘖」了一聲。

就這張臉，之前就不說了，以後會禍害多少小女生啊。

微波爐「叮咚」一聲轉好，沈倦的動作停下，抬起頭來，看著收銀的店員。

小姊姊還在看著他，愣了兩秒才反應過來，紅著臉匆匆別開視線，打開微波爐，用紙巾包著飯團拿出來。

沈倦接過來道了聲謝，將濕巾紙丟進垃圾桶裡，轉身出了便利商店。

林語驚跟著他出去。

夜風溫涼，兩個人繞過門口一群打打殺殺的中二少年，迅速撤離犯罪現場，走出一個街口，林語驚停下腳步，回頭看了一眼，隱隱約約好像看到了員警叔叔們的身影。

天降正義，不良少年作鳥獸散。

她回過頭來：「你真的不管你朋友啊？」

就這麼溜了，你還想不想當個有信服力的社會哥了？

沈倦「嗯」了一聲，沒回頭看，將手裡的飯團遞給她。

少年漂亮的手拿著飯團伸到她面前，林語驚愣了愣，眨兩下眼：「嗯？」

「剛剛那個不是掉了？」沈倦說。

第二章

和社會哥做同桌

不知道是不是因為圍觀了一場緊張刺激的打架，消耗掉了不少的精神，林語驚晚上睡得特別好，是她到這邊的三天裡睡得最香的一覺。

一夜無夢，第二天早上她睜開眼睛的時候，甚至有些恍惚，有那麼一瞬間以為自己還在原來的家裡。

她眨了眨眼，看見粉色墜著蕾絲的厚重窗簾和奶白色長絨地毯，才慢慢回過神來。

平心而論，關向梅表面功夫做得其實十分到位，在林語驚還沒過來的時候，她房間已經幫她準備好了，甚至還有配套的毛絨玩偶和幾套看起來就很貴的睡衣，看起來非常用心。要是見面第一天的時候，把眼裡的那點戒備和疏離藏得再好一點，林語驚估計現在都能情深意切地叫她一聲媽。

裹著被子滾了兩圈，林語驚爬下床，洗了個澡、換了衣服以後下樓去，和傅明修一起吃了十分窒息的早飯。

期間兩個人沒說一句話，林語驚跟他說早安的時候，他甚至連頭都沒抬，自始至終黑著臉，一眼都不看她。

林語驚：「……」

她這個哥哥為什麼看起來心情比昨天更不好了？

男人的心思還真的像海底針，你永遠不知道他到底為什麼又不高興了。

她也懶得理，吃完早飯就上樓回房間了，剛進房間關上門，孟偉國打電話來。

林語驚盤腿坐在床上，看著窗外接起來：「爸爸。」

『小語，是我。』關向梅笑道。

林語鶯一頓，乖乖問了聲好。

關向梅應了一聲，聲音溫柔：『明天開學了吧？』

「嗯。」林語鶯的視線落在窗前桌子上，上面放著黑呼呼的東西，林語鶯瞇了一下眼，盯著看了一會兒。

『學校我之前幫妳聯繫好了，明修下個星期才開學，明天讓他帶妳去。』

「嗯。」

喔，是昨天那個飯團，忘記吃了。

『要開學了，別緊張，也不用害怕。』

「嗯。」

這是開學還是上戰場？

關向梅：『有什麼事情就跟明修說，不用不好意思，剛好他的學校離得也近，平時他能照顧妳一點。』

「……」

林語鶯揚了揚眉，對傅明修照顧她這件事不抱任何期望。

「好，謝謝阿姨。」林語鶯說。

關向梅交代得差不多就掛了電話，林語鶯放下手機，坐在床上發了一會兒呆，嘆了口氣。

就一個繼母來說，無論是真心還是做戲，關向梅做得都不錯，至少到現在好像都很到位，挑不出任何差錯來。

她以前開學的時候，林芷也沒有這麼關心過她。

林語驚把手機丟在床上，爬下床，走到桌前拿起那個飯團，看了一眼保存期限，零到五度三天。

她拆開來咬了一口，變質白米餿掉的酸味在口腔中蔓延。

「……」

太噁心了。

林語驚衝進洗手間裡把那口飯團吐得乾乾淨淨，又漱了好幾次口，才覺得那股味道淡了一點，回來看著桌上那個咬了一口的飯團，林語驚突然覺得有點對不起沈倦。

浪費了一位不良少年、江湖扛把子用他僅存的一點溫柔和善心，買給她的飯團。

‡

關向梅雖然說要讓傅明修帶她去學校，不過林語驚不覺得傅明修真的會帶她去，第二天一早，她差不多時間下樓的時候，樓下果然沒人。

張姨在餐廳，林語驚喝了一杯牛奶、吃完了煎蛋，撿了片吐司麵包叼著往外走，走出院門時看見老李正站在車邊，低著頭看手機。

林語驚走過去，微微傾了傾身。

老李匆忙地抬起頭來，臉上的笑容還來不及收回去，手機螢幕無意識地在衣服上蹭了一下，忙道：「林小姐早。」

林語鶯嘴裡叼著吐司上了車，含含糊糊地回了一聲：「李叔早。」

林語鶯的新學校和新家不在同一區，正常開車過去大概要半個小時。

九月初，不少學校開學，又是上班高峰，車堵得一串一串的，看見八中校門時已經是一個多小時後，車子被堵在學校以外的一條街，前面車山車海。

她乾脆下了車，自己走過去，看見不少穿著校服的少年少女騎著自行車從旁邊自行車道過去，顯得街道上堵得長長的那一串豪車格外智障。

林語鶯走到校門口，先是仰頭欣賞了一下恢弘的八中校門。

關向梅昨天打電話給她之前，她甚至連高中剩下兩年在哪裡讀都沒問過，現在看來，這學校應該還滿好的，至少看起來還行。

大門進去後有一個小廣場，正對著長長一排看不到盡頭的行道樹，左手邊是幾個很大的室外籃球場，右手邊有各種建築，不知道都是什麼。

林語鶯走到小廣場旁邊的路標前，順著一直往前走，看見了大概是主教學大樓。

四層樓高的凹型建築，她站在門口有些茫然，不知道高二是不是這棟，教師辦公室在哪一層，剛好轉身看見裡面有個老師走出來，林語鶯連忙上前兩步：「老師好。」

老師長得和藹可親，一頭地中海，笑呵呵地應了一聲就急著往外走。

林語鶯連忙說：「我是新來的轉學生，我想問一下，高二的教學大樓是這裡嗎？」

劉福江是二年十班的班導師，自從接了這個班以後，他無數次反思自己到底是什麼時候惹到學校管理階層了。

八中重理輕文，理科班十個、文科班六個、一班實驗班，隨便拉出一個都是拿過各種獎的風雲人物，十班隨便拉出一個，也是風雲人物。

劉福江是五十多歲的人，教生物的，佛了這麼多年從來沒當過班導師，不明白為什麼第一次當班導師，就變成了一幫風雲人物的管理者。但是既然要做，那就要盡力做到最好，劉福江覺得，沒有教不好的孩子，只有教不好孩子的老師，所以開學之前，他看了一個星期的《犯罪心理學》、《監獄心理學》、《做一個合格的獄警——禦囚有術》。

在聽說即將有一個轉學生要來的時候，劉福江還沉浸在對於未來教育事業的美好憧憬，熱情洋溢、情緒高漲，算準時間準備到校門口去迎接新同學的到來。

結果剛走出教學大樓，就碰到人了。

——高二生物組教師辦公室。

劉福江笑咪咪地看著她：「妳是叫林語驚？」

林語驚點點頭。

女孩子還沒領校服，白T恤、黑裙子，綁了個乾乾淨淨的馬尾辮，很漂亮的一個小女生，也不像是不聽話的問題學生。

劉福江把桌上的《禦囚有術》默默地用考卷壓著，藏在下面：「妳是從帝都那邊過來的？」

「嗯。」林語驚點了點頭。

「附中的吧？」劉福江又問。

林語鶯繼續點頭。

劉福江笑呵呵地：「附中怎麼樣，沒我們學校大吧？」他表情自豪，「我們學校多大啊！」

「……」

林語鶯：？

林語鶯小雞啄米式點頭，附和道：「太大了！」

劉福江看起來對她很滿意，從校園環境聊到了教學品質：「我們學校雖然在A市不算是數一數二的名校，但也算是排得上名次的重點學校，教師的素質和教學，基本品質肯定是可以保證的，別的我都先不說，就去年，妳知道我們學校去年的升學率是多少嗎？」

「……」林語鶯好奇極了：「多少？」

劉福江桌子一拍：「百分之九十八！」

林語鶯：「哇。」

她的反應為劉福江帶來了極大的滿足感：「妳知道去年我們學校公立及格的機率是多少嗎？」

「不知道。」

劉福江：「百分之九十！！」

林語鶯：「哇！！！」

隔壁桌生物老師：「……」

劉福江對新同學非常滿意，又說了幾句話，鐘聲剛好響起，就帶著她往十班走。

上課鐘聲還沒打，同學陸陸續續地往教室裡面走，教學大樓的走廊光線明亮，幾個男生女生打鬧著呼啦啦地跑過去，劉福江心情很好地拔高嗓子朝前面喊：「走廊裡不許打鬧！」

林語驚被他突如其來的一吼嚇得一顫，劉福江注意到，側過頭來：「嚇到妳了？」

林語驚連忙搖頭：「沒有沒有。」

劉福江笑了：「行，那妳做好心理準備。」

「……」

林語驚琢磨著自己讀個書，要做什麼心理準備。

十班教室在四樓走廊的最底端，她手裡拖著個空書包，跟著劉福江進教室。

林語驚垂著眼，站在講臺旁邊，覺得有點明白劉福江剛剛為什麼讓她做好心理準備了。

上課鐘聲響起，下面一群人烏壓壓地亂糟糟一片，女生坐在桌子上嘻嘻哈哈笑成一團，一個男生拎著拖把杆，哐哐砸後面的黑板說：「誰他媽動我菊花茶了？」

劉福江清了清嗓子，溫聲道：「同學們好啊，大家都安靜一下，要上課了。」

沒人理。

劉福江也不生氣：「我是劉福江，從今天開始就是你們的班導師了，我們即將度過你們人生中最珍貴的兩——」

後面那個舉著拖把杆的男生有了新發現，憤怒值達到了臨界點：「誰他媽把濃湯塊扔進我的菊花茶裡了！！！」

劉福江鍥而不捨：「——兩年，我也是第一次當班導師，我堅信沒有教不好的學生，只有不會教學生的老師……」

「……」

林語驚總覺得劉福江剛剛說的百分之九十八的升學率是騙人的。

她提著空書包站在講臺旁邊，不動聲色地往上頭一靠，垂著頭聽劉福江又開始說起了自己教學這麼多年的神祕往事。

某個瞬間，教室裡突然安靜了。

劉福江的聲音顯得格外清晰：「我當時也還年輕，脾氣不怎麼好，我就問那個學生說你為什麼遲到，當時你們猜他跟我說什麼，他說老師，我昨天通宵補作業，爬不起來，我還能生氣嗎？多好的孩子啊。」

沒人說話，下面一片寂靜。

林語驚抬起頭來，順著眾人的視線往門口看了一眼。

沈倦站在門口，身上老老實實的一身校服，白外套黑褲子，頭髮看起來還來不及打理，稍微有點亂。眼皮垂著，聲音沙啞，帶著濃濃的鼻音：「老師好，我昨天通宵補作業，遲到了。」

平心而論，八中在A市雖然不是什麼頂尖的好學校，但算是搭上了重點的尾巴，也屬於每年都有大批學生家長花足了錢，卯著勁想把孩子往裡面塞的學校。而且學校非常有錢，圖書館的藏書量驚人，學生宿舍建得跟高級公寓一樣，食堂頂樓竟然還有義大利料理，雖然基本上沒什麼人去，大家比起高級餐廳，更喜歡去學校外面吃白麵和麻辣燙。地處內環卻占地面積驚人，升學率扛把子的一中還沒有這裡的一半大。

劉福江確實有自豪的資本，我們學校大吧！我們學校還！有！錢！而沈大爺這種程度的風雲人物在學校裡比較出名的這件事，林語驚也早有預料，畢竟是躁動的青春期，還長著那張臉的社會哥。

問題就出在A市有那麼多的高中，他為什麼在第八中學二年十班出名。林語驚覺得有些時候不信邪不行，她和沈倦確實算是有緣，她來這個城市一個星期，見到這個人三次了，比她那個住在同一棟房子裡的哥哥還要多次。

她看著他的時候，沈倦也看見了她。

少年看起來沒什麼太大的反應，只微挑了一下眉，又恢復到他非常標誌性的漠然困倦模樣，用狹長的眼盯著她。

一，二，三，四，五。

看了五秒，沈倦對她打了個大大的哈欠。

林語驚：「……」我是長得十分催眠還是怎樣？

她翻了個白眼扭過頭去，決定對這份妙不可言的緣分視而不見。

劉福江之前是在北樓教高三的，每天深居簡出，從不關心除了教案和上課以外的事，更沒怎麼了解過現在的小年輕整天在校園裡的這些事。他不認識沈倦，只看到這男孩校服穿得整整齊齊，說起話來慢條斯理的，還很討人喜歡。長得也好看，瘦高，垂著手站在那裡的時候看起來是有點懶，背卻挺得像支竹子一樣，筆直，像個小男子漢，就是沒揹書包。

嗯？沒揹書包？

劉福江說：「遲到嘛，開學第一天，晚兩分鐘就晚兩分鐘，沒事。」

沈倦鞠了個躬：「謝謝老師。」

劉福江和藹地看著他：「那你作業呢？」

「……」

沈倦沉默了兩秒：「我忘記帶了。」

劉福江：「……」

眾人：「……」

林語驚：「……」

兄弟，你這樣說人家沒辦法接你知道嗎？

補了一整晚的作業說忘記帶就忘記帶，也太真實了，林語驚都不知道該擺出什麼表情才好了，這如果是她在附中時的那個火爆班導師，現在人應該都被趕出去了。

好在劉福江是個佛爺性格，並且非常樂於相信同學，也沒說什麼，就讓他自己先去找座位坐下了。沈倦走進教室站到講臺前，掃了一圈尋找空位。

高二分了文理科以後，班級都是重新分的，所以現在班上的同學基本上是一半一半，有些認識有些不認識，座位也都是先到先得，隨便亂坐的，兩人一桌，豎著四組，橫著六排，一個班有四十八人。

沈倦最後一個來，基本上窗邊和後排的位置都被坐滿了，講臺正前方是熱愛學習的好同學，只剩下靠著牆的第一排還剩下一個位置，隔著一個走道的旁邊還有一個。

沈倦挑了靠牆的那個，走過去垂頭看著坐在外面的那個男生，聲音很平靜，非常有禮貌：

「讓讓，謝謝。」

自從沈倦進來以後，十班剛剛還熱火朝天的一幫人就像被勒住了喉嚨的小雞一樣，半點聲音都沒有。

此時，所有人的視線也都跟了過去，安靜地對大哥的入座儀式行注目禮，連劉福江都被這個氣氛感染，話也不說了，教學生涯中那些令人懷念的人和事也不講了，就跟著一起看著他。

林語驚也不知道這到底有什麼好看的，但是既然大家都在看，那她也看吧。

然後，她就看見那個坐在外面的男生在所有人及沈倦的注視下，顫抖地從抽屜裡掏出了書包，抓起桌子上的水瓶，站起來走到隔著走道的位置坐下了。

林語驚：？

林語驚回憶了一下，沈倦剛剛說的確實是「讓讓」而不是「滾開」，所以說這個沈倦在八中到底有什麼樣的傳奇，把人嚇成這樣，連跟他坐同桌的勇氣都沒有？

沈倦倒是沒什麼反應，很淡定地進去了，在靠牆的第一排坐下。

整個教室裡大概只有劉福江一個人覺得毫無異常，他非常滿意地轉過頭來，看了一眼林語驚，終於意識到她已經站在這裡十幾分鐘了，笑呵呵地說：

「好，那林語驚妳也回座位吧。」

看見林語驚點了點頭，劉福江繼續說：「位置就先這樣坐，如果有坐在後面看不見的同學，下課可以來找我，我幫你們微調一下。其實我不太愛幫你們換座位，因為很多時候啊，你們人生中的選擇往往是很奇妙的，這個選擇的範圍很廣，從大到小，包括你們現在選的這個座位。既然你選擇坐在這裡了，那就說明這個地方、這個位置和你是有緣分的，它的這塊地啊，這個磁場和你是對的，你們倆相互吸引，所以你選擇了這裡……」

「……」

林語鶯面無表情地抱著書包繞過講臺，走到全班唯一一個空位，別無選擇地坐下了。

沈倦趴在桌子上，無精打采地聽著劉福江開始了新一輪長篇大論。這次他的演講環境很好，所有人都很安靜，小雞們的目光時不時落在坐在第一排的大哥後腦勺，和因為趴著而弓著的背上。

之前菊花茶裡被扔了濃湯寶的那位哥兒們正巧就坐在林語鶯後頭，林語鶯聽見他用很低的音量跟他同桌說：「我靠，沈倦跟我們同一個班啊。」

他同桌沒說話，菊花茶繼續道：「他相當於休學了一年啊，我以為他被退學了呢。」

他同桌安靜如雞。

菊花茶：「上次出事的那個，是不是就是他同桌啊？這老大好厲害，除了新同學，還有誰敢跟他坐同一桌，也太他媽可怕了。」

他同桌的求生欲非常強，一個屁都沒放。

林語鶯側頭看了沈倦一眼。

少年靠著牆，懶洋洋地半趴在桌子上，手背撐著臉，後腦勺放在牆面上，神情沒什麼變化，看起來無波無瀾。

菊花茶終於反應過來了，用更低的聲音說：「噯，我們現在用這個音量說話，老大聽得見嗎？」

安靜了兩秒。

沈老大直起身來轉過頭，表情平靜，語氣淡漠，就是鼻音依然很重，聽起來像感冒了：「能。」

菊花茶：「……」

菊花茶臉都白了，結結巴巴地說：「對對對不起啊，我沒說你壞話，真的沒有。」

老大沒說話，回過頭來，恢復成剛剛的那個姿勢趴著。

講臺上的劉福江大概是對現在的安靜環境非常滿意，說得龍飛鳳舞的，又一段發言終於接近尾聲，劉福江清了清嗓子：

「我們現在是新班級，是不是！新的班導師、新的同學，也是新的開始，以後大家都是一個團體，是十班人。你們都是有個性的小孩，你們在以後的學習生活中，可能會有摩擦，會存在一些矛盾，但是因為這個搞分裂，在我這裡是絕對不允許的！」

劉福江笑容一收，表情突然變得認真起來：「我知道你們有些同學互相認識，有些還不認識，所以現在，我作為你們班導師，要你們完成第一個作業，大家——所有人轉過身，面向你的同桌，和他對視一分鐘。」

「……」

？？？

從沈倦進來以後一直非常安靜的教室裡，第一次傳來了陣陣騷動，所有人都被這個蠢作業震驚了，發出陣陣不滿的抗議。

「老師我做不到啊！」

「太蠢了吧，老師！」

「江哥！不要吧！」

「我靠宋志明，你他媽是傻子吧，你別這麼含情脈脈地盯著我！」

劉福江看起來滿佛的，卻在這種他覺得很能促進同學愛，其實沒有任何意義的事情上出人意料的堅持，最後大家沒轍，不情不願地開始跟同桌對視。

林語驚無語地轉過身去，沈倦也看著她，對上少女一言難盡的眼神後，他平靜地揚了揚眉。

講臺上，劉福江開始計時：「預備！開始！」

林語驚面無表情地看著沈倦，儘量讓自己開始走神。

「十秒。」劉福江說。

才過了十秒？

「二十秒。」

林語驚整個人都開始僵硬。

「三十秒。」

林語驚開始瘋狂思索能跟他說些什麼。

再不說句話，她臉部肌肉都要開始抽搐了。

再看看沈倦，還是剛剛那個沒骨頭的姿勢，淡定地盯著他的新同桌看。

沈倦對異性的長相沒什麼分辨的能力，有時候蔣寒、王一揚他們說哪個女生長得好看，各執一詞來問他的意見的時候，他覺得也就那樣吧，看起來好像都差不多。

他這個新同桌，長得倒是很有辨識度。

馬尾辮，百褶裙，踩著黑色小皮鞋，過膝長襪包裹著細長漂亮的腿。杏眼微翹，眼皮很薄，皮膚細白，這個距離太近，沈倦甚至能看清她鼻尖上細細小小的絨毛。

睫毛是真的滿長的。

以前怎麼沒發現蔣寒這傻子的眼光不錯啊。

「五十秒！」劉福江算著時間，還不忘給他們鼓勵，「堅持！馬上！勝利就在前方！」

新同桌忽然小聲問道：「你是感冒了嗎？」

「嗯？」沈倦盯著她的睫毛，還有點走神，漫不經心地「嗯」了一聲，「有點。」

「你那個飯團，」新同桌又說，「我那天晚上忘記吃了，第二天起來發現壞了。」

「壞就壞了吧。」沈倦也不怎麼在意那個飯團她有沒有吃。

「好！時間到！」

就在林語驚覺得自己尷尬得快要意識模糊的時候，遠方終於傳來劉福江拯救的呼喚。

林語驚肩膀一塌，吐出一口氣轉過身去，感覺自己終於活過來了。

劉福江看起來很興奮，他可能覺得自己終於邁出了作為班導師的第一步，偷偷瞥了一眼講臺上攤著的那本《當你凝視著叛逆少年的時候，叛逆少年也在凝視著你》。

『──第二步：「說」。當你過了第一步：「看」這個難關的時候，你就已經成功了一半，畢竟第一步永遠是最難的，所以你現在要讓他們能開口去「說」出自己的善意。你要知道，現在你面對的都是一群叛逆的──』

後面的內容得翻頁了，劉福江決定按照自己的理解來。

他捏了一根粉筆，轉過頭去，在黑板上寫了四個很漂亮的大字──我的同桌。

劉福江拍了拍手，笑呵呵地轉過頭來道：「現在，我給大家三分鐘的時間，大家都想一下剛剛對視的過程中，你的同桌給你留下的第一印象是什麼，一會兒每個同學都要到前面來說說你對新同桌的第一印象，在你眼裡，他是什麼樣的。」

「……」

？？？？？

這還沒完，劉福江的手往牆邊那桌一指：「就從這邊開始吧，林語驚，妳先來。」

林語驚：「……」哭啊。

一方水土養育一方人，林語驚此時此刻覺得這裡的人都太奇葩了，得是什麼樣的水土才能養出來這樣的人？

她原本以為開學最尷尬的事情是自我介紹，結果劉福江用實際行動告訴她不是的，我還能讓妳更尷尬。讓妳介紹第一次見面的同桌，嘿嘿，我機不機智？

林語驚壓抑了很久，幾乎快要忘記的不良少女叛逆之魂正在蠢蠢欲動。

要是過去她還年少的時候，現在大概就不幹了。但這畢竟不是過去，沒有人能一直想著過去，一直活在過去。

她深吸了一口氣，開始回憶沈倦這個人。

第一次見到他是什麼時候？

三天前，少年腦袋上蓋著一條毯子，倒在沙發裡睡得醉生夢死。腿長，屁股很翹，性取向讓人存疑。

沒了。

肯定不能這麼說吧。

於是林語驚決定從今天開始算，她把自己代入到一個普通的高中生少女，轉學到新學校來，開學第一天，老師就分配了一個校草級別的大帥哥和她同桌。

啊，這可真是讓人興奮。林語驚面無表情地想。

劉福江的意思是這次大家直接自我介紹，加上對同桌的第一印象，不過林語驚因為是轉學生，她剛剛已經站在前面自我介紹過了，所以她只有一項作業——介紹她不知道校霸和校草哪一個名聲更響亮的大爺同桌。

講臺上的劉福江手一抬：「好，三分鐘時間到，讓我們掌聲歡迎林語驚同學。」

啪啪啪啪啪，台下響起一片熱烈的掌聲。

林語驚站起來，回過頭看了一眼，沈倦終於換了姿勢，直起身來側靠在牆上看著她。

看見她回頭看來，大概是以為同桌正在等著他的鼓勵和支持，沈倦猶豫了兩秒，抬起他兩隻修長的爪子，懶洋洋地跟著拍了兩下，非常給她面子。

林語驚：「……」我謝謝你啊。

她走到講臺前，台下一片寂靜，看著她的眼神甚至有點憐憫，就好像她說完下臺以後，沈倦就會從抽屜裡抽出一把大菜刀把她切成片一樣。

林語驚沉默了幾秒，開口：「我的同桌——」她想了想：

「——非常愛讀書，開學的前一天為了補作業不僅熬夜導致遲到，還得了重感冒。」

一片安靜，教室裡只剩下呼吸的聲音。

「結果作業還忘了帶。」林語鶯最後還是沒忍住，補充道。

「……」

一片死寂，這回連呼吸的聲音都沒有了。

菊花茶以滿臉驚恐又敬佩的表情看著她，像是看著一個揹著炸藥，準備去炸碉堡的勇士。

這回沒人敢鼓掌了，都怕一不小心哪裡不對勁，就戳到了老大的逆鱗。

林語鶯就非常淡定地在眾人欽佩的目光中下臺了。

第二個本來是沈倦，結果林語鶯剛坐下，教室門口有個老師敲了敲門，劉福江出去跟她談了兩分鐘。等他再回來說：「下一個輪到誰了？」

沒人動，也沒人說話，所有人的視線都落在了沈倦的身上。

沈倦垂著眼皮，淡定又懶散地打了個哈欠：「我剛才說完了。」

說完，他側頭，用餘光瞥了坐在後面的菊花茶一眼。

菊花茶迅速意會過來，一臉忍辱負重地站起來：「老師，到我了。」

萬事開頭難，林語鶯開了個頭，後面大家都流暢不少，等一個班的人終於歷盡千辛萬苦，介紹完了自己和同桌，上午連著的兩節課也過去了，下課鐘聲一打，所有人都鬆了口氣，一窩蜂衝出了教室。

沈倦在介紹同桌的活動進行到一半時就趴下去，開始睡覺了，下課的時候，劉福江過來提醒林語鶯，叫她別忘了去藝體樓領制服，又怕她找不到，隨手抓住正要往外跑的菊花茶，讓他帶她去，順便介紹介紹八中的校園環境和設施。

菊花茶叫李林，人其實滿好的，就是有點過於熱情。

八中確實很大，綠化做得很好，大門往左邊轉還有人工湖。李林先帶她去圖書館轉了一圈，圖書館有兩層，藏書量很大，一樓是借閱室和自習室，正門口立著一塊巨大的天然石，上頭用黑色毛筆字刻著「敦品勵學，弘毅致遠」八個大字。

從圖書館出來，再往前走是食堂。比起圖書館，李林明顯對食堂更熟悉一點，此時還是上午，食堂裡沒什麼人，李林帶著她在裡面穿行：

「這邊是食堂，一樓就都是這種，我覺得其實味道還可以，不過也沒太多人吃，就高一剛入學的時候被學校騙來這裡吃，後面大家就都去外頭吃了。」

兩人從食堂出來，往藝體樓走，繞過一大片綠化和籃球場。室外的三個籃球場連著，每一個都有男生在打籃球，幾個籃球架下和球場旁邊坐著小女生們，有的在看，有的就聚在一起聊天。

八中制服是運動服外套和運動褲，夏季就換成半袖，女生也都穿著制服長褲，放眼望去，整個校園裡全是白上衣、黑褲子。

林語驚沒制服，雖然也是上身白下身黑，但是百褶裙下一雙筆直修長的腿，看起來將近一百七十公分的個子依然非常顯眼，尤其是她長得也很顯眼。

幾個男生運著球看著這邊，吹了兩聲口哨。

林語驚懶得理，李林扭頭看了一眼，「我靠」了一聲，回過頭來小聲說：「新同學，是妳同桌啊。」

林語驚一頓，回過頭去。

沈倦坐在一個籃球架下，大咧咧地張著腿，手臂搭在膝蓋上，手裡捏著一瓶礦泉水。

他應該是剛下來沒多久，眼神看起來還沒怎麼聚焦，帶著剛睡醒的惺忪感。

旁邊有個男生坐在籃球上，眼睛看著林語驚跟他說了一句什麼。

沈倦抬眼，往她這邊看了一眼。

對視一點五秒，林語驚扭頭繼續往前走：「走吧，藝體樓遠嗎？」

李林對她的淡定表示驚嘆和敬畏，屁顛地跟著她：「新同學，妳知道妳同桌是誰嗎？」

林語驚很認真地回答問題：「沈倦。」

「噯，不是，妳知道沈倦是誰嗎？」

「不知道。」林語驚看出了他的傾訴欲望，很配合地說，「校草？」

李林點點頭：「嗯——對。」又搖搖頭：「不過也不完全對。」

兩個人此時已經走出籃球場，李林回頭看了一眼說：「剛剛那邊那幫打球的是高三的。」

「喔。」林語驚點點頭。

李林：「以前沈倦的同班同學。」

林語驚一頓，抬了抬眼：「以前？」

「對，正常來說他現在應該也高三了，」李林低聲說，「沈倦高二的時候惹過麻煩，差點把他同桌打死，人渾身是血地被抬出去，好多同學都看見了，當時他那個眼神和氣場，據說超恐怖的。」

「啊，」林語驚想起了少年打架時的樣子，隨口問了一句，「為什麼啊？」

「我也不知道為什麼啊，沒幾個人知道為什麼吧，跟他關係好的也沒人敢去問，反正後來他就沒來了。我以為他是被開除或是轉學了什麼的，結果沒想到只休了一年學，還跟我同一個班，就坐在我前面，我說他壞話還全他媽都被他聽見了。」李林一臉心如死灰，「新同學，妳覺得我還能不能活過端午？」

「……」林語驚特別認真地糾正他：「端午節在五月，最近的那個是中秋。」

李林：「……喔。」

籃球場，何松南盯著林語驚的背影，「嘖」了一聲：

「看來今年新高一的小學妹顏值很能打啊，這個能封個南波萬了。」

沈倦沒理他，擰開水瓶自顧自地喝水，脖頸拉長，喉結滾動。

「你看見她剛剛回頭的那個眼神沒？像個女王，渾身上下都透著一股『你算個屁』的氣息。」何松南說得很起勁，想了想又反應過來，「不對吧，高一現在是不是還在軍訓，那是高二還是高三？我見過的話，不可能沒印象啊。」

沈倦慢條斯理地把瓶子拴緊，隨手往斜對角一扔，礦泉水瓶在空中劃出圓弧，一聲輕響，準確無誤地掉進垃圾桶裡：「高二的。」

「轉學過來的？」

「嗯。」

「我就說怎麼沒見過，」何松南啪啪鼓掌，「你消息依然十分靈通啊，才剛回來，連漂亮妹子是哪個年級的都知道了，那她是哪個班的你知道嗎？」

「十班的，我同桌。」

何松南定住了，用五秒鐘消化了一下這個消息：「你新同桌？」

「嗯。」沈倦身子往後仰了仰。

「我靠，那你降級降得很幸福啊。」何松南看著走遠的林語驚，滿臉羨慕，「你這個同桌有點東西，這雙腿，不錯啊倦爺。」

沈倦看了他一眼。

何松南伸長了脖子還在看，順便抬手往前比劃：「你看，裙子和過膝襪之間這一塊，你知道叫什麼——這叫絕對領域。」

沈倦平靜地叫了他一聲：「何松南。」

「嗯？」何松南回應道，沒回頭，視線還停留在越走越遠的絕對領域上，目光膠著。

沈倦抬腳，踩在他坐在屁股下的那顆籃球上，往前一踢。

籃球滾得老遠，何松南一屁股坐在地上，「嗷」得叫出一聲，終於捨得回過頭來哀嚎著：「倦爺！您幹嘛啊！！！」

沈倦看著他：「那是我同桌。」

「我他媽知道是你同桌，」何松南揉著屁股爬起來，痛得呲牙咧嘴，「那怎麼了？」

「不是你同桌。」沈倦說。

第三章
跟同桌相親相愛

八中是可以住校的，不過不強制要求，家比較近的同學可以選擇回家住。林語驚之前讀的附中沒這個住校業務，所以不知道，結果聽見李林為她介紹了一下學生宿舍所在地，她奮不顧身地決定住校。

只是她來得晚，同學已經提交過寢室申請，她這個空降兵沒有位置了。

而且還要家長簽字同意，林語驚自己都不知道自己現在到底算不算有家長了，不過可以每週回家一次的吸引力實在太過巨大，所以當天晚上，林語驚還是打給了孟偉國。

孟偉國前所未有的有耐心，甚至破天荒地問了她新學校的環境怎麼樣？同學好相處嗎？老師好不好？

林語驚也不打算直接說她想住校的事情，想了想，覺得孟偉國這個簡單的問題此時聽起來十分艱難。

劉福江這個老師算好，還是不好？

肯定是好的，而且能看出來非常負責，就是第一次當班導師，看起來有點不太熟練，而且一大把年紀了，所以十分堅信愛能拯救世界論。

同學也滿好相處的，同桌是個據說差點把他上一任同桌打死的大帥哥。

林語驚決定還是委婉一點：「滿好的，學校很大，同學老師都……熱情。」

孟偉國心情不錯：『本來妳關阿姨是想把妳送去一中的，但我不答應，這間學校也不比一中差多少，妳哥之前就是在這裡畢業的。』

林語驚反應了好一會兒才意識到「妳哥」這個陌生的稱呼是指傅明修。

她噎了一下，還是沒反駁，決定進入正題：「爸，我想住校。」

孟偉國沉默了一下：『什麼？』

「八中可以住校，我們班有很多同學都住校，我也想住校，」林語驚飛快地說，「我之前也沒住過校，所以想試試。」

『不行，』孟偉國拒絕得很乾脆，『妳沒做過的事可多了，妳都想試試？』

林語驚慢吞吞地說：「我早上到學校來會塞車，也很浪費時間——」

『妳哥哥之前也是回家住，怎麼人家就可以，妳就不行？』她還沒說完，被孟偉國有點不耐煩地打斷了，剛剛那點好心情聽起來是消失了，『妳這麼不喜歡在家？』

林語驚覺得這男人好像大腦發育不太健全，她的「想住校」聽到他耳裡，不知道為什麼就變成了「不喜歡在家」。

她開始覺得有點煩：「我沒有不喜歡在家。」

『關阿姨對妳還不夠好？什麼事情都考慮得周周到到，妳媽什麼時候這麼關心過妳？妳現在是想住校，想自由一點，這件事如果我跟妳關阿姨說，她會怎麼想？』

孟偉國的聲音變成了背景音，像是飛機起飛時發動機開始嗡嗡作響，那聲音不停從耳朵傳進來，鎖在腦子裡出不去，攪得腦漿都混在一起，逐漸發漲。

「你們入贅的鳳凰男心思都這麼敏感嗎？」林語驚語氣平靜地問。

空氣中像是被人撒了凝固劑，孟偉國頓住了，似乎是不可思議。

他安靜了五秒，艱難地發出一聲：『妳說什麼？』

林語鶯把電話掛了。

掛電話，關機，一氣呵成。

她盯著床上的手機看了一會兒，忽然翻身下床，跑到房間角落拉出皮箱，翻出手機盒子裡的取卡器，把ＳＩＭ卡也卸下來才結束。

這房子的隔音很好，關上門以後一點聲音都聽不到。林語鶯坐在床上，茫然地環顧了一週，搬到這裡一週以後，第一次仔細打量起她的房間。

她還記得來的第一天，關向梅帶著她上來，說「讓我們小公主看看她的房間」。

歐式宮廷風格的裝修和家具，是小套房，開門進來是一個小起居室，拉開紗簾，裡面是臥室，很大，空得像個樣品屋。

林語鶯覺得有點嘲諷。

她有時候真的不能理解孟偉國的想法。

她只是想住校，就這麼一點簡單的要求。住在這裡讓她難受得喘不過氣來，她不知道這種壓抑、煩悶、寄人籬下的窒息感孟偉國有沒有過，反正她有，時時刻刻都有，只要她待在這裡，無論吃飯睡覺，這種感覺一分鐘都甩不掉。

而在孟偉國看來，她似乎應該感恩戴德，十分開心地接受關向梅的施捨，並且表現出對新家的喜愛之情，一點想要遠離的意思都不能有。

第二天，林語鶯起了個大早，下樓時張姨還在弄早餐，看見她，有些詫異地抬起頭來：「林小姐？那個早餐我……」

林語鶯問了聲早，擺擺手：「沒事，您不用急，我去學校食堂吃吧。」

避開了上班尖峰，路上終於沒那麼塞了，林語鶯到教室時人還不多，不少同學手裡拎著早餐，正在往裡面走。

教室裡的幾個人無一例外都坐在座位上，嘴裡咬著包子，頭也不抬地奮筆疾書。

林語鶯被濃濃的學習氛圍嚇到了，開始有點相信劉福江說的百分之九十八的升學率。

她拎著書包坐下，回頭看見正在奮筆疾書的李林，好奇看了兩眼，發現他正在寫生物：「昨天生物有作業？」

開學第一天，劉福江是唯一一個沒出作業給他們的人，李林當時還在後頭熱淚盈眶地抱著他同桌感動不已，不過下一句就讓人笑不出來了：「不過暑假作業明天要交，各科小老師明天收一下。」

果然，李林頭也不抬：「不是，暑假作業。」

林語鶯懂了，這濃厚的學習氛圍是因為全都在補作業。

高二雖然剛分班，之前帶他們的老師都不一樣，不過寒暑假作業都是一樣的，年級統一印完發下來的，每科三十套考卷，一天一套，全月無休。

「每天學習六小時，健康快樂五十年，幸福生活一輩子。」李林一邊奮筆疾書一邊咬著包子含糊地說。

他桌子上鋪著滿滿的考卷，已經放到他同桌那頭去了，林語鶯就這樣隨意掃了兩眼。

跟考試的考卷差不多，前面選擇填空，後面大題簡答，國文、英語還有作文，題目倒是不難，基本上都是基礎知識。不過國數英自社加起來也一百多套考卷了，疊起來厚厚一疊，就算是抄，抄個通宵也得抄到手抽筋吧。

林語驚覺得沈倦八成是在吹牛。

雖然她不太明白他一個休學生，到底哪裡來的作業可以補。

林語驚轉過身去，看了一眼課表，第一節是英語，她翻出英語課本，打了個哈欠，趴在桌子上隨手翻看。

看了兩分鐘，林語驚一頓，想起昨天劉福江說的，住寢室需要家長填單並且簽名的事。

她隨手抽了一本本子，撕下一張紙，拿起筆來唰唰唰寫了孟偉國三個字。

林語驚的字很大又飄，不像女孩子寫的，以前她看那些女同學的字一個個整齊秀氣，精緻得不得了，也特地學過，學不來，後來她也就放棄了。飄就飄吧，反正也不醜。

昨天她自我介紹的時候在黑板上寫了自己的名字，還被劉福江誇獎字很好看，大氣。

這就是問題所在了，劉福江看過她的字，但是她確實寫不出第二種字體。

林語驚拿著筆，換了個字體，彆彆扭扭地一筆一劃又寫了一遍孟偉國的名字，像小朋友畫畫，醜得沒眼看。

她嘆了一口氣，撐著腦袋在紙上繼續畫。

大概過了十多分鐘，她的桌角被人輕輕敲了兩下。

林語驚下意識偏頭，看見一隻骨節分明的手。

不知怎麼的，她突然想起很久之前看過的一個微博還是貼文，你覺得男人哪個地方最性感。裡面的答案千奇百怪，不過票數最高的是手，還有鎖骨。

她抬起頭來，沈倦站在她旁邊的走道，垂眼看著她，嘴裡還叼著一袋豆漿。

林語驚的目光不著痕跡地往他鎖骨那塊掃過去，看見了白色的衣領。

少年身上的校服外套穿得整整齊齊，拉鍊拉到胸口，洗得很乾淨，鼻尖能聞到一點點洗衣精的味道。跟林語驚以前認識或者看過的那些不好好穿制服，上面畫得花花綠綠的校霸們完全不一樣。

而且眼皮沒垂著，眼神看起來也不睏。看來老大昨天的睡眠品質還不錯。

林語驚放下筆，站起來，沈倦進去坐下。

他今天倒是揹了書包來，就是看起來輕飄飄的，讓人懷疑裡面是不是真的有東西。

沈倦隨手把書包丟進抽屜裡，往寫在黑板上的今日課表掃了一眼，抽出英語課本，咬著豆漿翻開第一頁，另一隻手伸進抽屜裡的書包裡開始摸。

摸了大概一個世紀之久，就在林語驚以為他是在做什麼奇怪的事時，這個人終於西天取經似的歷盡千辛萬苦、九九八十一難——不緊不慢地抽出一支筆，唰唰唰地在英語課本的第一頁簽上了大名。

字還很好看，跟她印象中寫得一手鬼畫符的文盲社會哥也不太一樣。

這個人的出人意料還真是層出不窮。

看著他那一手好看的字，又看看自己寫了一整張紙，依然寫不出來的鬼畫符，林語驚手指敲著桌沿，短暫地思考了幾秒，然後往他那邊靠了靠：「嗳，沈同學。」

沈倦沒抬頭，叼著豆漿低頭認真地看著英語課本，邊看書邊唰唰轉筆。

還看英語課本，你看得懂嗎？

林語驚又小聲叫了他一聲：「沈倦？」

沈倦像沒聽見一樣。

林語驚有點不耐煩了，但是有求於人，不得不低頭，她壓著火氣趴在兩人桌子之間，眨眼看著他：「同桌桌？」

「啪嗒」一聲，沈倦手裡的筆掉到桌子上。

他停了兩秒，沒什麼表情地轉過頭來：「妳好好說話。」

林語驚決定委婉一點，對這種老大，目的性不能太強，她指指他的英語課本：「你有不會的單字可以問我。」

「謝謝，」沈倦沉默了一下，似乎覺得有必要為自己正名，「我英語還可以。」

林語驚一臉「你別他媽扯淡了」的表情看著他，條件反射似的不經大腦就脫口而出：

「你們社會哥進入社會之前，第一堂課是學習如何吹牛嗎？」

林語驚脫口而出的瞬間也反應過來了，剛想收回，但一時間找不到合適的圓法，就這樣愣神的半秒鐘，話已經說完了。

和「這屁股」似曾相識的車禍現場。

這回更慘，是真沒辦法圓，稀碎稀碎，慘不忍睹。

林語驚看著沈倦，張了張嘴。老大大概是從來沒被人這麼說過，也愣住了。

愣了三秒鐘，就在林語驚以為自己即將成為下一個「差點被他打死」的同桌，前任的今天就是現任的明天時，沈倦忽然開始笑了。

他把英語課本往前一推，直起身後轉過來，背靠著牆，肩膀一抖一抖的，看著她笑得十分愉悅。

沈倦第一次見到林語驚時，就覺得她應該不怎麼乖，至少不像表現出來的那麼無害。像是某種自我保護的裝置被啟動著，也可能是她那種對外界完全漠然，還有些沒回過神來的迷茫狀態讓她身上的刺有所收斂。

這種認知，在那天晚上在便利商店門口再次看見她的時候，得到了證實。

沒見過這麼淡定圍觀中二少年打打殺殺的小奶貓。

後來仔細想想那時候的情景，沈倦甚至有一種錯覺，如果當時就那麼讓她和陳子浩對視下去，她可能會跟人家打起來。

少女的眼神當時確實是不耐。

空洞洞的，隨便混了一點點很躁，不易察覺的不耐煩。

於是沈倦對林語驚的認知又多了一個。

——一個情緒十分茫然，喪得很不明顯，並且脾氣不太好的頹廢少女。

沈倦不是愛管閒事的人，「關我屁事」教終身榮譽教徒，不太關心他小同桌的頹廢後隱藏著什麼故事。

但是他沒想到，她才幾天就裝不下去了。

小奶貓終於伸出她鋒利的小爪子，撓癢似的試探性撓了他一把，把他因為感冒沒睡好，頭昏腦漲的不爽全撓光了。

他的感冒很嚴重，拖了好幾天才意識到，昨天吃了藥，現在還有點低燒，嗓子火辣辣的痛，說話聲音又沉又啞，笑起來就更低了，像一個立在耳邊的低音炮，轟得耳朵發麻。

林語驚趴在桌子上，莫名其妙又面無表情地看著他，不明白是哪裡戳到了社會哥的笑點。

坐在後頭的李林和他同桌葉子昂也覺得很膽戰心驚。

林語驚和沈倦說話就是正常音量，坐在後面也能聽個七七八八，尤其是新同學那一句「你們社會哥進入社會之前，第一堂課是學習如何吹牛嗎」脫口而出時，李林的腿都嚇軟了。

在意識到前面能聽見後面說話以後，李林和葉子昂避免了一切不必要的語言溝通，利用昨天一天的時間練就了三秒鐘解讀同桌意圖的眼神交流神技，兩個人對視一眼，不約而同地拉著桌子，偷偷地往後一點一點慢慢拉，直到桌邊壓著前胸，快要喘不過氣來時才甘願。

李林安靜地等待著一場腥風血雨，不過他琢磨著新同學是個女孩子，校霸怎麼說也會多少手下留點情吧。

結果他們就聽見校霸開始笑。

這位殺人不眨眼的社會哥在聽到他同桌罵他的時候，不但沒生氣，愣了一會兒以後竟然還笑得很快樂。

李林和葉子昂再次對視一眼，看到了和自己一樣的情緒。

別是個精神病吧。

沈倦就這麼看著她笑了好一會兒，就在林語驚覺得自己下一秒可能會忍不住直接把手裡的英語課本扣到他腦袋上的時候才停下來，舔了舔嘴唇，聲音裡還帶著沒散的笑意：

「吹牛是得學。」

林語驚：「……」

不是，這個人說話的語氣怎麼能這麼欠揍呢？

「沈同學，我覺得同桌之間要相親相愛，」林語驚睜著眼睛開始說瞎話，「我是想跟你互幫互助的，我們一同學習，共同進步。」

「行吧，相親相愛。」沈倦低頭笑了一下，咬著字重複了一遍，「妳想怎麼跟我相親相愛？」

他現在歪著身子靠在牆上，懶散的樣子看起來像個吊兒郎當的少爺，剛剛塑造的那點好學生的表面假象又都沒了。

林語驚自己說的時候真的沒覺得什麼，結果被他重複一遍，就覺得哪裡都不對勁了。

她忽略掉那一丁點不自然和小僵硬，也不打算拐彎抹角浪費時間了，乾脆直白地跟他談條件：

「我想讓你幫我在單子上簽個字，就簽個名字就行，以後你功課上不懂的地方，我都可以講解給你聽。」

「妳這個條件不太誘人啊，」沈倦慢悠悠地說，「我們社會哥只吹牛，從來不學習。」

林語驚：「……」

行吧，算你狠。

這個話題沒能進行下去，早自習上了一半，昨天剛定下來的各科小老師開始收暑假作業了。林語驚不用交，看著沈倦從他那個看起來空癟癟的書包裡翻出了一疊考卷。

林語驚掃了一眼，不知道他從哪裡弄來的考卷，還真的跟李林他們的一樣，考卷上基本上都只寫了選擇題，大題全空著，偶爾有兩道上面畫了幾條輔助線，解題過程也沒寫。

ABCD補起來肯定快啊。

林語驚就看著沈倦無比自然地把那幾張基本上都只寫了ABCD、空著一大半的暑假作業給了小老師，不明白是什麼讓他這麼有自信。

是因為你用飛柔嗎？

小老師估計也想勸他一下。你寫成這樣還不如不交，反正你是休學回來的，本來就不用交。但是老大的傳說太過聞風喪膽，小老師光速接過沈倦的考卷，又光速撤退，在這個地方多停留半秒鐘的勇氣都沒有，更別說多說一句話了。

等作業都拖拖拉拉、連催帶抄地交完了，早自習也剛好結束，英語老師抱著教案走進教室。

英語老師是個很漂亮的女老師，看起來也年輕，特別元氣地跟他們打了個招呼：「good morning everyone！」

沒什麼人理她，二年十班大部分的成員充分體現出了他們作為劣等生的自我修養，抄完了暑假作業以後，心裡一塊大石頭落地，各自尋找最舒服的睡姿趴下，有些還把腦袋搭在桌沿，掏出手機打開手遊，開始了新學期新一天的戰鬥。

只有幾個熱愛學習的同學回應，英語老師看起來也沒怎麼受影響，非常愉快地跟那幾個同學互動起來，互動了一會兒讓大家把書翻到第一課，開始上課。

林語鷥用餘光偷偷瞥了一眼，旁邊的沈倦英語課本翻到了反正不是第一課，差不多課本三分之二的後面，正垂眼捏著筆，唰唰在筆記本上寫著，看起來還很認真。

下一秒，一聲清脆的撕紙聲傳來，沈倦把他剛寫好的那頁筆記撕了，推到林語鷥面前。

「……」

她接過來看了一眼：『簽什麼名？』

林語鷥覺得自己的字已經夠大夠飄了，沈倦的字卻快要飛起來和太陽比肩了，但是還是好看，筆鋒淩厲，間架、結構都漂亮。

於是她也拿起筆，在上面寫：『你們社會哥上課也不說話，靠傳紙條？』

沈倦其實是因為感冒，喉嚨不舒服，不怎麼想說話。不過既然同桌都這麼說了，他把紙隨手往旁邊一推，轉過頭去說：「妳要簽什麼？」

到底還是在上課，林語鷥是有好學生偶像包袱的，看了一眼講臺上的英語老師，側著身子靠過去湊近他。

沈倦又聞到那種玫瑰花混合著蘋果派和甜牛奶的味道。

他垂眼，視線剛好落在女孩子薄薄的耳廓上，看見軟骨上有個不太明顯，小小的耳洞。視線往下移，白嫩的耳垂上有兩個。

沈倦不動聲色地移開視線。

林語鷥沒注意到，她趴在桌上湊過去，小聲跟他說：「住校的單子。我想住校，劉老師說必須有家長簽字同意的單子，但是我爸不同意，不幫我簽字，我自己又簽不出他的名字。」

沈倦聽懂了。

同桌想住校，她爸不同意，所以她想簽一張假單子，就找他。

「所以？」沈倦似笑非笑地看著她，聲音帶著一點鼻音，嗓音發啞，「妳想讓我當妳爸爸一次？」

林語驚：「……」

林語驚想把沈倦的腦袋按到牆上，讓他知道誰是爸爸。

但是想想，人家說得也沒錯，就是開闢了一個新的思路，再加上這個人懶洋洋帶著一點沙啞的聲音說出來比較欠揍，絕對不是故意這麼說的。

不是個屁。

林語驚看著他，沉默了兩秒說：「沈同學，接下來我們還有兩年的路要走。」

沈同學挑眉：「威脅社會哥。」

「……」

你還沒完沒了了？

林語驚長長地嘆了一口氣。算了，忍一時風平浪靜，退一步海闊天空，更何況她有事相求。

「對不起。」講臺上的英語老師正在念一段課文，一邊念一邊幫他們翻譯了一遍。林語驚壓著聲音，下巴放在他桌邊低聲說，「我不應該說你是社會哥，我只是隨口一說，不是故意的，向你奉上我最誠摯的歉意，希望我的同桌能大人有大量，饒了我這一次。」

女孩子的聲音本來就好聽，此時壓低了，帶著輕輕落落的柔軟。

小奶貓抬起爪子撓夠了，又啪嘰一下踩上去，溫熱的肉墊壓上來，只剩下軟了。

她說完，沈倦沒說話。

林語驚有點忍不下去了，她這個殺人不眨眼的同桌真的是有點小心眼。

林小姐也是有點小脾氣的少女，天乾物燥的大夏天火氣比較旺盛，再加上這段時間一直以來都不爽，以及昨天又被孟偉國那麼一搞，她心情本來就非常糟糕，真的火大時就算是親爹她也不管，更何況是一個認識一共也沒幾天，還不算太熟的同學。

多社會都沒用，我還要哄著你嗎？

林語驚翻了個白眼，手臂和腦袋從沈倦的那張桌子上收回去，不理他了。

一直持續了一上午。

林語驚是轉學過來的，橫跨了幾乎半個國家，學的東西多多少少也有點不一樣的地方，需要適應，所以她整個上午都在聽課，倒也沒覺得什麼。

八中的升學率不低還是有點可信度的，雖然她的同學們看起來沒幾個像在學習聽課，但是老師講課的水準確實很高，重點什麼的也抓得很准，一節課過得很快。

沈倦也不是話多的人，應該說這個人從英語課下課以後就一直在睡覺，往桌上一趴，臉面對著牆，睡得天昏地暗、日月無光。期間，脾氣暴躁的物理老師在全班同學的提心吊膽下，丟了兩個粉筆，都沒能把他弄醒，直到中午放學鐘聲響起，沈倦才慢吞吞地直起身來。

睡了一上午，腦子還有點昏沉，他坐在位置上緩了一會兒，側過頭去。

旁邊沒人，小同桌已經走了，再看看時間，十二點，應該去吃飯了。

沈倦想起早上的時候女孩子瞪著他看了好一會兒，然後動作極小地磨了磨牙。

沈倦沒忍住，舔著發乾的唇笑出聲來。

現在大家都去吃飯了，教室裡除了他，沒有別人，窗戶開著，外面隱約傳來說笑的聲音。

少年低又沙啞的輕笑聲在空蕩蕩的教室裡響起，有點突兀。

他當時確實一時間沒反應過來，感冒發個燒把腦子燒掉了一半，反應有點遲鈍。

等他反應過來，又一時間沒想到要說什麼，就聽見小貓嘎吱嘎吱開始磨牙。

脾氣是真的大。

沈倦半倚靠著牆，打了個哈欠，視線落在林語驚桌上的兩張紙上，一頓。

那上面密密麻麻地寫了一大堆字，三個字的人名，橫七豎八、有大有小，有的規規矩矩有的龍飛鳳舞，唯一的共同點就是醜得沒眼看。

他瞇了瞇眼，盯著那上面的字辨認了一會兒才直起身，慢條斯理地隨手抽了個筆記本，撕下一張紙，拿起筆又靠回去。

剛落筆，就聽見走廊裡一陣鬼哭狼嚎：「倦寶！你在嗎，倦寶！」

何松南的腦袋從門口探進來，「我他媽在你們樓下等你十分鐘了，打電話你也不接，我還得爬上四樓來找你，累死我了。吃飯去啊，你在幹什麼呢？」

沈倦「嗯」了一聲，沒抬頭，捏著筆寫：「等等，馬上好。」

他一開口，何松南愣了愣：「你喉嚨怎麼了？」

「感冒。」

「喔，上火了吧？」何松南倚靠著門框站著，垂頭看著他，笑得很不正經，「每天看著你的長腿美女同桌，倦爺，上不上火？」

沈倦瞥了他一眼，沒說話。

「上吧！」何松南還在騷，「喜歡就上，想追就追，不要浪費你的顏值，在你朝氣蓬勃的青春時代留下一段浪漫唯美的愛情故事，別等以後兄弟回憶起高中生活，提起沈倦都他媽覺得是個性冷感。」

沈倦沒看他，就讓他在旁邊盡情地表演，垂著頭唰唰寫著。何松南自顧自地說了一會兒也沒人搭理，就閉上嘴，跟著看了一眼他手裡寫的東西，邊看邊斷斷續續地念：

「同意學生林語驚住校……家長……」

他還沒念完，沈倦已經寫完了。筆一放，手裡的紙折了折，隨手拉過旁邊林語驚放在最上面的一本書，把紙夾了進去。

何松南看得一頭霧水，還沒反應過來：「林語驚是誰啊？」

沈倦懶得理他，把書放回去後站起身來。上午睡覺的時候校服是披著的，他拎著校服的領子抖了一下，套上。

何松南看了一眼那本書：「你同桌？」

「嗯。」

何松南一臉不解地看著他：「不是，倦爺，您幹嘛？這才兩天，怎麼就當上小妹妹的爸爸了？搞情趣？」

「滾，」沈倦笑著罵了他一句，「你當作我是你？十公里外都能看見浪花。」

「你他媽才浪到沒邊了。你不是我，你是性冷感。」何松南說，他現在結合一下剛剛那張紙上的字也弄懂了，他是在冒充家長，幫他同桌寫住校申請單，再結合上次一腳把他踹到地上的事，何松南覺得有點無法接受，「怎麼回事啊倦爺，真的看上了？」

沈倦套上校服外套，一邊往教室外走一邊垂頭拉拉鍊，聲音淡然：「看上個屁。」

「看上個屁，那你還趕著當人家爸爸？」何松南跟他並排下樓，「還有上次，我就看看腿你就不高興了，還踹我！踹你的兄弟！！你不是看上人家了？」

「跟那個沒關係。」沈倦微微仰著脖子，抬手按了兩下喉嚨，「你直勾勾地盯著人家女生的腿看，不覺得自己像個變態？」

「我不覺得。」何松南回答得很乾脆，完全不要臉，「愛美之心你沒有嗎？你不也盯著新同桌直上火嗎？喉嚨都痛成這樣了，這火燒得很旺吧？」

沈倦踹了他一腳。

兩個人一路下樓，樓下正站著幾個男生，低頭一邊玩手機一邊說話等著。

八中的校服雖然長得都一樣，但是每個年級也有一點點細微的區別，主要是看校服褲子的褲線和袖口的線，高三是淺藍色，高二是紫色。

高三的教學大樓和高二不同，平時除了在球場、食堂之類的地方以外，基本上看不到，所以此時此刻，站在教學大樓下的這幾位穿著淺藍色直線，代表學生裡最高年齡的幾個人顯得有點顯眼，高二一些買好便當回教室吃的人，路過都會稍微看兩眼。

其中一個玩手機的趁隙抬了個頭，看見出來的人，把手機放進口袋，忽然抬手啪啪拍了兩下。

剩下三個人也抬起頭，動作非常整齊地也把手機放進口袋了，四個人立正在高二教學大樓門口站成一排，看著臺階上的人齊聲喊道：「倦爺中午好！倦爺辛苦了！恭迎倦爺回宮！」

少年的聲音清脆，氣勢磅礴，直沖雲端。

路過的高二路人們：「……」

沈倦：「……」

沈倦面無表情地繞過去：「傻子。」

何松南笑得腰都直不起來了，朝他喊：「怎麼樣，大哥！拉風嗎！」

沈倦回頭，抬手指著他：「我喉嚨痛，一句廢話都不想說，你別讓我揍你。」

何松南朝他敬了個禮：「明白了，大哥！吃飯吧，大哥！吃米粉嗎？大哥！」

‡

八中旁邊吃的很多，走出校門右轉再過個馬路，一條街上開的全是小餐館。麻辣米粉、砂鍋板面燒烤還有炒菜什麼的，一應俱全，該有的都有，最前頭還有家火鍋店。

林語驚沒有認識的人，一個人來，挑了一家砂鍋米粉，進去後發現也沒有空桌，只有最角落的一個小女生旁邊還有空位。

林語驚走過去，問了她一聲：「同學，妳旁邊有人嗎？」

小女生正低著頭安靜地吃米粉，聲音忽然響起，她嚇了一跳，匆忙地抬起頭來，連忙搖了搖頭。

大眼睛瞪著，嘴巴裡還咬著米粉，鼓鼓的，說不出話來。

很可愛的一個小女生，眼睛很亮，皮膚有點黑，臉圓圓的，像一團巧克力棉花糖？

林語驚覺得自己煩躁了不知道多久的心被治癒了那麼一點點，她在旁邊坐下，點了一份米粉，開始想孟偉國這件事到底要怎麼解決。

她是說什麼都不想待在那個家裡的，但是轉念想想，就算她搞到假單子，等孟偉國回來，也免不了吵一頓，那她塑造多年的清心寡欲乖寶寶形象不就破滅了？

林語驚已經完全忘記了她昨天晚上大罵「你們入贅的鳳凰男」的這回事。

學校旁邊的餐館上菜速度都很快，米粉這種就更快，沒一會兒就上來了。林語驚回過神來，垂頭對面前的砂鍋米粉發了五秒鐘的呆，才意識到沒筷子。

她抬頭看了一圈，看見放在桌子牆邊的筷子盒，剛準備伸手去拿，面前就出現了一雙筷子，還有一隻肉肉的，有點黑的小手。

林語驚側過頭，巧克力小棉花糖拿著一雙筷子遞到她面前，看起來有點不好意思，朝她眨了眨眼。

林語驚接過來，說了聲謝謝。

小棉花糖：「不……不會……」

她聲音很小，在嘈雜的小店裡幾乎聽不見，還是因為就坐在旁邊林語驚才聽見的。

「要、要醋嗎……」小棉花糖很小聲，結結巴巴地說。

林語鷺反應過來是跟她說話，搖了搖頭：「不用，謝謝。」

「沒、沒……」她連沒事都沒說出來。

這也太緊張了。

林語鷺長了一張人畜無害的臉，她自己也很清楚，看起來應該是很好相處的好人，不明白為什麼這個女生害怕得連話都說不好。

小棉花糖沒再說話，兩個人就這麼安靜地吃了幾分鐘，林語鷺掏出手機來開機。

從昨天晚上到現在，她的手機一直關著。

果然，剛開機，訊息就一條條往外跳，孟偉國的名字占了滿滿整個螢幕。

孟偉國：妳剛剛說什麼？妳給我再說一遍。

孟偉國：林語鷺，妳現在是真的翅膀硬了？

孟偉國：我對妳不夠好？我供妳吃、供妳喝，把妳送到好學校，妳媽不要妳，是我養妳——

「喀噠」一聲，林語鷺面無表情地把手機鎖了，螢幕一瞬間恢復成一片黑，世界終於安靜了。

她把手機放到桌邊，繼續吃米粉。

剛咬了一口魚丸，店門口傳來一陣嬉笑聲，幾個女生走進來，最前面的那個喊了一聲：「沒座位了啊？」

「沒了！」

「那等一會兒吧，我今天就想吃米粉啊。」

「要等多久，煩都煩死了。」

「嗳，這不是有空位置嗎？拉張椅子過來拼一下啊。」

旁邊的小棉花糖明顯僵了一下，林語驚側過頭，看見她低垂著頭，睫毛滿長的，覆蓋下來顫了顫。

整個小店裡就剩下她們這桌還有空位，四人位的長桌，林語驚和小棉花糖坐在一邊，對面本來還有個人，剛剛吃完了，此時還空著。

外面幾個女生商量了兩句，走進來，然後不知道是誰忽然笑了一聲：「這不是我們意姊嗎？」一隻手按在林語驚她們那桌的桌邊，乾淨漂亮的手指，手腕上戴著款式簡單的紅繩：

「我們意姊也來吃米粉？那就併個桌吧。」

就是這個音調聽起來讓人討厭。

幾個女生直接在對面坐下，三個人，還有一個拉了一張椅子過來，坐在林語驚旁邊，點完餐以後就邊聊天邊等，笑得很大聲，有點吵，還刺耳得很。

林語驚嘆了口氣，加快了一點速度，想快點吃完回去。

沒幾分鐘，那三個小女生視線一轉，落在了林語驚這邊，看著她旁邊的小棉花糖：「意姊，米粉好吃嗎？」

小棉花糖沒說話，林語驚側過頭，看見她捏著筷子的手抖了抖。

「嗳，意姊，同學在跟妳說話呢，妳怎麼不說話啊？妳對同學友好一點吧。」

之前戴紅繩的那個女生笑了起來：「讓她說什麼啊？一個結巴。」

小棉花糖低垂著頭，一動沒動，看不見表情。

「意姊，怎麼這麼悶呢？妳說句話吧，說句話給我們聽聽，沒禮貌啊。」

「就喜歡聽妳說話，」另一個女孩子掐著嗓子學著，「你你你們討厭！還還還給我！」

她聲音很大，說完，小店裡的人都看過來，三個人爆發出一陣刺耳的嘲笑聲。

林語驚感覺到身邊的女孩子連身體都在抖。

林語驚閉了閉眼。

這時候，紅繩女她們的米粉也好了，老闆娘夾著三個小砂鍋過來，放在她們這桌。

幾個人一邊笑著拿了筷子，又去拿醋，倒完以後紅繩忽然「嗳」了一聲，「意姊，妳吃米粉不放醋嗎？我幫妳放啊，這些夠嗎？不夠再來一點……」女孩拿著醋瓶的手伸過來，直接把蓋子擰開，嘩啦啦地將整瓶醋全倒進小棉花糖的小砂鍋裡。

濃烈的酸味在空氣中彌漫開來。

對面的三個女孩又開始笑，其中一個笑得不行，「啪啪」拍著桌子，小店裡看起來品質不怎麼好的桌子因為她的動作，很危險地晃了晃：「不是，李詩琪妳太過分了啊，怎麼欺負人呢？」

「我哪裡欺負她了，」紅繩笑著說，「我不體貼嗎？」

小棉花糖一聲都沒吭，低埋著頭，肩膀一抖一抖的。

林語驚聽見了一聲很輕很小，很微弱的吸鼻子聲音。

啪一聲，腦子裡緊繃了不知道多少天的神經跟著這一聲一起斷了。

像是一直晃啊晃的可樂瓶，裡面的氣憋得滿滿的，瓶蓋終於不堪重壓，啪地一聲被彈出去了。

真是見鬼了，在哪裡都能遇到傻子。

林語鶯推開面前的砂鍋，抬起頭來，筷子往桌上一摔，一聲脆響。

三個女生安靜了一下，紅繩拿著醋瓶的手還懸在小棉花糖的砂鍋上方，轉頭看過來。

林語鶯舔了舔嘴唇，看著她：「妳白目嗎？」

那個女生愣住了：「什麼？」

店裡很安靜，所有人都看著這邊的動靜。

「什麼什麼，我說什麼妳聽不見？妳是不是不只白目，還是個聾子？」林語鶯現在渾身都冒著火氣，語氣很衝，每個字都透著煩躁和不耐煩，「煩死了，要不要堵上妳的嘴？」

「我靠……」那女生氣笑了，「不是，我們說話關妳屁事啊？妳誰啊——」

「我是誰？」林語鶯瞇起眼，「我是妳乾爹。要嘛閉上妳的嘴安靜吃，吃完了就滾，要嘛乾爹就替妳爸爸教教妳什麼叫禮貌和素質。」

林語鶯覺得自己是很清心寡欲的人，脾氣非常好，一般的事情她都能忍住，自我調節一下，深吸兩口氣，默念兩遍佛經就不生氣了。

人生就像一場戲，因為有緣才相聚，何必呢？

但是當你的生活中充斥著智障、智障、智障、智障和一百個不順心的時候，人就很難能做到心平氣和了。

林語鶯覺得自己和這個城市大概八字相剋，吃個米粉都能遇到白目。

這種欺負人的手段，她一直以為是國中小孩玩的了。

她看了一眼對面三個女生，覺得有點煩。

其實她不太想和女生打架，麻煩，而且很難看。

女孩子打架，除了撓就是抓，像潑婦罵街，總不可能配合她們互相抓著頭髮、破口大罵吧，那妳說要揍還是不揍？

沈倦對於吃什麼沒什麼意見，全聽何松南他們一幫人的意見。何松南想念校門口的那家米粉想念很久了，一行人浩浩蕩蕩地往外走，走到米粉店門口，何松南往裡面看了一眼：

「啊，沒位置了，換一家吧。」

「嗯。」沈倦點了點頭就要往前走，餘光一掃，頓住了。

「走吧，那吃炒河粉？快點，都十二點多了，吃完後我想回去睡個午覺。」何松南邊往前走邊說，走了兩步，沒見到後面的人跟上來，回過頭去。

沈倦還站在米粉店外，嘴裡咬著菸，沒點，人一動也不動地看著裡面。

何松南倒退了兩步，順著他的目光，又往裡面看了一眼，也沒發現什麼異常：「怎麼了？熟人啊？」

「啊，」沈倦咬著菸，「熟人。」

何松南又仔細瞅了瞅，認出來了，往裡面一指：「嗳，那不是李詩琪嗎？不容易啊，你還記得她呢，我以為你早就忘了。」

沈倦扭過頭來，迷茫地看著他：「誰？」

「……之前和您同班的班花小姊姊。」何松南說，「不是，倦爺，您不要當著人家的面這麼說啊，人家女生追了你一年多呢。」

「啊……」

沈倦一點印象都沒有，仰了仰頭，看見那個女生把整整一瓶醋都倒在對面女生的碗裡。

何松南也看見了，瞪大了眼睛：「那個是不是徐如意啊？」

徐如意這個名字，沈倦倒是有點印象。

他以前還在三班的時候，後座有個小結巴，話很少，動不動就臉紅，沈倦高一一整年幾乎沒怎麼帶過筆，都是跟她借的，一年借下來也算是發展出了能說上幾句話的友誼。後來還是聽他們閒聊聽到的，小女生來自農村，家裡沒什麼錢，功課好，是學校以全額獎學金招進來的特招生。

米粉店裡，李詩琪和她兩個朋友正在拍著桌子笑，邊笑邊把手裡的醋倒光了，徐如意就那麼坐在那裡，垂著頭，一聲都不吭。

於是幾個女孩子笑得更開懷。

何松南看起來有點震驚。他、沈倦、裡面的徐如意、李詩琪還有幾個女生以前都是同一班的，平時在班上何松南從來沒注意過她們這些女孩的事，只知道徐如意的外號叫小結巴，因為她口吃，說話不清楚，全班都這麼叫，他偶爾也會跟著叫一聲，也沒太在意。

但是現在這種，明顯就是在欺負人。

何松南皺了皺眉，剛想進去，就聽見一個很好聽的女孩子聲音：「妳白目嗎？」

李詩琪愣住了。

何松南也愣住了，他偏了偏頭，從側面看那個出聲的女孩子的臉，很漂亮又熟悉的側臉，皮膚很白，黑髮簡單紮成高高的馬尾，規規矩矩的校服，領子上面露出一段白皙的脖頸，線條看起來柔韌纖瘦。

何松南認出來了，絕對領域。

眼睛裡寫滿了「你算個屁」的那個，倦爺家的女王大人。

女王大人語氣很衝：「我是妳乾爹，要嘛閉上妳的嘴安靜吃，吃完了就滾，要嘛乾爹就替妳爸爸教教妳什麼叫禮貌和素質。」

屬於非常能激起別人戰鬥意志的那種，輕蔑、不屑、煩躁，還帶著一點「我是你爺爺，你是我孫子」的囂張。

這台詞也太熟練了，一看就是見過世面的小姊姊。

何松南沒忍住吹了一聲口哨，轉過頭去，看了一眼旁邊的沈倦。

倦爺沒看他，瞇了瞇眼，嘴巴裡咬著根本沒點燃的菸，牙齒磨了一下。

九月初，天氣還很熱，小店裡擠著塞滿了桌子和人，更熱，林語驚背對著門坐，沒看見外面站著的人。

對面三個小女生氣得直笑，其中一個一拍桌子站起來，湊過去看著她，又掃了一眼她校服的袖口：「不是，妳有病吧？我跟我同學聊聊天，妳在這裡耍什麼帥啊？還乾爹呢，妳平時找乾爹找得很熟練嘛，妳一個高二的——」

林語驚連話都沒說，餘光瞥了一眼桌上。砂鍋米粉剛上來，裡面的湯滾燙，這要是扣到腦袋上可能會來個燙傷。

她拿捏著分寸，一手把她面前的米粉往前推開，另一隻手按著女生的後腦「砰」地一聲按在桌子上。

女生根本沒想到她會直接動手，都沒反應過來，臉和油膩的桌面直接正面接觸讓她尖叫了一聲，掙扎著想要抬頭，被人死死按住。

「小姊姊說話注意一點，為自己積點口德，」林語驚趴在她耳邊說，「不然下次妳這個腦袋我就直接按進砂鍋裡。」

旁邊戴著紅繩的那位也反應過來了，抬手就抓過去，林語驚站起身來向後傾身躲過去，按著那女生的手沒放開，另一隻手又一把抓住紅繩的校服衣領，抬腳勾起剛才坐的那張塑膠椅踢過去。塑膠椅重重地撞上紅繩的膝蓋，林語驚順勢拽著她領子往旁邊一甩。

這裡空間本來就狹窄，她沒站穩，又被這麼撞了一下，直接往旁邊摔，嘩啦啦地撞倒了旁邊疊在一起的藍色塑膠椅。

店裡一片混亂，有女孩子的叫聲和椅子翻倒聲，老闆娘匆匆從廚房出來。旁邊的小棉花糖坐在那裡都嚇傻了，臉上還掛著眼淚，好半天才顫抖地伸出手去拉林語驚的校服：「別……別別打，別別、打架，求……求……」

林語驚垂頭看了她一眼，小棉花糖嚇得整個人都快縮成一團了，哭得肩膀一抽一抽的。

她拽著她的手，拉起來往外走。

小棉花糖被她拉得趔趄了一下，乖乖跟著。走到門口迎面站著幾個人，林語驚連頭都沒抬，擦過對方的手臂，拉著小女生走過去。過馬路，再往前，轉進了另一條路上。

這條路的飯店、餐館相對少了一些，旁邊就是一個便利商店。林語驚看了一眼身邊的少女，走進去，買了一把棒棒糖出來，挑了一根草莓味的遞給她。

女生沒再哭了，正坐在便利商店門口的臺階上抹眼睛，看起來可憐巴巴的。

林語驚嘆了口氣，在她旁邊坐下：「哭什麼？別人欺負妳妳就揍她，揍兩頓就老實了，妳哭，她以後就會不欺負妳了嗎？妳越好欺負就越會被欺負。」

女生捏著棒棒糖抬起頭來，眼睛通紅：「我、打、打不過。」

「打不過就罵，不管用就用陰的。」林語驚隨手撿了一根荔枝口味的棒棒糖，剝開糖紙塞進嘴裡，「身邊有什麼東西就全往她們臉上招呼，打架就是要先下手為強，把她們砸傻了，讓她們反應不過來。然後就去告訴老師，坐在老師的辦公室裡哭，就像妳剛才那樣哭，說她們欺負妳，她們打妳。」

小棉花糖都聽呆了，愣愣地看著她。

林語驚笑了，漂亮的眼睛彎彎地看著她：「是不是覺得我說的很有道理？」

棉花糖臉紅了，我我我我了半天，什麼都沒我出來，最後結結巴巴地說：「謝……謝謝……」

「沒事。」林語驚站起來，「其實也不是因為妳，剛好我心情也很不爽，她們在旁邊吵得我頭痛，煩死了。她們要是以後還欺負妳，妳就去二年十班找我。」

一頓中飯吃到一半，被攪和得徹徹底底，看看時間，要再吃別的也有點來不及了，林語驚最後去學校食堂買了兩個包子回去，坐在教室裡邊玩手機吃完了。

中午午休結束，沈倦準時回來，他回來的時候林語驚已經睡著了，小女生趴在桌子上側著頭，睡得很熟，校服的外套偏寬大，套在她身上顯得她骨架更單薄，瘦瘦小小的。

沈倦沒叫她，也沒急著進去，斜靠在前門門口看了幾秒。

他忽然想笑。

剛剛在米粉店門口，這個人看都沒看他一眼，後來李詩琪她們幾個反應過來，罵罵咧咧地追出去，還是被他攔下來的。

沈倦看出林語驚「收」的這個意思。

動起手來確實乾淨俐落、毫不手軟，還熟練度驚人，不過下手卻有分寸，腦子很清醒。

上課鐘聲響起，林語驚皺了皺眉，慢吞吞地從桌子上爬起來，一抬眼，看見她同桌站在門口看著她。

少女午覺沒睡飽，滿臉都寫著不高興，皺著眉迷迷糊糊地和他對視了一會兒，慢吞吞地抬手，長又毛絨絨的睫毛垂下去，細細白白的指尖揉了揉眼睛。

沈倦的眼皮痙攣似的跳了一下。

過了十幾秒，林語驚才反應過來，站起來讓位置給他。

沈倦坐下，沒人說話，林語驚還處於半夢半醒的混沌狀態，坐在座位淚眼婆娑地打著哈欠。

下午第一節課是化學。化學老師的第一節課，沈倦從一疊書裡抽出那本嶄新的化學，翻開第一頁，唰唰唰簽了個名字。

林語驚發現他這個同桌特別愛簽名，就跟小朋友拿到新書要在第一頁寫上班級、姓名一樣，他也要寫，每科每本都寫。沈倦兩個字寫得龍飛鳳舞，占了大半頁的空白，和他的人一樣囂張。

沈倦注意到她的視線，也轉過頭來。

林語驚看著他，眨眨眼，有一種偷看被抓包的不自在。

少年看起來倒是很自在，略微側著腦袋看著他的同桌：「妳剛剛打架時跟人家說什麼了？」

林語驚一頓，大腦當機了兩秒，剩下那一半沒睡夠的瞌睡蟲全被嚇跑了。

林語驚：「什……什麼？」

「就是妳按著人家腦袋，趴在她耳邊說的那句話。」沈倦說。

林語驚從驚嚇到茫然，而後面無表情地看著他，看起來就像是在琢磨著現在殺人滅口來不來得及。

林語驚：「你看見了。」

「嗯。」沈倦大大方方地說。

林語驚回憶了一下，那家米粉店很小，也沒看見有同班的在：「我沒看見你。」

「剛好路過，在門口，」沈倦還是有點小好奇的，當時就看見她趴在人家耳邊低聲說了什麼，那女生從拚命掙扎到一動也不動，效果十分驚人，「所以，妳當時說了什麼？」

林語驚忽然看著他，人畜無害地笑了一下。

沈倦是第一次看見她這樣笑。她五官長得太乖了，笑起來眼睛彎彎，十分純真無辜的樣子，微挑著的眼型像隻涉世未深的小狐狸精。

沈倦愣了愣，眼皮又是一跳。

「我說，我上面有人，」小狐狸精慢吞吞地說，「我社會大哥沈倦就在門口看著呢，妳再動一下我就要叫了。」

沈倦：「……」

‡

林語驚是三天後才發現書裡多了張單子的。

本來她甚至已經放棄掙扎了，下個星期傅明修開學，兩人這幾天除了吃晚飯的時候，基本上沒怎麼見過面，等他開學以後估計更見不到面。

林語驚不想惹麻煩，也不想因為這些事情跟孟偉國爭吵，實在沒什麼必要，在家就在家吧，反正房間門一關，完全清靜，也沒人會管她。

結果前一天晚上，她下樓去倒水，聽見張姨和傅明修在客廳裡說話。

晚上十點多，傭人都睡了，房子裡很空，張姨壓著嗓子，聲音不大：「我看那孟先生帶過來的孩子像個老實孩子，這段時間也一直一聲不吭的。」

林語驚走到樓梯口，一頓。

傅明修沒說話，張姨繼續道：「不過看也看不出什麼來，現在的孩子藏得可深的呢，傅先生留給你的東西，你必須爭取——」

「張姨，」傅明修有點不耐煩，「我不在乎那些，我也不是因為這個才不喜歡她，我就是——」

他沉默了一下，聲音低低的，「我就是不喜歡。」

張姨嘆了口氣：「我知道你不在乎，你這孩子從小就是這樣，但該是你的就是你的，你總不能最後讓自己家的東西落到外人手裡。夫人說是讓你放心，一分錢都不會白送出去，但誰知道這對父女有什麼手腕呢？而且那個小女生討人喜歡，這樣的才最危險，你跟傅先生很像，最嘴硬心軟，別到時候被人家騙了……我看著你長大，你是張姨放在心尖上的小少爺，在我看來，這個家裡的孩子只有你一個，什麼二小姐我都不承認……」

林語驚手裡端著空杯子，安安靜靜地上樓去，一整晚都沒喝一口水。

忽然之間不知道怎麼，又不覺得口渴了。

房間裡關了燈，一片黑暗，筆記型電腦沒關，放在床尾凳上，瑩白的螢幕放著電影，光線一晃一晃的。

林語驚平躺在床上，看著天花板伸出手來，在昏暗房間裡留下細細長長的五指形狀。

她茫然地眨了眨眼。

第二天，林語驚四點多就爬起來了。

她下樓的時候客廳、餐廳都沒人，靜悄悄一片，像是萬物都在沉睡，林語驚看了一眼手機上的時間——五點半。

她出了門，老李當然還沒來，林語驚一個人慢悠悠地往外走，出了別墅區，順著電子地圖找地鐵站，路過便利商店的時候頓了頓。

一週前，她也在這裡見證了一場血雨腥風的老大之戰。

林語驚進去買了兩個豆沙包，拿了一罐牛奶當早餐，往地鐵站走。

這邊地理位置很好，搭車什麼的都方便，還真的有到她們學校附近的地鐵，看起來也沒繞什麼路。

清晨六點，地鐵上人也還不算多，林語驚上去的時候還有空位，她坐下，傳了訊息給老李，一邊把那罐牛奶喝光了。

結果到學校去，不算走路的時間，也才用了半個多小時，和平時老李送她，在路上塞車的時間差不多。

林語驚到的時候班上一個人都沒有，她往桌子上一趴，就開始補眠。一直到早自習過去，第一節上課鐘聲響起，林語驚爬起來，她同桌都沒來。

林語驚覺得有一個不準時來上課的同桌也滿好的，至少補眠的時候不會被打擾。

一直到第三節課快上課了，社會哥才姍姍來遲。

第三節是老江的課，劉福江性格好，除了動作慢以外沒有什麼別的問題，一個星期以來，學生跟他也熟了起來，稱呼也從劉老師變成了江哥、老江。

老江上課跟他的人一樣慢，也可能是因為開學的時候提前了解過二年十班同學的平均水準，怕他們跟不上，一個孟德爾豌豆雜交實驗講到現在，林語驚也懶得聽，書攤開在桌面上，撐著腦袋百無聊賴地往後隨手翻了翻，結果就看見了裡面那張單子。

林語驚愣了幾秒，分辨了一會兒，沒認出這個是沈倦的字，也不像他平時寫的，像是綁了沖天炮，下一秒就能「咻」地一聲飛上天了。筆畫看起來還滿沉穩莊重的，一字一字，最後落款——家長：孟偉國。

雖然字和他平時寫出來的不一樣，但是除了他，好像也沒第二個人知道這件事。

林語驚扭頭，看向旁邊坐著的人。

沈倦正在看影片，軟趴趴地撐著腦袋，手機立在高高的一疊書後頭，教材剛好當他的純天然手機支架。

這個人的每一本課本上面幾乎只有他一個名字，上課的時候從來沒見過他動筆在上面記過什麼，最多裝模作樣地畫兩個橫線，假裝標一下重點。

林語驚看著他，欲言又止。

這張單子是什麼時候寫的，她完全不知道，她根本沒想到沈倦會真的幫她寫單子。

再回憶一下這兩天她不怎麼熱情友好的態度，還讓林語驚覺得滿抱歉的。

她是一個有情有義、知恩圖報，非常講究江湖義氣的少女，也不喜歡欠別人債。

而開學的這一個星期，沈倦上課除了睡覺就是看影片，沒事的時候看看書，也像是沒經過大腦似的閒閒散散地翻著。從這樣子來看，人家說的確實沒錯，社會哥從來不學習，可能不太需要她在學習上提供什麼幫助。

第四章

相逢是緣火鍋趴

中午午休，林語鶯把單子交給了劉福江。

劉福江毫不懷疑，林語鶯晚交了單子，寢室基本上都已經分完了，林語鶯的這個情況得找後勤老師問問看要怎麼分。劉福江笑呵呵地跟她說完，又問了她學習近況：「怎麼樣，平時學習壓力感覺大不大，能跟上嗎？」

「嗯，還好。」林語鶯謙虛地說。

劉福江的辦公桌前還站著一個少年，就穿了一件校服外套，下身是緊身牛仔褲，騷得不行，頭髮倒是理得俐落。

林語鶯看了他一眼，覺得有點眼熟，忍不住多看了一眼。

少年倒是一直盯著她，眼睛一眨沒眨。

從來不懼怕跟別人對視的小林歪著腦袋，跟他對看。

來不及持續幾秒，被劉福江打斷。林語鶯交完單子，轉身走出辦公室，關上門的時候還聽見劉福江語重心長地跟緊身牛仔褲說：「你媽媽跟我說了，我覺得沒事，年輕人嘛，你一會兒回班——」

林語鶯以為是劉福江教的別班同學被叫過來訓話了，結果中午吃完飯一回來，人剛進教室，就感受到一陣風「唰」地從身邊掠過，伴隨著少年的鬼哭狼嚎：

「爸爸！您他媽還真的把我一個人丟在警局裡啊！」

林語鶯看著那個趴在自己的桌子上，拚命往沈倦身上撲的緊身牛仔褲，有點傻眼。

沈倦也沒反應過來，茫然了幾秒，看清人以後「啊」了一聲：「你也十班的？」

「是啊，爸爸。你怎麼說走就走，都不叫我一聲？我跟蔣寒他們直接被員警叔叔天降正義了，被我媽領回去以後差點沒被打死。」

林語驚想起來了，這張臉確實見過。

拖把二號，髒辮、小花臂。

只不過少年現在髒辮被拆得乾乾淨淨，連頭髮都被剃了，長度直接在耳朵上面，露出額頭，看起來乾淨清爽，差點沒認出來。

拖把二號不愧是親兒子，他爸爸沈倦打個群架，直接把他丟那裡讓他自生自滅也絲毫不記仇，看起來還像是習以為常了，沉痛地描述了自己在警察局蹲到半夜，還寫了一份標題為「我以後再打架我就是孫子」的悔過書，凌晨被他媽領回家以後又挨了一頓混合雙打，外加把他的辮子剃得乾乾淨淨。

他就那麼撅著屁股，撐在林語驚桌子上趴著跟沈倦說話，林語驚坐也不是，就站在門口站了一會兒，一邊看手機一邊有一搭沒一搭地聽著。

「爸爸，真的，」拖把二號還在訴說衷腸，「你不知道我知道跟你分到同一班以後有多高興，你不高興嗎？我是你的兒子啊！你的親兒子王一揚回來了！還跟你同班！回來孝敬您了！」

沈倦的腳踩在桌邊橫杆上，笑了一聲：「行了，知道你孝順，說完了嗎？說完就滾吧，我同桌在等呢。」

突然被點名的林語驚還在消化親兒子和親爹在同一個班的事，有點沒反應過來。她放下手機抬起頭，看過來。

王一揚眨眨眼，眼睛裡終於不再只有他爸爸。他扭過頭來，看了林語驚一眼，那眼神看起來很熱情：「小姊姊。」王一揚走過來，笑嘻嘻地看著她，「又見面了，好有緣啊，實不相瞞，我第一次見到妳就覺得跟妳有緣，妳長得有點像我親媽，特別親切。」

林語驚：「……」

當時打架，看到這少年揮舞著拳頭，高喊著「打死我啊」的時候她就應該看出來的，這拖把二號的腦子八成有點不好。

王一揚熱烈地望著她：「妳那個紋身考慮得怎麼樣了，想好要紋什麼圖了嗎？」

林語驚茫然地看了他一會兒，才想起來有這麼一件事。

「啊，」她發出了一個單音節，看了沈倦一眼，「還沒決定。」

王一揚很緊張，生怕林語驚不在他們那裡紋了，嚴肅地看著她：「小姊姊，我說真的，我爸技術特別好，真的，都不怎麼痛，妳就讓他幫妳紋。」

林語驚：「……」

沈倦：「……」

怎麼聽怎麼不對勁，但是又好像沒哪裡不對勁。

沈倦的腦子裡不受控制地冒出一大堆亂七八糟的有色想法，額角的青筋一跳，下意識看了林語驚一眼。

小女生張了張嘴，不知道該說什麼好，看起來有點茫然，還沒反應過來。

王一揚還生怕林語驚不相信，捲起校服外套，露出他的半截花臂：「我的就是他幫我弄的，妳看，這霧面——」

沈倦忍無可忍，從桌底抬腳踹了他一腳：「閉嘴。」

王一揚閉嘴了。

‡

王一揚開學沒直接過來，一頭髒辮被他媽強行剪掉了，他鬧了個大矛盾，叛逆了一個星期才回來上學。

班上本來四十八個位置是雙數，剛剛好，他回來以後，劉福江讓他去後勤搬了一套桌椅，坐在沈倦前面，講臺旁邊。單人單桌，帝王待遇。

下午第一節英語，英語老師的聲音溫柔，堪稱最催眠的課沒有之一，再加上午後剛吃飽飯，本來就容易犯睏，全班都昏昏欲睡。英語老師絲毫沒受到影響，課講得行雲流水，講到興起還能自己和自己互動。

林語驚翻著單字表，看了沈倦一眼。少年把英語課本攤開在桌面，一手撐著腦袋，另一隻手三根手指捏著筆轉，隔一會兒還會翻一頁書裝裝樣子。

老師在上面講第二單元，他已經翻到後面七八課去了。

林語驚清了清嗓子，身子蹭過去一點，小聲說：「我上午去交單子了。」

「嗯？」沈倦轉筆的動作停了下來，抬起頭來，有點迷茫，過了幾秒才意識到她說的是什麼，「啊。」

林語驚看著他：「那個……」

「嗯？」

少女沒出聲了，沈倦疑惑地揚了一下眉。

林語驚想道個謝，真心實意的那種。

這件事說起來也奇怪，平時她不會覺得感謝什麼的，不認真的時候、敷衍的時候，或者故意想哄人賣乖的時候，好聽的、感謝的話可以張口就來，一連串都不重複的，說得別人開開心心。但現在真的想說一聲謝謝，反倒讓人很難開口，甚至有點尷尬。

一句謝謝而已，兩個字。

林語驚看著他，憋了好半天，最終挫敗地吐出一口氣來，一手伸進校服外套的口袋，聲音很小，像小貓一樣：「你伸手……」

沈倦看著她，甚至都沒思考，聽到她這麼說就伸出手來。

林語驚從口袋裡翻了一會兒，捏著一個東西放在他手心裡。

少女的手白白小小的，指尖擦過他的掌心，有點涼，緊接著手裡就落下一個微涼的東西，帶著一點點重量。

沈倦垂眸，一根棒棒糖安靜地躺在他手心裡。

白色的棍子，玻璃紙包裹著糖球，粉粉嫩嫩的顏色，是水蜜桃口味。

‡

林語驚給沈倦的那根棒棒糖是之前買給小棉花糖剩下的，她當時買了一大把，每個口味都挑了一根，現在口袋裡還有不少，林語驚全翻出來放在學校裡，自習課沒事的時候就咬一根。

王一揚是個自來熟，他見過林語驚兩面以後又在學校碰見，已經把林語驚劃分到「非常有緣的幸運朋友，長得也親切」的行列裡了。他的座位就在林語驚前面，一整個下午把後桌的桌子當自己的桌子，一節課裡有半節課都轉過來聊天。

最後沈倦實在沒耐心聽他囉嗦，筆一摔，面無表情地看著他：「王一揚，閉嘴，滾。」

王一揚做了個嘴巴拉拉鍊的動作，乾脆俐落地閉上嘴轉過去了。

非常聽爸爸話。

週五下午，馬上就週末放假了，大家心思都有點散漫。最後一節是自習，剛開學，各科老師對自習課的爭奪戰還沒正式開始，林語驚早上實在起得太早，寫完了兩張英語考卷，就趴在桌上打算睡一會兒。

結果一覺就睡到了下課鐘響，教室裡亂哄哄的一片，整個班的人都爭先恐後往外跑。

林語驚爬起來，嘆了一口氣，甚至有點希望這個自習課上到地老天荒，直接上到下週一開學。

她不情不願地開始裝書包，把發下來的作業考卷都裝好，側頭看見她同桌桌上和之前一樣，考卷都空著放在桌上，帶都沒帶走。

林語驚這個人事情算得很清楚，沈倦幫了她的忙，一根棒棒糖也不能當作還清了這個人情。林語驚將收拾了一半的書包放回去，抓起一支筆，扯過沈倦的考卷，掃過第一道選擇題，寫了個答案上去。

剛寫完，筆一頓。

妳自說自話了啊，林語驚。這是人家的考卷，妳這樣算怎麼回事啊？

林語驚又把考卷重新放回去。剛好輪到李林他們做值日，幾個男生也不好好幹活，拿著掃把坐在教室後面的桌子開黑，看見林語驚站起來，抽空抬頭看了一眼：「新同學，週一見啊。」

林語驚擺了擺手，沒回頭。

李林看著她的背影咂了一下舌：「不知道為什麼，我感覺我們這個新同學好酷啊。」

「肯定酷啊。」旁邊一個男生頭也不抬地打著遊戲，「不酷敢跟沈倦坐同一桌？還安安全全完整地坐了一個星期。」男生說著，螢幕一黑，死了。

「不過漂亮是漂亮，前兩天三班就有人來找我問她手機號碼，我就說我沒有，我們新同學跟與世隔絕一樣。是想上去搭話，但她旁邊坐了一尊佛爺，誰他媽敢啊。」他抬起頭來，看向李林，「噯，你就坐在她後面，有沒有她的手機號碼啊？」

李林沒什麼表情地看著他：「我？沈倦在的時候我他媽話都不敢說，呼吸都得輕輕的，能多活一會兒是一會兒，我還能無視他，去要他同桌的手機號碼？」

‡

林語驚走出校門，往前過了一個街口，看見老李的車遠遠地停在那裡。

老李知道她不喜歡把車直接開到校門口，每次都會停在這邊等她。

林語鶯的腳步頓了頓，走過去。

「李叔好。」

「嗳，林小姐。」

林語鶯第一次見到老李的時候，他叫的是二小姐，林語鶯連頭皮都發麻。老李心細，從那以後再也沒這麼叫過。

老李開車很穩，林語鶯本來就很睏，撐著腦袋坐在後面昏昏欲睡：「李叔，我向學校交了住校的申請。」

老李愣了愣，從後視鏡看了她一眼：「住校啊？」

「嗯，學校宿舍得整理一下，應該下週可以搬。」林語鶯說，「到時候我提前跟您說一聲，要不然每天去學校還得浪費不少時間。」

老李笑著點了點頭：「好。」他猶豫了一下，「您跟孟先生說過了？」

林語鶯沒說話，老李嘆了口氣。

他是真的滿心疼這個小女生的，確實是個好孩子，平時看起來聽話，其實脾氣也很倔，有什麼事情也不說，就一個人悶著。才十六七歲的小丫頭，正是最好的時候，應該大聲笑，大聲哭的年紀。

老李幫傅家開車也開了幾十年，從來不多話，忍了忍，還是沒忍住：

「瞞著也不行，您還是跟孟先生聊聊，把話聊開，有什麼矛盾就解決了。孟先生也疼您，這個世界上哪有不疼自己孩子的父母。」

林語鶯笑了一下，輕聲道：「對啊，哪有不疼自己孩子的父母。」

林語鶯到家的時候，傅明修難得沒在樓上房間裡，人正坐在沙發上玩手機。

如果是平時，林語鶯還會跟他打個招呼，說兩句話，表達一下自己的友好，不過昨天晚上她不巧剛聽到那些話，現在一句話都不想說，問一聲好已經是她最大限度的禮貌了。

反而是傅明修看見她進來，放下了手機，看著她，一副欲言又止的樣子。

林語鶯平靜地看著他。

等了幾秒，就在她準備轉身上樓的時候，傅明修才開口：「週一。」

林語鶯腳步一頓。

「週一，我剛好也要返校，送妳去學校。」

「……」

林語鶯差點以為自己穿越了，或者傅明修被人魂穿了：「什麼？」

傅明修不耐煩地看著她：「我也是因為有話想跟妳說，找個機會跟妳談談，妳不要以為我——」

「好的，」林語鶯答應下來，打斷他的話，順便鞠了一個躬，「謝謝哥哥，辛苦哥哥了，我上樓了。」

她實在對他接下來的話沒什麼興趣，也沒耐心。

傅明修一共就單獨和林語鶯說過這兩次話，又被這麼不上不下地卡著，難受得不行。

他擰著眉，瞪著揹著書包上樓的少女背影，好半天才委屈地爆出一句髒話：「靠……」

‡

林語鶯週末也沒什麼事情要做，她在這個城市一個認識的人都沒有，在房間裡待了兩天，除了吃飯的時候會下樓和傅明修尷尬地吃個飯，剩下的時間她都在房間裡種蘑菇。

總覺得如果一直這樣下去，她遲早會得自閉症。

週六晚上，林語鶯接到了林芷的電話。

林小姐和孟先生離婚以後，林語鶯第一次接到來自母親的電話，平時都是帳戶裡會準時匯錢來的，看到來電顯示的時候，林語鶯愣了一下。

林芷還是以前那個風格，問題像是老師家訪，甚至聽不出她有什麼感情波動。功課怎麼樣，上次考試拿多少分，錢夠不夠花。

『給妳的錢就是給妳的，妳自己花，一分錢都不要給妳爸。』林芷最後說道。

她對孟偉國的厭惡簡直到了無以復加的程度，討厭到她所有的零用錢和生活費都是直接匯到林語鶯的帳戶裡，並且生怕孟偉國動她一分錢。

林語鶯覺得夫妻能做成這樣也滿有意思的，點點頭，想起對面看不到，又補充了一聲：「嗯。」

幾個不能更範本化的問題問完，兩個人相對沉默，都沒話說。

最後還是林芷打破了這個僵硬的氣氛，語氣聽起來難得有些軟：『小語，不是媽媽不想帶妳，只是——』

「我知道，」林語鶯飛快地打斷她，直勾勾地看著花樣繁雜的壁紙，「我知道，我都明白。」

林語鶯一直覺得，她跟林芷關係更好一點。

比起孟偉國，她從小就更喜歡林芷。

不知道是不是母親和父親都會有一些區別，孟偉國對她幾乎是不聞不問的狀態，而林芷雖然態度冷漠，但還是會管她，也會問她的成績，問她的學習狀況，林語驚從來沒想過林芷會不要她。

不是媽媽不想要妳，那是因為什麼呢？

只是我有更多的事情需要去處理，只是我忙得沒有時間，只是很多事情，在我心裡都是排在妳前面。

——只是因為妳不重要，只是因為我不愛妳。

林語驚一點都不想知道「只是」後面的內容是什麼，一個「只是」已經說得夠明白了。

林語驚出門的時候是黃昏，逢魔時刻。

日本有個傳說，在遠古之時，人們相信陰陽五行，妖魔總在白晝與黑夜交替時現身於現世，人類分不清走在路上的究竟是人是妖，所以黃昏被稱為逢魔時刻。

這個典故還是程軼講給她聽的。那時候他們三個人逃掉晚自習，去學校天臺吹風，正是黃昏，頭頂彌漫著紅雲，大片大片的天空被燒得通紅。

程軼當時壓著嗓子：「妳走在路上，根本分辨不出跟妳擦肩而過的究竟是人類，還是妖怪偽裝的，所以這段時間如果有人叫妳的名字，妳千萬不要回答，回應一聲，魂就被勾走了。如果有人朝妳迎面走來，妳要問他的。」他清了清嗓，沉聲道，「來者何人？」

陸嘉珩當時靠在旁邊：「程軼。」

「啊？」程軼應聲。

林語驚：「程軼。」

「啊？」

陸嘉珩：「程軼。」

程軼莫名其妙：「啊？不是，你們是什麼情況啊？」

陸嘉珩就嫌棄地指著他：「就你這個智商，以後這個時間都別出門了，魂會被勾走十回八回。」

林語驚在旁邊笑得不行。

林語驚走過一個個小花園，走出了大門，唇角無意識地彎了彎。

她離開的時候沒跟別人說，不過幾家人都熟，林家的事程軼和陸嘉珩沒多久也都知道了。

到A市的第二天，程軼就打一通電話過來，劈頭蓋臉地罵了她一頓，花樣繁雜，流利到都沒有重複。

林語驚當時也沒說什麼，只是笑。笑完了，程軼那頭突然沉默了，一向聒噪得像永動機一樣，不停吵的少年沉默了至少兩分鐘，才啞著嗓子叫了她一聲：

『阿珩在發脾氣呢，鯨魚小妹，在那邊被誰欺負了，都跟妳程哥哥和陸哥哥說，哥哥們坐飛機過去幫妳報仇。神擋殺神，誰來都沒用。』

林語驚笑得眼睛發痠：「誰是鯨魚小妹，趕緊滾。」

街道上車水馬龍，汽車鳴笛聲朦朦朧朧，隱約有誰叫了她的名字，把她從回憶裡拉出來。

林語驚回過神來，那聲音又叫了一聲，她愣了兩秒，抬頭看了一眼火紅的天空，不知道為什麼忽然想起程軼那個十分智障的「有人叫妳千萬不要回答，是來勾妳魂的」。

還沒等她反應過來，肩膀被人拍了一下。

林語驚回過頭去。

王一揚和一個男生站在她身後，王一揚手裡拎著袋子，笑呵呵地看著她，那個男生林語驚不認識，又看了一眼，才覺得有點眼熟。

是之前在籃球場，坐在籃球上和沈倦說話的那個，李林說是沈倦以前的同學。

王一揚脫掉了校服，又換上和他之前那頭髒辮很搭的龐克風便服。可惜臉長得白白嫩嫩的，又理了個學生氣息很濃的髮型，看起來更像個叛逆期的中二少年。

中二少年笑嘻嘻地看著她：「語驚姊姊，這麼巧啊，」他很得意，扭頭看向旁邊的籃球少年，「我就說了是啊，你還不信。」

何松南翻了個白眼，心想我什麼時候不信了，我光看這個背影就看過好幾次了，我也認出來了行嗎？

他不太想和這個小屁孩一般見識，很假地鼓了鼓掌：「我揚好棒，我揚最強。」

王一揚很受用，美滋滋地扭過頭來：「姊姊，去紋身？決定好圖了？」

林語驚：「啊？」

她抬頭看了一眼，才發現這個方向再往前走，還真的是沈倦那個紋身工作室的巷子。

她剛要解釋說她只是隨便散散步，王一揚就說：「不過今天不太巧，店裡不接工作了，我們要吃火鍋。」

林語驚低頭看了一眼他手裡拎著的兩個塑膠袋，大概就是家裡自己弄的那種火鍋，她還沒想好要說什麼，就聽見王一揚特別熱情地說：「一起來吧？大家都這麼熟了。」

「……」

林語鶯不知道王一揚是怎麼得出「大家都這麼熟了」的結論，她跟王一揚只有三面加一個下午的交情，然而這個人的自來熟已經到了一種登峰造極的程度，他愣是把一隻手都能數完的幾小時時間掰出了一百倍的效果，好像林語鶯是他多年摯友一樣。

林語鶯正在想要怎麼拒絕，何松南在旁邊笑咪咪地看著她：

「小學妹，等等有約嗎？沒有就一起來吧！」他一臉過來人的樣子，「休息日是多麼奢侈的東西，等妳到了我這個歲數，妳就知道現在休息日和同學一起吃頓火鍋的時間到底有多珍貴了。明年的這個時間，妳就得在班上坐著，奮筆疾書寫考卷。」何松南痛苦地說。

「……」

那請問你現在怎麼沒在教室裡奮筆疾書寫考卷，跑這裡來吃火鍋了？

王一揚這個人，雖然自來熟還有點白目，但是其實也不是個好相處的人。

他對於林語鶯的熱情邀請，其實完全來自於何松南的慫恿，他只是說了句「嗳，你看前面那個妹子有點像我一個新同學」，何松南跟著抬頭，然後整個人都燃燒了。

倦爺家的小同桌。

腿又長又細，脾氣非常大的女王大人。

何松南像打了雞血一樣，抽出手機在群組裡啪啪打字：兄弟們，我帶個妹子去啊，歡不歡迎？

蔣寒第一個回覆：帶吧，你帶妹不是常態，你還需要問嗎？
蔣寒：小女生來，你別來了，兄弟幫你照顧，你安心走吧，以後我弟妹就是你嫂子。
何松南笑得很不正經：別吧，不是我的妹子啊，你真想照顧怕會脫一層皮。
蔣寒：？
何松南：倦爺家的。
「……」
蔣寒的菸差點從嘴裡滑出去，拍著桌子伸著脖子喊：「倦爺！！！」
沈倦在裡面畫畫，沒搭理他。
蔣寒：「沈倦！何松南說剛才碰見你老婆了！！！」
裡面一聲沒有。
何松南的話蔣寒明顯不信，但是這並不妨礙他騷上一騷，他開心地把菸熄滅了，從沙發上站起來，跑到裡面房間的門口，趴在門框上看著他：「老沈，你坦白從寬抗拒從嚴吧，武藤蘭還是蒼井空？」
沈倦背對著門坐在地上，手裡捏著一支鉛筆在畫板上勾畫，隨口說：「小澤愛麗絲吧。」
蔣寒一噎：「倦爺，麻煩你對我的女神放尊敬一點，」他嚴肅說道，「人家叫瑪利亞，小澤瑪利亞，不他媽叫愛麗絲。」
「不都一樣嗎？」沈倦沒抬頭，筆尖在紙上點了兩下，繼續落筆。
「哪裡一樣了？你告訴我哪裡一樣？」蔣寒語重心長，「你能不能像一個正常少年一樣，對我們的性教育啟蒙者們多了解一點？」

沈倦隨手抓起手邊一個靠枕丟過去：「趕緊滾。」

林語驚也不知道自己為什麼就真的跟著王一揚他們，到這家沒有名字的紋身工作室門口來了。可能是因為她剛接完林芷的電話，急需一點這種熱鬧、能夠讓她轉移一下注意力的事，再加上何松南和王一揚實在是過分熱情，那種熱切甚至讓林語驚覺得這兩個人像做傳銷的，有種如果她再拒絕一次，王一揚就會抱著她的腿，坐在地上哭的感覺。

工作室還是老樣子，巴掌大的小院子，裡面的植物生長得不修邊幅、無人問津，門虛掩著，隱約能聽見裡面傳出一點聲音。

何松南推開門，林語驚走進去。

裡面和她上次看見的沒什麼區別，屋子區域劃分得很清晰，沙發上堆滿了抱枕，另一頭的兩個長木桌上堆滿了畫，旁邊有一台電腦，再裡面有兩扇緊貼著的門，林語驚猜測是紋身室、洗手間什麼的。

林語驚一進來，蔣寒就愣住了：「小仙女？」

小仙女眨眨眼，有點不自在地抬了抬手：「……嗨？」

一如他們初見時那般。

場景回溯，時光倒流，蔣寒覺得自己一顆在萬花叢中度過的老心臟被擊中了。

他扯著脖子，朝裡面吼了一聲：「倦爺！出來接客！！！」

臺詞還是那句，不過林語驚那個時候覺得尷尬，現在卻不知道為什麼，突然很想笑。

這次倒是沒有什麼暴躁的反應，沒過半分鐘，裡面第一個房間門打開，沈倦從裡面出來。他穿著件白色T恤，上面沒任何圖案，一邊耳朵塞著耳機，另一邊耳機線彎彎繞繞地垂在胸前。

他抬起頭來，看見林語驚後站在門口停了停，微揚了一下眉。

何松南笑得非常純真：「路上遇到你同桌，倦爺，相逢便是緣。」

「……」

不知道為什麼，林語驚忽然想起程軼經常傳給自己的老人圖，大朵紅色牡丹花圍繞著兩個紅酒杯，上面印著彩色的字，「相逢便是緣，為了友誼乾杯，我的朋友」。

小院子裡放了一張桌子，電磁爐上有一口鍋子，裡面紅鮮鮮的辣，看得唾液腺開始活躍起來。何松南他們拿出一樣樣剛剛去買的食材，放在桌上。

林語驚去洗手，她剛進洗手間，蔣寒就嗖地竄過來，跑到沈倦旁邊：「倦爺，她剛剛跟我打招呼了，你看見了嗎？」

沈倦拉開可樂拉環：「沒。」

「對，你還沒出來，」蔣寒說，「太純了，撩得我害怕。」

沈倦抬起頭來看著他。

這表情何松南太熟悉了。

一週前，他就是因為無視了這個沒什麼表情的注視，導致他被從籃球上踹下來，一屁股坐到地上，尾椎到現在還隱隱作痛。何松南覺得自己可能留下了病根，陰天下雨屁股就會痛什麼的。

他看了蔣寒一眼，這個人還完全沒意識危險的來臨，捧著心一臉悸動：「這他媽難道就是心動的感覺？」

何松南決定救兄弟一命，看了一眼洗手間緊閉的門，壓著聲音：「你心動個屁，那是倦爺的同桌，」何松南指著他，「不是你同桌。」

「……」蔣寒很茫然：「不是，非得是我同桌我才能心動嗎？」

何松南還來不及說話，洗手間門開了，林語驚從裡面出來，話題終結。

沈倦這個校霸，雖然傳說聽起來比較讓人膽戰心驚，但是這段時間接觸下來，實在不像一個不分青紅皂白，差點把同桌打死的暴力分子。尤其是簽單子那件事以後，林語驚把他暫時劃分到好人行列。

而且這個人也沒有那種很酷的孤僻沒朋友人設，他朋友算多了，每一個都非常有意思，吃個火鍋熱火朝天，沒一秒鐘冷場。

沈倦話不多，偶爾說兩句，大部分時間都在不緊不慢地吃。

中二少年們吃火鍋，酒肯定少不了，蔣寒從裡面推出一箱啤酒，一人一瓶，發到林語驚時他笑了笑，收住了：「小仙女，來一瓶？」

林語驚眨了眨眼，沒馬上接，頓了兩秒：「我不太會，就一杯吧。」

一群男孩子，唯一算熟的也只有一個沈倦，也只能說是同學，連朋友都算不上，林語驚沒打算喝酒，本來想喝一杯，意思意思就行了。

而蔣寒他們一直都是一群男生，平時都粗糙習慣了，根本沒想那麼多，沒考慮過女孩子跟他們一群還不算熟的男生喝酒什麼的，就覺得小女生想喝就喝一點，不想喝不勉強，一杯也可以。

蔣寒開了酒，剛要去拿林語驚的空杯，沈倦忽然抬手，捏著杯壁倒過來，將杯口朝下，把她的杯子倒扣在桌子上。另一隻手從旁邊拿了一瓶可樂，食指勾著拉環，「嗞」一聲輕響拉開，放在林語驚面前：「不合適，可樂吧。」

沈倦話一說出口，所有人都停下了，蔣寒的手臂橫在空中，何松南抬起頭來，王一揚正往嘴裡塞的一塊魚豆腐「啪嗒」一聲，掉回碗裡。

何松南第一個反應過來，筷子一放，笑咪咪地說：「怎麼不合適了？妹妹出來吃火鍋，喝一杯熱鬧熱鬧，也沒什麼不行。」

沈倦看了他一眼：「未成年。」

「……」

何松南被噎了一下，指指旁邊的王一揚：「這傢伙也未成年。」

被指著的未成年王一揚同學咬著魚豆腐，端起啤酒瓶，對著瓶口喝了三分之一，爽得哈出一口氣來。

何松南湊近了，笑咪咪地敲敲瓶子：「怎麼你同桌就不行？」

沈倦看出來了，這個人就是故意的。

他放下手，身子往後一靠，微揚起頭，挑著眉看著他，沒說話。

何松南高舉雙手：「好，明白，不行就不行，妹妹未成年，妹妹喝可樂。」

王一揚津津有味地看戲，爪子指著何松南：「南哥，你說你就老老實實地吃不行嗎？非得皮，皮這一下你開心了？」

何松南是開心了，王一揚看戲看得也很開心，蔣寒就不懂了，他怎麼覺得好像有哪裡不太對勁呢？

那一箱啤酒本來就只剩下一半，何松南他們幾個人簡直就是酒桶，啤酒像水一樣，半箱喝完臉色都沒變，最後幾瓶分完都八點多了。

鍋裡已經沒什麼東西了，林語驚偶爾下一點蔬菜吃，邊吃邊聽他們聊天。

男孩聊起天來和女孩不一樣，林語驚其實早就習慣了，她沒什麼特別好的女生朋友，以前跟陸嘉珩、程軼他們出去也是聽他們一群男生坐在一起聊，這個歲數的男孩，聊的都是玩樂，遊戲、球賽、女孩子，偶爾開開黃腔，大同小異。

天已經完全黑了，小院子裡掛著不少燈，門口的廊燈也點著，光線昏黃又明亮。

巷子裡的紋身工作室、巴掌大的小院子、咕嚕咕嚕冒著熱氣的麻辣火鍋、鮮豔又熱烈的少年，在這個陌生的城市生動地在她眼前展開，有種奇異的感覺一點一點地被熨燙。

王一揚他們正聊到興頭上，一看才八點，準備去買酒繼續喝，何松南二話不說，拽著王一揚和蔣寒就往外扯：「走了兄弟，買酒去。」

走出門還回頭看了一眼沈倦，眼神很有戲：「倦爺，看家啊。」

林語驚嘴裡還咬著一根青菜，再抬頭，亂哄哄的少年都不見了，小院子裡倏地一片寂靜。

沈倦安靜地坐在旁邊，靠在椅子上，手裡把玩著林語驚那個一直沒用的空杯子。

察覺到她的視線，他抬起頭：「吃飽了？」

他剛剛一直沒怎麼說話，乍一出聲，聲音有些啞，被夜晚和燈光刷了一層，帶著一點奇異的質感。

林語驚點點頭，視線落在他捏著杯子的手上。他的手很好看，手指很長，指尖捏著杯口，手背上的掌骨微微凸起，看起來削瘦有力。

她忽然想起剛剛少年捏著她的杯子，勾著可樂罐的拉環拉開、放到她面前時的樣子。

「家裡有門禁嗎？」沈倦忽然問。

「啊？」林語驚愣了一下，搖了搖頭。

沈倦將椅子往後挪了挪：「他們玩起來不知道要到什麼時候，妳要是急，我就先送妳回去。」

林語驚不確定他這個是不是逐客令什麼的。

吃飽了就趕緊走吧，還在這裡幹什麼？我們熟嗎？

是這個意思？

她看了一眼時間，八點半，緩慢地點了點頭：「等他們回來吧，打個招呼，現在也沒很晚，我自己走就行。」

沈倦看了她一眼，「嗯」了一聲，沒再說什麼。

酒足飯飽，雖然沒喝酒，但林語驚每天和傅明修一起吃晚飯，實在是太痛苦的體驗了，她覺得再這麼吃下去，她可能會得胃病什麼的。

確實是很久沒吃過這麼舒服的晚飯了，此時有點睏。

她抬手，把還在冒著泡泡的電磁爐關了，單手撐著腦袋，懶洋洋地看著他家工作室門上掛著的那塊刻著圖騰的木牌盯了一會兒：「這是你的店嗎？」

沈倦抬了抬眼：「啊，」他眸光沉沉的，聲音也有點啞，「算是吧，我舅舅的。」

林語驚注意到了，看了他一眼，換了個話題：「唔，紋身是不是還滿賺錢的？」

「還可以，我收得不多，賺個生活費。」他看了她一眼，「想紋？」

林語驚愣了愣，搖搖頭：「看起來很痛。」

沈倦似笑非笑地看著她：「妳選的那個地方不太痛。」

「……」

林語驚反應了三秒才想起來他說的是哪裡，面無表情地看著他，「沈同學，你這樣聊天沒意思了。」

沈倦勾唇：「好吧。」

「那你平時也住這裡嗎？」林語驚問。

「嗯，」沈倦頓了頓，說，「這裡是我家。」

林語驚不說話了。

沈倦這幾句話說得實在太有深意了，讓人沒辦法不想太多。

這地方除了地段處在市中心以外，別的實在算不上好，這種老巷裡的老房子，木質地板看起來快要腐爛了，踩上去嘎吱嘎吱的，一層七八戶，每戶面積都很小，隔音極差。

而且是他舅舅的店，卻是他家。

只一瞬間，林語驚就腦補出了無數內容，沈倦從一個炫酷狂炸屌的校霸變成了一個有故事的，要自己紋身賺生活費，養活自己的小可憐。

林語驚拖著腦袋慢吞吞地眨了眨眼，腦補了五萬字故事，沒忍住打了個哈欠。

小女生看起來很睏，打了哈欠以後眼睛水水的，有點紅，眼尾的弧度闊開，眼角微勾，睫毛垂著。

她有點冷，始終幅度很小地縮著脖子，手指無意識地抱著下手臂蹭。

沈倦看了她一會兒，將手裡的杯子放下：「進去等吧。」

林語驚指尖都冰了，趕緊點了點頭，站起來，跟在他身後進去。

她在沙發上坐下，沈倦從旁邊拿了一條毯子遞給她，林語驚道了謝，接過來扯開。

深灰色的毯子，絨毛很厚，手感很軟，暖洋洋的。

林語驚高舉了五秒，虔誠地在心裡默念了三聲。

這可是老大的毯子。

老大用來蓋腦袋的毯子，竟然給她蓋了。

她小心翼翼地扯著一角，蓋在身上。

屋子裡很暖，林語驚整個人陷進沙發裡，懷裡抱著靠枕，仰著腦袋又打了個哈欠。

她才發現，天花板也畫了畫。

神殿前長著翅膀的天使手裡捧著一捧鮮豔的花，魔鬼握著三叉戟，站在人骨堆成的峭壁之上，腳下是鮮紅滾燙的岩漿。

一半是天堂，一半是地獄。

林語驚本來想問這是誰畫的，她抬起頭，卻沒看見沈倦。

可能是出去繼續吃了，還沒吃飽吧。

她歪著頭，揉了揉眼睛。

沈倦進去找了一個空杯，飲水機沒開，裡面沒熱水。他找到水壺，燒了一壺開水。

他靠在廚房冰箱上等了一會兒，從口袋裡翻出菸盒，敲出一根，咬著菸摸打火機。

摸到一半，往外看了一眼。

沙發上的人被擋住了一大半，只能看見一段垂在沙發邊的手。

沈倦把打火機重新揣回口袋裡，把菸丟到一邊。

水燒開沒幾分鐘，沈倦倒了一杯出去時，林語驚已經睡著了。

她歪著身子，整個人縮在一起，陷在柔軟的沙發和一堆靠墊裡，手裡拉著的毯子只敢拉著一小角，蓋著一半的手臂，看起來怪可憐的。

沈倦把手裡的水杯放在茶几上，站在沙發旁垂頭看了一會兒。

猶豫半晌，他抬手，拉著毯子往上拉過胸口、肩頭——

門外傳來男生說話笑鬧的聲音，下一秒，門被推開：「倦爺——倦啊——」

沈倦手一抖，毯子落下去，正正好好蓋在林語驚的腦袋上。

何松南推門進來，看了一圈，最後視線落在角落沙發裡的人身上。

沈倦站在沙發旁，一隻手還頓在半空中舉著，回過頭來看著他。

沙發上鼓著一團，被深灰色的毯子從腦袋開始蓋得嚴嚴實實，只露出一小截白白的指尖垂著。

何松南不明所以：「你們在幹嘛，你把小女王蓋起來幹什麼？新情趣？」

沈倦壓著嗓子：「閉嘴。」

何松南閉嘴了，看著沈倦又回頭看了一眼那一團，頓了兩秒，抬手拉著毯子邊緣，拉下來了一點。

少女的一張小臉露出來，屋子裡只開了兩盞地燈，光線很暗，女孩的呼吸很輕，均勻平緩，皮膚很白，長長的睫毛覆蓋下來又濃又密。

她眼底有一層陰影，眉微皺著。醒著的時候還沒那麼明顯，此時安靜下來，整個人都透著淡淡的疲憊，看起來像是很久沒睡好了。

沈倦直起身子，從沙發另一頭摸到遙控器，把兩盞燈都關了。房子裡暗下來，他走到門口朝何松南揚了揚下巴：「出去。」

何松南乖乖地出去，沈倦跟在他後面，把門關上了。

外面，蔣寒和王一揚正勾肩搭背地坐在一起聊天，沈倦兩人坐下後，何松南張了張嘴：

「不是，老沈……」

沈倦抬眼：「嗯？」

蔣寒也抬起頭來：「小仙女走了？」

「沒，在裡面睡覺。」

蔣寒點點頭，說：「倦爺，你的事我聽說了。」

沈倦側了一下頭，其實不知道他有什麼事。

蔣寒的表情很嚴肅：「我之前只是隨口說說，你要是真的喜歡，兄弟絕對不會跟你爭。但是你也爭氣點，就比如今天，你就放家人一個人在裡面睡覺？喜歡就陪她一起睡啊！」

沈倦好笑地看著他，不明白這個人腦子裡都塞了些什麼東西：「你怎麼得出這個結論的？」

蔣寒說：「你不喜歡，為什麼幫人擋酒？」

晚上確實很涼，沈倦出來時加了一件外套。他從口袋裡摸出菸盒和打火機，垂眼點菸：「兩碼子事。」

「怎麼會是兩碼子事？」蔣寒說。

「人家是小女生，跟我們也不熟，」沈倦咬著菸，往後靠了靠，「和一幫半生不熟的男的喝酒算怎麼回事，不合適。」

「喔——不熟——」何松南拖著尾音，意味深長地盯著他，「不熟就熟悉一下吧，熟了以後合不合適？」

沈倦瞇了一下眼，笑了：「不合適，滾，別想。」

林語驚做了個很長的夢。

她很久沒做過記得住內容的夢了。搬過來以後睡眠品質始終不太好，夢是一直在做，只是醒來以後基本上都不會記得。

上次清晰記得的夢還是第一次遇見沈倦那天，少年手裡拿著紋身機器，要幫她紋個夜光手錶。

這次還是他，漂亮的手指捏著一只玻璃杯，杯口往下扣在桌子上，聲音朦朦朧朧，像是從很遠的地方傳來的：「可樂吧。」

林語驚當時其實想說，她可樂只喝百事的，可口可樂她不喝。

情商這麼低的話，當時肯定不能說出口，於是只能在夢裡說了。

果然，她說完沈倦暴怒了，當林語驚覺得自己可能會成為第二個差點被打死的同桌，直接命喪當場的時候，她醒了。

剛睜開眼睛的時候還有一瞬間的茫然，四周太暗，什麼都看不清楚。林語驚撐著身子坐起來，摸到柔軟的毯子，以為自己是躺在臥室的床上，又覺得哪裡不對勁。

正恍恍惚惚地回神的時候，聽見有人說：「醒了？」

屬於男人的聲音近在咫尺，像是就在耳邊，低低的，鑽進耳朵裡，震得人渾身一顫。

她嚇得差點叫出聲，腦袋發愣，僵著身子下意識地抬起手，朝聲源就是一巴掌。

沈倦在同時摸到遙控器，打開了燈。

昏暗的燈光下，林語驚看見他那張沒什麼表情的臉。但是她手伸出去已經收不回來了，林語驚瞪大了眼睛，聽見「啪」的一聲脆響，掌心觸感溫熱。

結結實實地搧了他一巴掌。

這一巴掌清清脆脆，把沈倦打到傻住了。

他根本沒想到自己會挨揍，完全沒準備。這一下力氣不小，他的頭甚至往旁邊偏了偏，髮絲跟著唰地掃過來。

「我靠。」他脫口而出。

沈倦想起平時在教室裡，林語驚每次睡著後被上課鐘聲吵醒都會皺著眉，一臉不爽地抬起頭，然後至少要發個三五分鐘的呆才能緩過神來。

他突然有點慶幸自己從來沒叫過她，不然估計在教室裡一睜開眼，對他就是兩巴掌。

這丫頭的起床氣真大。

他轉過頭來。

林語驚完全呆住了，微張著嘴，就那樣看著他。沈倦也看著她，黑眸沉沉，看不出情緒。

五秒鐘後，「噗哧」一聲，林語驚破功。

她沒忍住，開始笑。

先是憋著的一聲，然後她忍不住了，抱著靠枕靠在沙發裡，笑得前仰後合。

她剛睡醒，不是平時在教室裡趴一會兒的那種睡，她把沙發當成床，睡了很沉的一覺，睡到後面整個人都躺平了。此時身上的毯子纏在一起，懷裡還抱著抱枕，眼睛彎起來，亮亮的。頭髮被壓得有點亂，整個人看起來都很柔軟。

「對不起，」林語驚笑著說，「對不起，我沒反應過來，剛剛你聲音太近了。」

沈倦都氣笑了。這個小女生的膽子也太肥了一點。

他靠上沙發，看著還在鼓著嘴巴忍笑忍得很辛苦的少女，火都發不出來，有點無奈：「行了，有那麼好笑？」

「沒有，不怎麼好笑。」林語驚揉了一下笑得發痠的臉，乖巧地看著他，「對不起，我真的不是故意的，你別生氣。」

「我知道，沒生氣。」沈倦是真的無奈了。

警報解除，林語驚清了清嗓子，把身上的毯子拉下來，慢吞吞地摺好：「你剛剛那個眼神好恐怖，我以為下一秒你就要打我了，上一個搧你巴掌的人是不是已經不在這個世界上了？」

沈倦抬手，拇指蹭了一下還有點發麻的嘴角：「上一個搧我巴掌的人還沒出生，妳是第一個。」

他這個動作做起來有點帥，帶著一點漫不經心的痞氣和性感，很是勾人。

林語驚看著他眨了眨眼，「嘖」了一聲，搖了搖頭。

沈倦沒注意，站起身來看她把毯子摺好放在一邊：「很晚了，送妳？」

林語驚也站起來，翻出手機看了一眼時間，十點半，她睡了兩個多小時。這一覺睡得真沉，她自己都有點意外，她好像很久沒睡這麼熟過了。

「不用了，我家不遠。」林語驚隨手抓了抓頭髮，咬著髮圈綁了個辮子，準備重新紮起來。

沈倦盯著那黑色的髮圈看了一會兒，移開視線：「附近？」

「嗯，」林語驚紮好頭髮，晃了晃腦袋，「旁邊。」

沈倦也沒多說什麼，送林語驚到門口，小女生轉過身來對他擺擺手：「同桌，週一見？」

沈倦靠在黑色鐵門前，蔣寒他們不知道什麼時候走了，掛著的小燈串都關了，只留下一盞昏暗的廊燈，幫少年的五官打下陰影。

他唇角彎了彎，很淡地笑了一下：「週一見。」

臂。

這個城市九月初還有蟬鳴，晝夜溫差很大，林語驚出來的時候沒穿外套，此時忍不住搓了搓手臂。

也沒有多冷，就是那種潮濕的，裹著涼氣的冷意讓人忍不住牙齒都想打顫。

路過便利商店，她進去買了點零食，這次關東煮倒是剩很多，不過她晚上吃太飽，就沒再買，只從收銀臺抽了一條泡泡糖，藍莓口味的，付了錢就拆開，塞進嘴巴裡。

回去的時候已經將近十一點，家裡依舊沒人，林語驚上了樓，剛準備回房間，隔壁房間的門就打開了。

她愣了愣，剛想打招呼，傅明修已經面無表情地轉身走了。

林語驚也轉身，開門準備進房間，傅明修忽然開口道：「妳以後能不能安靜點？」

林語驚轉過頭來，傅明修站在樓梯口，皺著眉看著她：「幾點了？妳不睡，別人也不睡？妳這麼晚回來，吵得我很煩。」

「……」

林語驚差點笑了，他家這個隔音把臥室門一關，她在門口破口大罵他傻子可能都聽不到，她上樓的聲音能有多大。

這麼爛的找碴，就差在臉上寫滿「我就是在找妳碴，來啊來啊，跟我吵架啊」了。林語驚肯定不會跟他吵，她很懂事地點了點頭：「我知道了，我明天幫你買個耳塞吧。」

「……」傅明修：「什麼？」

林語驚瞥了他一眼：「你不是嫌吵嗎？這麼好的隔音都不管用，那再配個耳塞吧。」

傅明修轉過身來，往前走了兩步，低頭看著她，表情陰沉：「林語鶯，我不管妳以前是什麼樣子，是半夜回家還是夜不歸宿，妳既然來到了我家，現在是我『妹妹』，就給我收斂一點，不然我不會寵妳。」

林語鶯垂手站在那裡，看起來乖乖的，抬手對他晃了晃手裡的一袋零食。

傅明修皺起眉：「幹什麼？」

「吃的，」林語鶯說，「我肚子餓，出去買點零食。」

傅明修「哼」了一聲：「冰箱裡沒有？沒吃的還是沒喝的了？」

「有，有很多，」林語鶯看著他平靜地說，「但是我不知道那些都是誰的，我不想第二天被人在背後說這林小姐還真不是個好玩意兒，半夜偷偷隨便亂動東西，也不問是誰的。」

她懶懶地抬眼：「或者被人拉過來，當面質問為什麼不說一聲就吃他的東西，你可能不懂，但寄人籬下，我得注意。」

傅明修愣在原地，好半天沒說出話來。

林語鶯對他甜甜地笑了一下，咬著泡泡糖吹了個泡泡，有一股藍莓味：「我回房間了，晚安，哥哥。」

第五章
小林教你學物理

週末過得很快，林語驚和傅明修在週六半夜十一點，在房間門口進行了一段不怎麼愉悅的對話後沒再說過話。

雖然每次吃飯時這個人都會偷偷瞥她兩眼，不過大概是礙於有張姨和傭人在，他也沒說話。林語驚就當作看不見，吃完飯就撤，半個多餘的眼神都沒有。

週一一早，她下樓的時候傅明修已經在樓下了，兩人吃過早餐，林語驚出門，傅明修也跟著出去。

老李果然不在，林語驚站在門口，看了傅明修一眼。

男人冷著臉，沒說話，走了。

「……」

林語驚是真的不想跟他一般見識，也不明白這個比她大了好幾歲的大二學生為什麼這麼幼稚。她翻了個白眼，穿過花園走出院門，推開大門往前走。

走到一半，身後忽然有人按了按車喇叭，傅明修開車停在她旁邊，皺著眉，是他慣有的表情：「不是說了今天跟我走嗎？」

「你不是先走了嗎？」

「我去開車過來，」傅明修不爽極了，「妳在跟誰發脾氣？」

「……我真的沒有，」林語驚嘆了口氣，「我以為你臨時改變主意，不想送我了。」

傅明修冷哼了一聲：「上車。」

林語驚認命乖乖地爬進去。

她本來以為兩個人又會發展出一段唇槍舌戰，結果並沒有，這個人很安靜，一路上一句話都沒說，就是皺著的眉始終沒鬆開。

半個小時後，車子開到八中前一條街，林語鶯拍了拍駕駛座：「就到這裡吧，我自己走過去就行了，不然還要繞。」

傅明修看了她一眼，把車子停在路邊，頓了頓，很大聲地咳了兩聲：「嗳。」

林語鶯剛打開車門，回過頭來疑惑地看著他。

「冰箱裡的東西，」傅明修看了她一眼，轉過頭去，「都可以吃，沒那麼多規矩。」

林語鶯愣住了。

傅明修非常不耐煩地「嘖」了一聲，瞪著她：「行了，趕緊下去，妳沒看見前面塞成什麼樣子了？我不用趕時間去學校？」

直到進了教室，林語鶯都有點沒反應過來。

傅明修這個人的性格其實很容易摸透，有錢人家小孩的臭脾氣，驕傲、自我，覺得自己是全世界第一了不起，自己是宇宙的寵兒，身邊所有的東西都是他的，所以林語鶯的到來讓他覺得煩躁，讓他有危機感，他的家庭、他所擁有的東西，可能以後都要分一半給另一個人。

就像張姨說的，林語鶯是來占家產的，搶那些本來只屬於傅明修的東西。

他討厭她，林語鶯覺得很正常，雖然他家的錢她也不怎麼稀罕，她自己又不是沒錢。

她本來是這麼以為的，但是今天她又忽然覺得，這個人和她的分析好像有不太一樣的地方。

林語鶯夢遊似的進了教室，旁邊一如既往沒人，沈倦一般都要等到第二、第三節課才會來。

坐在後面的李林看見她來了，就像看見了生命之光，眼睛都亮了：「鷲兒，物理作業寫了嗎？」

林語驚「啊」了一聲，從書包裡抽出物理考卷遞給他，順便問了一句：「數學要嗎？」

「要要要，」李林接過來，感動得快要涕泗橫流了，奮筆疾書，頭也不抬：「我太感動了，畢生的幸運都用來遇見妳這麼體貼的前桌了。妳是我的衣食父母，是我的生命之光。」

李林在沈倦不在的時候還是很多話的，那個嘴就像榨果汁機一樣，能榨出無窮無盡的騷話來，但只要沈倦一來，馬上斷電。

李林補作業，林語驚側著頭有一搭沒一搭地和他聊天，多數時候是聽李林說。李林喝了一口菊花茶：「真的，我很佩服妳，能這麼無所畏懼地面對殺人不眨眼的校霸，這份勇氣和膽識讓我等凡人非常佩服。」

林語驚撐著腦袋，想起少年被搧了一巴掌以後的表情。

傻眼、茫然、震驚、難以置信都揉在一起，總之非常複雜，複雜到他都忘了生氣。

林語驚本來都覺得自己的小命可能要交代在那裡了。

校霸被人搧了一巴掌，還是個女的，這要是傳出去，社會哥還要不要在社會上混啊？

林語驚決定找個時間請沈倦吃個中飯，鄭重地表達一下自己的歉意。結果她沒等到人，一直到中午午休放學，沈倦都沒來。

林語驚一個人吃完飯回來，咬著一瓶甜牛奶往學校走，剛走到校門口，一個人影飛奔過來，猛地跑進她懷裡。

這學校還有這種投懷送抱法？

林語鶯手裡的牛奶差點被撞掉了，後退了兩步，看見小棉花糖焦急地看著她，表情看起來快要哭了。

她的校服皺皺巴巴的，頭髮也亂亂的，衣服和頭髮上有很多粉筆灰，彩色的，各種顏色都有，面積很大很顯眼，一看就是被人故意塗上去的，眼角還有一塊瘀青，像是撞到了哪裡。旁邊有很多學生都看著她。

林語鶯的表情冷下來：「誰弄的，上次那個紅繩？」

小棉花糖不說話，只搖頭，眼睛紅紅的：「她們，找、找妳，就在樓下，妳……妳先別回去。」

林語鶯笑了：「找我？那正好，省得我找人。」

她說完就往教學大樓走，小棉花糖扯著她，開始哭起來，聲音一哽一哽的，渾身都在發著抖：「是我的事情，妳別去，她們好、好多人，找了人……妳別、別去……」

林語鶯停下來看著她。

她差不多有一百六十八，但小棉花糖很矮，又瘦又單薄，比她矮了一顆頭。她垂下頭，看見女孩顫抖的肩膀和亂糟糟的頭頂。

林語鶯嘆了一口氣，抬手幫她整理衣領：「雖然還不知道妳叫什麼名字，但是我很喜歡妳。」

小棉花糖抬起頭來，臉上全是眼淚，鼻子哭得紅紅的，看起來狼狽極了。

林語鶯微微俯下身去，在她亂糟糟的腦袋上拍了拍，輕聲說：「我喜歡的人沒人能欺負。」

林語鶯扯著小棉花糖往高二的教學大樓走，遠遠就看見了樓下站著一群人，小棉花糖跟她說那紅繩叫李詩琪，此時正站在最中間跟旁邊的一個男生說話。

林語鶯大概掃了一眼，四五個女生、一個男生，離得太遠看不清長相，只能看見很高，很壯。

她們不知道林語鶯是哪一班的，小棉花糖肯定不肯說，乾脆就直接在教學大樓樓下等著她。雖然林語鶯也不明白這隔了快半個星期的鳥事為什麼不能當時直接解決，非得週一來找她。

到底是為什麼？因為週一有升旗儀式嗎？顯得更有儀式感？

李詩琪也看見她了，一群人站直了身，其中一個膀大腰圓的男人身上隨便披了件校服，一看就不是八中的。

林語鶯走過去，一看清那個男的就笑了。

她覺得滿神奇的，她在這個地方見過的人就那幾個，還總能碰見那幾個。

那是腱子哥，便利商店門口的那個腱子哥。

在便利商店門口，那個被沈倦兩拳揍出胃酸來的腱子哥。

這也是一種緣分。

腱子哥應該沒認出她來，畢竟那天她只是個背景板，這個人估計都被沈倦揍傻了，沒注意到別人，因為他的表情還是很屌。

林語鶯轉向旁邊的李詩琪：「小姊姊，什麼意思？」

李詩琪抱著雙臂看著她：「沒別的意思，我哥今天沒什麼事，我就帶他來跟妳打個招呼。」她湊近看著她，「妳跪下給我道個歉，打我那一下讓我還回來，我們就只是打個招呼。」

「……」

林語鶯又開始懷疑八中升學率的真實性了，想問問這個還以為自己是國中二年級的社會少女：

妳是怎麼考上高中的？

她舔了舔嘴唇，笑了一下，說：「這樣吧，這件事我覺得不算大事，我有幾個解決方法，妳聽聽看，看看行不行。」

她聲音很軟，帶著笑，完全沒有了那天在米粉店裡囂張的戾氣。

李詩琪也笑了，趾高氣揚地看著她，表情很得意，她覺得自己這口氣出定了。

午休的操場上很多人，旁邊的人都在往這邊看，林語驚掰著手指頭，豎起大拇指：「一，我揍妳一頓，妳叫我一聲爸爸，然後跟我朋友道歉。」然後豎起食指：「二，我不揍妳，妳自己有自覺一點，叫我一聲爸爸，然後跟我朋友道歉。」

林語驚心平氣和地看著她，非常民主地徵求她的意見：「我這邊目前只有這兩個解決方案，妳要是有其它的，我們可以交涉，但是必須滿足後兩個條件。」

李詩琪估計從來沒見過這樣的人，好幾秒之後才反應過來。她長得滿好看的，應該有學舞蹈之類的，屬於那種有點氣質的時髦少女。

此時時髦少女的表情非常扭曲，看起來像是恨不得立刻把她扒皮：「妳還真是賤得可以，妳的愛好是挨打？」

林語驚歪著頭笑了：「我從來不挨打，」她眼睛彎彎的，笑得柔和又討喜，「我喜歡別人叫我爸爸。」

從來不挨打這句話是吹牛的，林語驚小時候其實很常挨揍。

小女生那時候年紀小，脾氣大，每天都冷著臉，又硬又爛的臭脾氣，還沒有人管，像個小野丫頭，整天把自己當個男孩子，經常滿身是傷地回家。

陸嘉珩和程軼不在的時候，她一個人和一群小孩打架，被按在地上也不服輸，手腳都動不了還要咬人一口，像隻發狂的小怪獸。

性格非常難搞的一個小孩，和現在簡直判若兩人。

量的積累能達成質的飛躍，打架也是這麼一回事，挨揍挨多了，身體會記住。

林語驚在意識到自己確實爹不疼、娘不愛後，性格開始發生變化，她的棱角變得越來越圓潤，滿身的刺漸漸不動聲色地收斂起來。十二歲時，又跟陸嘉珩去學了一年的柔道，從此以後只有她追著別人打的份。

後來林語驚就很低調了，大家都是成熟的國中生，就不要再搞那些打打殺殺了吧，暴力能解決什麼問題？沒有什麼比學習更重要，只有學習能夠讓她感受到快樂。

所以，後來陸嘉珩和程軼出去打架，林語驚一般都不太湊熱鬧，少年們帶著滿腔熱血，年輕又健康的身體伴隨著各種國罵纏繞在一起，她就蹲在旁邊念古文給他們聽：

「口技人坐屏障中，一桌、一椅、一扇、一撫尺而已——」

陸嘉珩一拳撂倒一個，還不忘回頭罵她：「林語驚，妳神經病吧！妳他媽什麼毛病？」

林語驚澎湃激昂：「怒髮衝冠！憑欄處！瀟瀟雨歇！抬望眼，仰天長嘯，壯懷！激烈！！」

陸嘉珩：「……」

低調歸低調，有時候也會有些不長眼的玩意兒撞過來，有些人一發神經想找死，你擋都擋不住。

午休時間過了一大半，林語驚看了一眼時間，午睡的時間大概是沒有了，她有點煩躁。

但拖也懶得拖，一行人浩浩蕩蕩地走出了校門，穿過學校門口的飯店一條街往前走，到一片住宅區的其中一個社區裡。

社區很舊了，旁邊有一個自行車棚，藍色的棚頂髒兮兮的，滿是風吹雨打的痕跡，花壇上的瓷磚破碎，角落裡躺著一隻三花貓，聽見聲音抬起頭來，懶洋洋地「喵」了一聲。

小棉花糖已經徹底嚇得話都說不出來了，緊緊拉著林語驚的袖子，想把她往回扯。

林語驚安撫似的拍了拍她的手，把她往自己身後拉，迅速掃了一圈。

她也聽懂了，李詩琪今天才來找她，是因為她「哥」今天才有時間，她一個女孩子，就算再怎麼凶，對上這個看起來像健身教練一樣的異性肯定會怕，她對林語驚也有忌憚，所以她不想一個人過來找她，必須有個人幫她撐場。

只要腱子哥一直在這裡，她的態度會始終很強勢，撐場的如果沒了，那她就是個擺設。

「話先說清楚，今日事今日畢，」林語驚看著那位渾身肌肉的奶油小哥，「今天我們把事情解決乾淨了，無論結果怎麼樣，不算回頭帳。」

李詩琪沒說話，下意識側頭去看旁邊的人。

腱子哥其實就是過來撐撐場子，沒打算真的跟一個女孩子動手，女孩子之間打打鬧鬧的事讓李詩琪自己去搞，出口氣就算了，不然他把小女生揍一頓的事情說出去會有多丟人。

腱子哥看著她，點了點頭：「行。」

他話音剛落，林語驚第一時間就衝上去了。

腱子哥的思維還停留在「讓李詩琪自己動手解決」的階段，根本沒想到人會直接衝著他來。

林語驚的速度很快，兩個人站得本來就不算遠，幾乎是一眨眼，少女就已經竄到他身邊了。他很高，林語驚碰不到他腦袋，伸長了手臂拽著衣領，膝蓋狠狠撞上男人不可言說的第三條腿。

男人瞬間就僵了，聲音都沒發出來，勾著身子夾著腿，林語驚迅速側身轉過身去，兩膝伸直，一手扣死他手肘，架著肩膀「匡噹」就是一個過肩摔。

小棉花糖尖叫了一聲。

腱子哥平躺在社區水泥地磚上，後腦親切地親吻大地，一聲沉沉的悶響，聲勢非常唬人。他爬都爬不起來，捂著褲襠，蜷在地上發抖。

林語驚揉了揉右肩，其實她剛剛很沒把握，心裡也沒底，畢竟一個身高、體型都差不多是她兩倍的肌肉猛男，雖然沈倦打他看起來像在砸奶油，不代表她也能有這個效果。

李詩琪的臉都白了，一言不發地站在那裡，林語驚側過頭，這個時候她的表情還是平靜的：「我還是那兩個解決方式，」她淡淡看著她，「妳陪妳哥躺在這裡——妳不用覺得妳們人多，就妳們幾個，腿還沒有妳哥的手臂粗，要嘛妳們一個個躺下，躺完跟我朋友道歉，或者妳自己自覺一點直接道歉，以後妳準備妳的高考，我讀我的書，我們皆大歡喜。」

‡

沈倦昨天畫畫一直畫到淩晨四點，開學以後他沒什麼時間，工作室裡的工作積了不少。這次的客戶訂了一張圖，週六來，是紋全背的大工作。他本來想先畫兩小時就去睡，結果一進去，再抬眼天都亮了。

睡醒已經十一點了，沈倦洗了個澡，本來打算今天就乾脆不去了，吃個中飯繼續畫，結果剛從浴室出來，就接到何松南的電話。

沈倦咬著牙刷接起來，沒說話。

何松南：『喂，兄弟，別睡了，趕緊來學校。』

沈倦漱完口。

何松南：『李詩琪帶人來堵你的小同桌了，在教學大樓門口呢。』

沈倦一頓，把牙刷放回去：「誰？」

何松南：『不知道，不認識，看起來不像學生，可能是哪個職高的吧。其實你現在過來也不知道來不來得及，不過你的小同桌還沒回來，我估計最多再十分鐘吧，她也該回來了，你過來還要多——』

「你先幫我看一下。」沈倦說完，把電話掛了。

何松南聽著手機那頭的忙碌音「嘟嘟嘟」，放下手機，拍了張照片傳過去。

沈倦半個小時後才到。

午休時間已經過了，校園裡沒什麼人，何松南靠在校門口晃來晃去地等著，一回頭，看見後面停著輛杜卡迪。

少年騎著重機停在那裡，一條長腿撐著，身上還套著八中土到掉渣的校服，有種洋氣和鄉村完美融合在一起的校園風非主流城鄉氣息。

還好人長得帥一點。

何松南張了張嘴，看著沈倦把安全帽摘掉，甩了一下腦袋，頭髮還濕著：「人呢？」

「往那邊走了，我讓人盯著了，總不能就在學校裡。」何松南看著他，「不是，您騎重機就非得穿校服嗎？就不能穿得騷一點？您可是要去英雄救美的。」

沈倦一邊往前走一邊看了他一眼：「我，好學生，好學生都穿校服。」

何松南笑了：「我錄給你的影片你看見沒有？」

「沒。」

「你怎麼不看啊？」何松南很著急，「你小同桌是真的女王，太熟練了，帥得我合不攏腿，她要是一直在八中，校霸這榮譽稱號應該沒你什麼事了。」

他們走得很快，沈倦的腳步大到何松南的腿都跟不上。穿過飯店街再往前走了一個街口，何松南停在一個社區門口，對沈倦招了招手。

沈倦走過去，進了社區院子，看見不遠處的自行車棚旁邊站著一群人。

李詩琪和幾個女孩站在自行車車棚旁邊，地上還躺著一個捂褲襠的。

何松南被眼前的畫面震住了，抬腿要往前走，被沈倦一把拉住，側了側身，站在門口沒進去。

「不是，那麼大一個猛男老哥被她放倒了？」何松南壓低了聲音，指著地上的腱子哥，表情很誇張地做了個口型，「一個小女生——」

沈倦沒說話。

徐如意背對著門口站在她們面前，李詩琪正在和她道歉，聲音很小，他們站在這裡都聽不見。

「小姊姊，我們大聲點吧。」林語鶯蹲在花壇瓷磚上，懶洋洋地撐著腦袋看了一眼手錶，「我真的沒時間了，我們班下午第一節物理，王恐龍妳知道吧？聽說過吧，真的特別凶。」

李詩琪瞪了她一眼。

林語鶯將指尖搭在嘴唇旁，挑了挑眉。

沈倦側過身，背靠在社區門口牆上。淺黃色的牆皮潮濕剝落，角落裡有一個蜘蛛網，上面有一隻很小的蜘蛛慢吞吞地抓著一根絲往上爬。

沈倦盯著看了一會兒，聽著裡面女孩子的聲音，吐出一口氣。

他突然覺得自己像個神經病，明明知道她不是什麼好欺負的個性，就算打不過也不會逞強，是肯定不會讓自己吃虧的人，他還放下電話，連頭髮都來不及吹，套上衣服就趕過來，到底是為了什麼？

怕搭車塞車，怕地鐵慢，就這麼騎車從另一區一路飆過來，到底是為了什麼？

褲子都他媽穿反了。

林語鶯回去的時候下午第一節課已經上了一半，她在校門口遇見了沈倦和何松南。

八中不鎖正門，但是午休結束以後會有出入校登記，警衛室裡面的警衛叔叔眼睛雪亮雪亮的，不放過任何一個小雞。

林語鶯和小棉花糖徐如意去登記簽名，一進去，就看見這兩人像在散步似的不緊不慢，順著球場往前走，完全沒有已經曠了半節課的緊迫感。

何松南還說說笑笑的，回頭看了一眼，看見她們，打了個招呼。

林語驚從來沒見過這麼鬆懈的高三生，她以前在附中的時候，看見那些高三生都恨不得連吃飯的時候都把腦袋紮進考卷裡。

徐如意和何松南同一班，在另一個教學大樓，沈倦和林語驚就一起一路往高二教學大樓走。

林語驚心情滿好的，她看了一眼身旁的少年，好像心情也很好，大概是睡飽了。

經過這段時間林語驚對她這個同桌的觀察，他只有三個狀態，睡醒了、沒睡醒和正在睡。

兩個人進了教學大樓，裡面安安靜靜的，教室裡傳來各科老師講課的聲音，林語驚側了側頭：「我以為你今天不來了。」

「嗯？」沈倦似乎在想什麼事發著呆，拾階而上，茫然了一瞬間，「啊，本來是這麼打算的。」

二年十班在四樓，林語驚三步併兩步往上爬。物理老師叫王燃，性格還滿對得起他的名字的，一點就燃，外號王恐龍，是他們的副班導。林語驚很不想在他的課遲到，還遲了大半節課。

果然，等他們爬到教室門口，敲門進去以後，王燃撐著講臺轉過頭來：

「不是，你們真是同桌相親相愛啊，你們怎麼不下課再回來呢？我的課你們都敢逃？」

林語驚沒說話，垂著頭，手揹在身後，乖乖地站著聽訓。

她平時上課都很認真，又坐第一排，各科老師對她的印象都好，很文靜的一個小女生。

「開學第二個星期就開始曠課了，就是劉老師寵你們的，落到我手裡，就看我怎麼收拾你們。」王恐龍手裡的三角尺一拍，「啪」的一聲，「說吧，一個個說，為什麼遲到？什麼原因，怎麼想的？說不出來，歐姆定律給我抄五百遍。」

林語鶯手一抖，抬起頭來，扭頭看著沈倦。沈倦也垂眸看著她，微挑了一下眉。

少女的眼神充滿了感情，沈倦在裡面讀出了六個字和兩個標點符號——「對不起了，兄弟。」

沈倦還沒反應過來。

「王老師，他想蹺課，」林語鶯迅速轉過頭去，手指著沈倦，嚴肅地說，「我作為他同桌，我覺得自己有義務把他抓回來。」

沈倦最後被罰抄歐姆定律一千遍。

林語鶯這一個星期的作業全對，上課聽課認真，隨堂小考的考卷沒錯過，特別愛讀書，平時安安靜靜地，還懂禮貌，說話都不大聲，所以這句話說出來，王恐龍基本上相信了一半。

這樣一個好孩子，哪有蹺課的理由！

沒有，只有一種可能——她是被她這個同桌拉出去的。

反而是沈倦，不是睡覺就是不來上課，王恐龍根本想都不用想，錯不了。

林語鶯眨眨眼，垂下頭去，聲音低低的，可憐巴巴，甚至還願意主動承認錯誤：「但是我也確實違反課堂紀律了，遲到了，王老師，我罰抄完您就別生氣了。」

劉福江正巧從辦公室出來，在門口看一眼，聽見這番話，感動得快哭了。

多好的孩子！誰說十班的孩子不好管的？有這樣的榜樣在，劉福江相信早晚有一天，十班的平均分數不會再是年級倒數第一。

王恐龍：「行，那妳不用抄了，沈倦，你抄一千遍。」

「……」沈倦抬起頭來：「？」

校霸的冷漠注視對王恐龍這種層次和膽識的人民教師來說，毫無殺傷力。王恐龍教了這麼多屆學生，見識過無數個校霸，一言不合，在課堂上直接跟老師罵起來的不少，沈倦目前來看還算是歷任校霸裡比較低調的，作業都會抄個選擇題交上去。

「一千遍，你看什麼看？」王恐龍撐著三角尺，敲了敲講臺邊：「你跟你同桌學學，人家上一節課小考又是滿分，你再看看你，你上一節課連個人影我都沒看見。開學一個星期了，你說我見過你幾回？歐姆定律公式你知道是什麼嗎？I等於U比R，抄！變形公式也給我抄！不會的問你同桌！我就不信你抄一千遍還能給我忘記。」

「……」

沈倦真是服了。

下午，劉福江找來林語驚，跟她說了寢室的事。

八中這間學校財大氣粗，別家高中的寢室都都是怎麼塞就怎麼塞，八中不一樣，男女寢室好幾棟，再加上本市學生多，住校學生有限，所以都是兩人寢，還空下不少房間。

林語驚來得晚，班上住校的女生剛好是雙數，她自己一個人分到一間，下課時去看了一眼，房間不大，但很乾淨，兩張床、一張書桌，有個幾坪的獨立衛浴。

回來班上的時候，沈倦正在抄歐姆定律，一張紙上塞得滿滿的全是I＝U／R、U＝IR、R＝U／I，看見她進來，瞥了她一眼，手下的動作都沒停。

沈倦的英文寫得也很好看，勾勾翹翹、飄逸又不羈，做紋身的，平時應該不少人要紋英文什麼的，想也知道字不可能會醜。

林語驚心裡對他其實有愧，也覺得滿不好意思的，但是比起抄五百遍這玩意兒，那她還是寧可不好意思。

她坐下，清了清嗓子，從抽屜裡摸出一根棒棒糖，小心翼翼地放在沈倦的本子上。

林語驚現在無比慶幸她當時哄徐如意的時候，買了一大把棒棒糖。

沈倦的筆一頓，垂眸看了一眼，橙色的玻璃紙包著糖球，是橘子口味的。

他側頭，小女生的兩隻手放在腿上，眼巴巴地看著他，表情有點討好。沈倦放下筆，慢吞吞地剝開糖紙，塞進嘴巴裡，然後繼續寫。

林語驚鬆了一口氣。

少年懶懶散散地坐在那裡，手下寫著公式，嘴巴裡叼著一根白色的細棍。

他握筆的動作不太標準，拇指扣著食指指尖，骨節微微凸出來，泛著一點青白。每寫完一行，會有一個手指微抬、翹筆的小動作。

陽光明媚的下午，有點嘈雜的下課教室，叼著棒棒糖、懶洋洋地寫字的男孩子。

林語驚眨眨眼，第一次在沈倦身上看到了某種名為少年感的東西。

她回過神來，清了清嗓子湊過去：「沈同學，吃了我的糖就代表原諒我了，我們和好？」

沈倦看了她一眼：「這個破玩意兒，」他咬著糖，聲音有些含糊：「我替妳抄了五百遍，妳就用一根放了一個星期的棒棒糖，是打發要飯的？」

林語驚非常上道，迅速抬手：「三天早餐。」

沈倦沒說話，筆下繼續寫，嘴巴裡的橘子硬糖都咬碎了，喀嚓喀嚓。

林語驚：「五天！」

沈倦把光禿禿的棒棒糖棍子抽出來，抬手隨意一丟，白色的細棍從王一揚的頭頂上飛過，「啪噠」掉進講臺旁邊的垃圾桶裡：「行吧。」

林語驚其實覺得無所謂，因為反正無論送幾天早餐，沈倦早上都不會來上課。

結果這個人不僅來了，還一連一個星期都來了。

為了這頓早餐，沈老闆每天風雨無阻，早上七點半準時出現在教室門口。經常李林抄作業抄一半他就走過來了，陰影籠罩，李林一抬眼就看見校霸一張面無表情的臉。

就這麼到了星期五，李林都快嚇出失心瘋了，但是每天看見老大靠牆斜坐在那裡，嘴巴裡叼著甜豆漿，桌上還放著兩顆熱騰騰的奶黃包的時候，他又覺得很神奇。

王恐龍在一週後的星期五那天，終於想起了自己罰沈倦抄歐姆定律一千遍這件事，起因是沈同學在他的課上睡覺。

沈倦睡起覺來都非常投入，臉面對牆趴在桌子上，安靜且悄無聲息，講臺上的老師多響亮的演講聲都沒辦法把他從睡神的懷抱裡拉出來，一般沒人叫他，他能睡掉整個上午。

中午吃個飯，下午夢遊似的聽聽課、放學，日子過得非常舒服。

從開學到現在，各科老師也都已經習慣了，安安靜靜，不擾亂課堂秩序就不錯了，他睡覺老師一般都不管，只有劉福江還鍥而不捨。

劉老師從教幾十年，第一次當班導師，他堅定地相信自己能帶出一班清華北大學子，不放棄任何一個學生。沈倦一睡覺，他就揹著手站在他桌前，聲音親切，不緊不慢，甚至還很輕，彷彿怕嚇到他一樣：「沈倦。」

「沈倦同學。」

「沈倦啊。」

「沈倦啊，起床啦，別睡了。」

「沈倦？」

什麼時候叫起來，什麼時候結束。

除了他，也就剩下一個王恐龍。

王恐龍和劉福江簡直是正負極，兩個人非常互補，王恐龍語速快，脾氣爆，你永遠不知道他在哪一秒會突然發火。

「對了，昨天你們的作業我都看了。」王恐龍講課講到一半，捏著粉筆忽然回過頭來，「電路圖畫得跟屎一樣我就不多說了，馬上要月考了，你們考試的時候畫成這樣，我都給你們扣分。有沒有尺啊？不管有沒有，明天都拿尺給我畫，沒有尺的找我，我買給你。剛才講到哪裡了？並聯，並聯電路——是在構成並聯的電路間，電流有一條以上的相互獨立通路——」

王恐龍一頓，視線落在第一排靠牆角落的那顆黑漆漆的腦袋上，隨手拿起黑板槽裡的一截粉筆丟過去。

粉筆砸在少年的校服袖子上，輕輕地「啪」的一聲，五秒，沈倦一動不動。

教室裡一片安靜，所有人的視線都跟著看過去。

王恐龍捏著手裡的那根粉筆，喀嚓喀嚓，掰下四五段，瞇起一隻眼睛來，大鵬展翅似的甩了甩手臂。他個子小，好像還不到一百七，一甩起手就像一隻拍著翅膀的老母雞。

老母雞手臂一甩，四截粉筆「啪啪啪啪」接連朝沈倦丟過去。

他浮誇的準備動作沒有白做，扔得還很準，沈倦被連砸了四下，終於慢吞吞地抬起頭：「嗯？」

「嗯？嗯什麼嗯？」王恐龍站在講臺瞪著眼，「沈倦，我發現你很有個性啊，你同桌是在旁邊唱搖籃曲嗎？你睡得跟在你自己家床上一樣。歐姆定律抄了一千遍沒還沒記住？你跟我說說，I等於什麼？」

林語驚悄悄地把他抄了一千遍的那幾張紙從一堆教材裡抽出來，默默地放在他桌上。

但是社會哥太有自信了，他甚至看都沒看一眼，擰著眉，瞇著眼，眼角發紅，一副明顯還沒清醒過來的樣子，林語驚甚至覺得他根本沒在聽王恐龍到底問了些什麼。

沈倦慢吞吞地直起身往後靠，癱在椅子裡，聲音沙啞低沉，帶著濃濃的睡意：「3.1415926？」

王恐龍：「……」

全班：「……」

林語驚：「……」

林語驚放下筆，由衷地想幫她優秀的同桌鼓鼓掌。

人家還知道圓周率呢！！！還要什麼自行車啊！！！！！！我的同桌是多麼優秀！

放飛的結果，就是沈倦又被罰了一千遍歐姆定律，下課之前王恐龍還嚴肅地提醒他們，馬上就要月考了，就他們現在這個學習狀態，三十分都考不到。

說這番話的時候，他還特地看了一眼沈倦，表情很愁。

沈倦對此一無所知，懶懶散散地弓著背，唰唰唰抄著歐姆定律。

林語驚也很愁，下課鐘聲響起，她湊過去，真心實意地好奇：「你歐姆定律抄了一千遍，還沒記住？」

沈倦打了個哈欠：「我沒聽清楚他問什麼。」

林語驚心想，兄弟你也太會吹牛了，你沒聽清楚，還能說出圓周率？物理有3.1415926嗎？

「行吧，」她乾巴巴地說，「那你還可以嗎？再一週就要月考了。」

沈倦的筆都沒停，表情平靜，舉手投足間都散發出一種平靜淡然的自信：「我物理還可以。」

林語驚：「……」

你當初英語也是這麼說的。

林語驚還欠他一個單子的人情，想了想，她敲敲桌邊，忽然說道：「你給我手機號碼吧，或者加個QQ、微信什麼的？」

沈倦停下筆來，抬頭看了她一眼，沒說什麼，直接掏出手機來遞給她。

他的手機沒鎖，密碼都不用，滑開就是乾乾淨淨的桌面。林語驚加了他好友，把手機還給他，沈倦也沒看。

下午的課都上完了，就剩下一節自習，林語驚用自習課把數學和物理的作業寫完，最後一道題寫完剛好放學。

週五的最後這一聲下課鐘聲太振奮人心，等她把考卷整理完，教室裡的人都走得差不多了。沈倦乾脆連自習課都沒上，早就走了。

林語驚看了一眼他攤開在桌上的物理課本，拿過來隨手翻了翻，乾乾淨淨，除了第一頁簽了個名字以外，一個字都沒有。

人情這個東西，早還早超生，越積越麻煩。

‡

沈倦曠了自習回工作室，和紋整片背的那個客戶敲定了最終的圖，一個一個地約好了過來的時間。全部都結束時，已經是晚上七點多，連晚飯都懶得吃，開始繼續睡。

他這段時間平均每天大概只睡了三個多小時，洛清河這個紋身工作室開了很多年，在業內其實也算小有名氣，現在這地方歸沈倦了，這是洛清河一輩子的心血，他不能讓它垮了。

它以前是洛清河的信仰，到現在變成了沈倦的責任。

舒舒服服地補了個眠，再睜開眼睛時夜幕低垂，手機在茶几上「嗡嗡」地震動了兩下，然後重新歸於寂靜。

沈倦緩了一會兒，抬手把手機摸過來，長久浸泡在黑夜裡的眼睛突然看手機螢幕有點花，他瞇起眼來，適應光線後看清了螢幕上的字。

一條一分鐘前，凌晨兩點半傳過來的訊息。

沈倦第一眼看過去，差點以為有人傳黃色小廣告給他。

『週末雙休日，一個人的午夜寂寞難耐，更多激情盡在小林教你學物理。』

後面有兩個附件，一個文字檔，一個PPT檔。

——來自，某不願意透露姓名的送溫暖小林。

沈倦：「……」

這位不願意透露姓名的送溫暖小林幫他整理了兩個複習資料傳過來，文字版的檔案還有個三十多頁的PPT。

圖文並茂，老師上課強調的重點、書上的知識點一條一條清晰易懂，後面還有針對知識點列出來的試題，每種題型兩三道，附件的最後一頁附帶著這些題目的正確答案。

沈倦用十分鐘的時間看完了這兩個附件檔裡的內容，有些啞然。

凌晨兩點半傳過來的東西，還有一段堪比黃色小廣告的臺詞，他不知道她是不是為了弄這些東西弄到了凌晨兩點半。

沈倦覺得滿神奇的，就好像腦內開了一個像模擬器的東西。林語驚這個人從一開始第一眼見到她的平面形象——一個宛如紙片人的印象，一點一點地變得豐富起來。

她迅速自動建模、上色，從平面變成了3D，整個人開始鮮活起來。

半個月前，她還是一個以為不會再見面，喪得很不明顯的頹廢少女。現在，沈倦不知道該怎麼形容她，每一面都不一樣，每一面都讓人對她有一個嶄新的認識，就是這麼一個神奇的人。

沈倦居然還奇異地覺得她的每一種屬性都融合得很和諧。

舊巷子的隔音很差，平時東門西戶的聲音都能傳過來，淩晨兩點多，萬物都寂靜。

工作室裡的燈沒開，窗外的月光透過玻璃進來，光線幽微黯淡，隱約能看清窗口旁邊的架子上擺著一排排顏料。

沈倦從沙發上爬起來，手臂撐在膝蓋上，捏著手機看了幾分鐘。

然後他垂下頭笑了。

沈倦把手機隨手扔在茶几上，直起身來靠進沙發裡，抬手揉了一下左眼，唇角的弧度一點一點往上揚，最後還是沒忍住，笑出聲來。

安靜又空蕩蕩的工作室裡，少年癱坐在沙發上，捂著半張臉一個人在笑。低低的笑聲迴盪，有種說不出的驚悚。

也不知道為什麼，就是想笑，還停不下來。

和何松南、王一揚他們混太久，笑點和智商都變得越來越低，沒救了。

沈倦覺得自己可能真的精神不太正常。

林語驚確實是整理知識點到淩晨兩點半，傳完以後，她睏得眼睛都睜不開了，功成身退地拍了拍桌角，闔上物理課本，覺得自己深藏功與名，心滿意足地上床倒頭就睡。

她覺得既然要做，那就用心一點。她也一直是這樣的性格，王者林語驚，就算是複習資料，從她手裡出去的複習資料也得是資料界的王者，拿出去最能打的那種。

而且就她優秀同桌的那個智商，歐姆定律抄一千遍都記不住，物理圓周率 3.1415926 的感人智商，林語鶯覺得她不寫得細緻一點，她同桌可能根本不知道說了些什麼。

於是她拿出劉福江講課時的那種細緻，甚至絞盡腦汁地分析了一下這個年紀不愛學習的不良少年最感興趣的事情是什麼。想了想，林語鶯傳訊息給程軼：

『程總，你晚上通常看到什麼樣的訊息會認真讀？』

夜深人靜後半夜，程軼秒回：『美女出浴高清動圖，激情澎湃黃色廣告。』

林語鶯也覺得是這樣。

她要是直接寫個「高二物理選修電學知識點＋試題詳解」，沈倦可能看都不會看一眼。

青春期嘛，一身熊熊燃燒、無處可藏的荷爾蒙只能在午夜排解，都可以理解。

第六章
老大考場秀恩愛

林語驚這個週末過得很平靜，自從上次傅明修開車送她到學校後，兩個人沒再有過任何對話，甚至沒見過面。

林語驚不知道上次他們之間的談話到底算怎麼回事，她當時沒怎麼藏著掖著，語氣也算不上可愛，但是傅明修的反應也讓人很驚奇，甚至有種詭異的，往妥協靠攏的趨勢，讓林語驚產生了一種「這個人也許能好好相處」的錯覺。

不過這種錯覺一閃而逝，他的想法應該跟林語驚差不多，既然大家合不來，你不待見我，我也不待見你，那就乾脆眼不見為淨。

傅明修今年大二，開學以後住校，上週的週末也都在學校沒回來，這個星期看來也是沒打算回來了，估計大學生活很是豐富多彩。

週一那天早上，林語驚拖著十六吋小拉箱塞進後車廂，老李看起來欲言又止，不過最後還是沒說什麼，只嘆了口氣。

她上個星期一直都在學校宿舍住，只在週末回來。林語驚本來就剛搬到這個城市來，幾乎沒什麼東西，每個星期回來就拖著小行李箱，裝換洗的睡衣、內衣什麼的。

孟偉國自從上次兩個人通過電話，不歡而散後再也沒聲音，到現在也沒回來。林語驚真情實感地希望他不要回來，她住校這件事目前看來他還不知道，家裡的傭人也沒跟他說，等他回來發現後肯定又是一陣血雨腥風，免不了要跟他吵一架。

到了學校，林語驚先回宿舍把行李箱放下，週一的早上大家都還很精神充沛，沒被學習和考卷壓垮脆弱又稚嫩的小心靈。李林甚至作業都寫完了，早自習破天荒的沒在抄作業，拿著手機跟班上三個男生開黑。

其中一個林語驚知道叫宋志明，也是一個平時很活潑，經常會活潑到學年主任辦公室裡寫悔過書的選手。林語驚對他的第一印象是剛開學那天，在劉福江說出「和你的同桌對視一分鐘」這麼智障的話時，這位宋志明選手是最熱情配合的，第一時間含情脈脈地拉著他的同桌對視，一分鐘過去了，還依依不捨地送給他同桌一個飛吻，最後被他同桌按著揍了一頓。

總之也是 Gay 里 Gay 氣的一個人。

週一的早自習時間，學年主任會拉各科老師開個會，一般不會過來，班上亂哄哄一片，幹什麼的都有，完全不擔心老江突襲。

三個男生圍在李林的座位旁邊，宋志明就坐在林語驚那裡，見她進來，分出精力抬起頭：「林同學，妳等一會兒啊，我們打完這把就讓位置給妳。」

他一邊說一邊從林語驚的座位上站起來，就站在桌邊繼續打。

林語驚：「……」

嘴上這麼說，身體還格外誠實。

林語驚把書包放好坐下，有點好奇：「你們在玩什麼遊戲啊？」

「新出的，狙擊類的那種。」宋志明連頭都沒抬，他戴著一邊耳機，另一邊垂下來：「妳要不要玩？」

林語驚眨眨眼：「我沒玩過。」

「沒事，我教妳。」宋志明十分大方，二話不說就把自己的手機塞進林語驚手裡，撐著桌子俯下身，指著螢幕講解，「也不是很難，手機比電腦簡單多了。妳看，這邊這個是開槍的，點這個往前走——」

沈倦是在早自習結束前十分鐘來的。

一進門就看見他那個位置的走道圍滿了人，他的同桌正轉過身子，手裡拿著手機，和旁邊幾個男生打手遊，戰得火熱。

她旁邊有一個男孩似乎是在教她玩，單手撐著桌子站在她旁邊，弓著背，低著頭，兩個人靠得很近，男生的手臂時不時擦過她耳邊，點在她手裡的手機螢幕上：「喏，這裡有個人，看見了嗎？開鏡，對著他的腦袋開一槍。」

林語驚照做，中間的紅色準星對準那個人的腦袋，「砰砰砰砰砰」就是一排子彈下去，那個人卻完好無損地站在那裡，一槍都沒中。

男生「哎呀」了一聲，手自然地搭在她肩膀上：「沒事，第一次玩都這樣，我教妳，妳這種槍得壓槍，壓槍就是妳想打他腦袋的時候——」他一邊說一邊往下低頭，手指滑著螢幕演示。

沈倦站在門口，看著兩人的腦袋越靠越近，越靠越近，越靠越近……

沈倦走過去站在林語驚旁邊，抬手，指尖輕輕敲了敲桌邊。

他一過來，周圍的氣壓瞬間就變低了，宋志明手一抖，準星往旁邊滑了滑，一槍又打歪了，被瞄準的那個人聽到這邊的槍聲以後，馬上架槍過來，「砰」地一聲把林語驚爆了頭。

林語驚「啊」了一聲，不開心地皺了一下鼻子，站起來讓位置給沈倦，把手機還給宋志明，跟他道了謝。

「沒事，多玩玩就好了，」宋志明笑嘻嘻地，「加個好友？以後我們開黑叫妳。」

「行啊。」林語鶯說。

兩人開心地加了好友，林語鶯在座位上坐下，轉過身來，幫宋志明加了備註。一抬頭，她看見沈倦側著身坐在那裡，面無表情地隨手翻著書。

「同桌，早啊，早飯吃了嗎？」林語鶯心情很好地和他打招呼。

沈倦沒理她。

林語鶯現在跟沈倦已經很熟了，好像從那次她去工作室吃了火鍋開始，兩個人的關係就慢慢好了起來，有時候還會聊聊天。

不過老大總有點自己的性格，可能早上太早起床不太爽，林語鶯也沒在意，翻開第一節課要用的書看。

差不多過了五六分鐘，沈倦突然「啪」地一聲把書闔上，抬眼看她：「妳很喜歡打遊戲？」

「啊？」林語鶯抬起頭來，「沒，我不怎麼玩。」

「以後也別玩了，」沈倦的語氣不怎麼好，「照妳那個技術，多玩兩把，遊戲商都會被妳氣到破產。」

「……」

林語鶯聽出來了，今天老大心情確實不怎麼好，難道是學了一個週末的物理沒什麼進展，被電學難倒了？

她回憶了一下自己幫他出的那些練習題，也都不難啊，滿基礎的。

「天妒英才林語驚，總不可能十全十美，」林語驚很淡定，「而且我，一個善良的人，當然得留條活路給別人。對了，你週末有讀書嗎？」林語驚問。

沈倦：「沒有。」

林語驚不死心，她可是寫資料寫到淩晨兩點半：「物理呢？」

「沒有，」沈倦面無表情地說，「我沒跟妳說過？我們社會哥從來不讀書。」

「……」

林語驚其實很討厭有人跟她擺臭臉，不管你是因為什麼原因心情不好，跟我又沒關係。這種人一般到她這裡就是你跟我臭臉，我比你還臭。換成別人，她這時候大概連理都不會理，你自己臭臉去吧。

她努力搜刮出最後的耐心，也面無表情了：「誰知道你有沒有說過，無所謂的事我從來不記。」

沈倦一頓，看了她一眼。

小女生眼神冷颼颼的，話裡已經開始有點情緒了，這是要炸毛了。再不順著毛摸一摸，可能今天一整天都不會再搭理他。

他嘆了口氣：「看了，我同桌淩晨兩點半傳了個複習資料給我，我認真地看了一個週末。」

林語驚瞥他一眼，糾正道：「是不願意透露姓名的送溫暖小林。」

沈倦：「……」

好吧。

沈倦耐著性子：「這位不願意透露姓名的小林還傳了黃色廣告給我，我差點當成垃圾訊息過濾掉了。」

林語驚笑了兩聲，趴在桌子上看他：「你這就虛偽了，沈同學，我覺得人與人之間還是要坦誠，要不是那個訊息長得像黃色廣告，你會看嗎？你們男生不就喜歡這種東西嗎？」

沈倦揚眉：「妳從哪裡聽說我們男生就喜歡這種東西？」

林語驚：「這還用問嗎？我就這樣傳給你，你不是老老實實地看了嗎？還認認真真地看了一個週末，停都停不下來，我要是傳『高二物理選修電學知識點＋試題詳解』給你，你會點開？感謝我吧，沈倦同學。」

林語驚嘆息道，「感謝你的同桌，為了你熬夜到淩晨兩點半，絞盡腦汁地奇思妙想，成功地讓你記住了國中生都知道不等於3.1415926的歐姆定律，使你的物理成績離三十分又近了一步。」

沈倦安靜了幾秒，沒說話，緩慢地勾起唇角：「不願意透露姓名的送溫暖小林？嗯？」

林語驚：「……」

聊著聊著就被他套進去了，雖然是這種你知我知大家心知肚明的分身，但它也是個貨真價實的分身！

林語驚嘆了口氣：「沈同學，你這樣讓我很難做人。」她壓低了聲音說，「我做好事是從來都不願意留下姓名的。」

她說完，安靜了兩秒，沈倦忽然笑了。

他的聲音比同齡人偏沉一些，笑起來會更低，少了點少年感，多了種磁性的性感。

沈倦垂下眼，低笑著舔舔唇，然後直起身子，抬手按在她頭頂輕輕揉了兩下，身子湊近一點，聲音低低淡淡地響在耳邊：「小林老師辛苦了。」

八中月考在國慶之後，國慶法定七天假回來，到校第一天直接考試，所以這週的課是一連上七天，之後放連假。

劉福江一宣布這個消息，所有人都一陣歡呼。歡呼完，才開始發愁。

李林捏著校服的領子在後面大喘氣：「我覺得我快不行了，上五天課我都感覺快要窒息了，五天已經是我能接受的最高強度授課時限。」

林語驚倒是沒什麼感覺，比起雙休日回去，她更想待在學校裡，甚至已經開始琢磨著國慶能不能也不回去了，就說自己要準備月考。

下午自習課的時候，林語驚背完英語單字，收到了宋志明的熱情邀請，這個人傳了哈士奇跳舞的貼圖給她，後面附贈了一個黑人飛吻，問：小姊姊，開黑嗎？

林語驚覺得這個人滿勇敢的，她早上玩得菜成那樣，他竟然還有勇氣叫她開黑。

她看了一眼剩下還沒寫完的作業考卷，沒剩幾張了，她放下筆，傳了「好啊」過去。

沒兩分鐘，李林在後面輕輕戳了戳她的肩膀：「噯，林語驚，妳跟我們一起啊，到時候妳跟我走。」

沈倦側過頭來。

林語驚笑了：「幾個人啊？」

「加妳三個，一隊通常是四個，沒事，到時候隨便找個野人湊一下。妳跟著我，我來教妳，宋志明離太遠，說話不方便。」李林說。

林語鶯點了點頭，側身抬眼，對上沈倦的視線。

她同桌眼睛眨都不眨地看著她，眼神很平靜，但是平靜中好像又透露出了一股不屑，好像在說「希望妳心裡有點數」。

「……」

林語鶯心裡還滿委屈的。人怎麼可能十全十美呢？她已經這麼優秀了，遊戲玩得爛一點又怎麼了？

她嘆了口氣：「你們找野人的話我就不玩了吧，我玩得太菜了，同學還好一點，到時候坑了野人被罵，不太好。」

李林擺擺手：「沒事，有人罵妳，我們幫妳罵回來。我們有三個人，怕什麼，坑的就是他。」

林語鶯還想說什麼，沈倦忽然問：「什麼遊戲？」

李林靜止了，脖子像是上了線的木偶，一幀一幀地轉過頭來，說了遊戲名字：「就，打槍的。」

林語鶯覺得有點好笑，她甚至能感覺到李林的緊張。

開學這麼久了，前後桌坐這麼久，這好像是沈倦第一次跟他們說話。

沈倦點點頭，又繼續道：「你們少個人？」

李林僵硬地說：「啊……對。」

「我來。」沈倦說。

林語鶯揚了揚眉，李林的下巴都快脫臼了。

後來，李林每次回憶起來都忍不住感慨，這簡直是他人生中最刻骨銘心的一戰。

校霸沈倦，這位擁有無數傳奇故事，並且差點把他前同桌打死實錘的八中老大，一個背影都讓他不敢說話，每天活在陰影中的老大，在自習課上發出申請，和他組隊打遊戲。

林語驚沒玩過這個遊戲，沈倦也沒玩過，兩人轉過身來，連著李林的無限流量網路下載完了以後圍坐在一起，開了一隊。林語驚看了一眼沈倦的ＩＤ：「JYZJBD」。

再往下看一眼，這個人剛下載遊戲，已經幫自己配好簽名了——一個低調的神射手。

林語驚：「……」

只有在這種時候，林語驚才能感受到沈倦那股藏得很深的中二少年之魂。

李林一個人講解給他們兩個人聽。林語驚畢竟早自習時已經玩過了，知道怎麼開槍怎麼走，她就是槍法比較菜，眼力也有點不太好，她都快死了也沒看見對面打她的人在哪裡；沈倦是剛上手，所以李林看起來像是在對他進行一對一輔導。

「這是什麼？」沈倦問。

「換換換換換槍的，」李林結結巴巴地說，「旁邊那個上子彈。」

沈倦掀了掀眼皮，看了他一眼：「你抖什麼？」

李林在心裡咆哮：老子他媽害怕你啊！萬一你他媽遊戲打得太菜，被人虐心情不爽了，揍我一頓出氣呢？

「沒……」李林小聲說，「我有點冷。」

林語驚在旁邊「噗哧」一聲笑出來，湊過去小聲說：「同桌，你表情一直這麼酷，有點嚇人。」

沈倦看了她一眼，也湊過去低聲說：「我嚇到他了？」

林語驚點了點頭，沈倦揚眉：「那妳怎麼不怕我？還敢跟我坐同桌？」

「怕啊，」林語驚說，「但是怕沒用，總要有人站出來犧牲的，我不入地獄誰入地獄。我，天生就是那個要被命運虐待的幸運兒。」

「……」沈倦「呵」了一聲，直起身來，眉眼冷淡，沒什麼情緒。

李林一抖，下意識往後蹭了蹭。

沈倦看著林語驚：「不是，我虐待妳了嗎？」

林語驚搖了搖頭：「沒有。」

「我對妳不好？」沈倦問。

「好，」林語驚語氣真誠地說，「你對我猶如春風般溫暖，沒有第二個人對我這麼好了。」

李林：「……」

沈倦：「……」

沒辦法聊了，這丫頭說話太氣人了。

就用她那張純真無害的臉，小狐狸眼眨啊眨地看著你，說出來的話讓人火氣直往上竄。

可是人家說錯什麼了嗎？罵你了嗎？

沒有，人家在誇你呢，說你對人春風般溫暖。

這股火就發不出來了，堵在那裡，讓人又無奈又好笑。

沈倦把手機往桌上一丟，「啪噠」一聲，他瞇起眼看著林語驚。

李林閉上眼睛，等待著即將到來的校霸之怒，血雨腥風。

十秒鐘後，一片平靜。

李林睜開眼睛，看見校霸無奈地嘆了口氣。

校霸無奈地嘆了口氣。

校霸竟然只是嘆了口氣，然後重新拿起手機來，跟沒事人一樣問他：「這遊戲的配件是自動裝備的？」

李林都沒反應過來：「啊？啊——自動的，不過你可以自己換配件。」

沈倦在摸上這個遊戲五分鐘後，拿到了第一個人頭。

林語驚跟他站在一起都沒看見人在哪裡，李林還在旁邊跟沈倦說：「噯，你這把槍後座力大，我教你怎麼壓——」就看見他架好槍一趴，「砰」就是一槍爆了一顆頭。

這一槍開門紅，緊接著這個人就像點了火的鞭炮一樣，「砰砰砰砰」，一個接一個爆，進決賽的時候，「JYZJBD」的人頭都已經兩位數了。

最後他們拿了個紅紅火火的第一名，林語驚這一路上都沒開幾槍，完全躺贏。

遊戲結束，宋志明在教室的另一頭一躍而起，他坐在靠窗那邊的倒數第二排，和他的隊友們完全是對角，看不見這邊的情況。

「我靠，大李！這野人有點強啊！王者段位高手吧？」宋志明隔著教室朝李林高聲喊道，「趕緊加個好友，以後一起玩啊！不過他這個ＩＤ是什麼意思？是最幾把屌嗎？是嗎？行，這個帥耍得我服氣，是他厲害。」

李林：「……」

李林一臉一言難盡的表情，不知道該怎麼跟他解釋這位最幾把屌二十分鐘前還在下載遊戲。

他悄悄地看了一眼沈倦。

老大側身坐在那裡看著手機，神情漠然，李林彷彿看見了老大臉上寫滿了「隨便殺殺就贏了，這什麼智障遊戲，好幾把無聊，這遊戲到底有什麼好玩的？」。

但也只是這樣，他看起來甚至沒有不耐煩之類的情緒。

李林又想起了剛剛校霸那聲無奈的嘆息。

他拿著手機埋下頭，傳訊息給宋志明：你有沒有覺得沈倦沒有傳說中的那麼恐怖，而且好像還滿溫柔的？

宋志明在教室另一頭催促他趕快加那個最幾把屌好友、抱大腿的吶喊瞬間就沒了，他傳了訊息過來：誰溫柔？？你腦子有洞吧？

沈倦的耐心確實只能勉強支撐他打完這一局，結束以後的第一個動作就是刪除ＡＰＰ。林語驚也不想玩了，在這個槍與炮的世界裡，她感受不到絲毫遊戲的樂趣，只有一種被慢慢淩遲的屈辱感，好像她是一個瞎子，她再也不想碰這個遊戲。

兩人雙雙刪除了ＡＰＰ，在刪除之前林語驚又看了一眼，沈倦還不忘把簽名上的那個「一個低調的神射手」換了，現在是「隨便殺殺就贏了」。

「……」

林語驚忍不住翻了個白眼，沒見過這麼騷的人。

自習課也差不多要結束了，她轉過頭來看著沈倦。

沈倦注意到她的視線，轉過頭微微低頭：「怎麼了？」

「你就承認了吧，你肯定不是第一次玩。」林語驚面無表情地說。

沒想到他竟然真的大大方方地承認了：「槍不是第一次玩。」

林語驚想說我就知道！你看你承認了吧！

反應了幾秒，她覺得有哪裡不對，「啊？」了一聲。

「喜歡玩這個？」沈倦漫不經心地說，「哪天帶妳去玩真的。」

我，靠。

林語驚的腦子裡閃現兩個大字。

她頓時覺得自己的中二時期，自以為很社會的那些年實在太小兒科了，最嚴重的也只摸過棍子什麼的。現在沈倦直接把冷兵器上升到熱兵器了，我們社會哥就是不一樣！！！

‡

沈倦這個「哪天」可能要到八百年後，所以林語驚隔天就把這件事忘了，近在眼前的是十一長假過後的月考。

高二開學以來的第一個月考，林語驚本來以為這個班的人就算再不愛學習，多多少少也會有一些臨時抱佛腳的舉動，結果幾天觀察下來，她發現學習的人好像還是那些班上中游的學生，例如李林之流，只是會比之前稍微認真寫作業。

十班之所以沒有老師願意帶，最後臨時託給從沒當過班導師的劉福江是有原因的。雖然說除了競賽班和一班實驗班以外，其他班級並沒有按照成績分班一說，但是也不知道是不是因為這妙不可言的緣，作為理科班裡的最後一個班級，整個學年的劣等生有三分之一都在十班。

這就導致劉福江拿到考場座位號碼名單的時候，林語驚發現，倒數後面的三個考場裡，她們班占了一半的人。所以大家都很高興，考場裡全是自己人，想要做點這樣那樣的事就更方便了。

雖然林語驚也不明白同一個考場裡的人水準都差不多，互相抄能抄出什麼來。

李林在倒數第三個考場，看到考場名單的時候他一陣狂喜：「我靠，我上學期期末考發揮這麼出色嗎？我就說，一般關鍵性的考試我從來都能超常發揮，大賽型李林選手。」

林語驚：「……」

以前一直是讀實驗班，回回考試都在第一考場的林語驚選手並不能理解他這種欣喜若狂。

她默默地轉過頭來，一抬眼又對上沈倦的視線。

沈倦垂著眼，沉默地看著她。

林語驚又看了一眼座位表，月考考場是按照高一最後一場期末考試成績分的，林語驚沒成績，沈倦是休學回來的，也沒有，所以他們都在最後一個考場，考試座位以蛇形排列，兩個人並排最後一排，就在左右。

林語驚總覺得從他的視線裡，讀出了什麼暗示的意思。

「沈同學，」林語驚斟酌著怎麼說能委婉一點，想了想，慢吞吞地說道，「考試其實不是那麼重要的事，它也只是一個查缺補漏的步驟而已，就……還是要拿出自己的真實成績，這樣才能知道哪裡不足，你說是不是？」

沈倦沒說話，看著她的眼神很一言難盡，像是在看一個傻子。

「在小林老師的幫助下，我覺得你物理至少能拿個四十分，」林語驚鼓勵他，「加油。」

月考就安排在國慶之後，最後一節課下課，所有人都很開心，恨不得一路狂奔出校門，一口氣紮進家裡，只有林語驚坐在座位上，悠長地嘆了口氣。

沈倦這個星期難得上到了每一節課，應該說，這個人開學以來第一次一個星期一堂課都沒曠，連自習都上滿了。下課放學，他揹著他空空如也的書包站起來，坐在桌邊饒有興趣地看著愁眉苦臉的林語驚：「怎麼了？」

「我不想放假，」林語驚垂著眼睛，嘆氣道，「我想讀書，就不能一直讀書嗎？讀書是多美好的事啊。」

「……」

沈倦一時間竟然不知道該怎麼回答，他從來沒見過自覺意識這麼超前的高中生。

沈倦看著渾身上下都很喪，從腳底板到髮絲都寫滿了不高興的少女，安靜了一會兒，緩聲問：「妳是想讀書，還是不想回家？」

林語驚再嘆：「不想回家。」

「嗯？」沈倦問，「怎麼不想回家？」

林語驚第三次嘆了口氣，剛要說話，人一頓，安靜了幾秒，抬起頭來看身邊的少年。

沈倦坐在課桌桌邊，靠著牆仰著下巴，睫毛低低垂著，手裡捏著手機漫不經心地把玩。

她最近跟沈倦走得有點太近了，近到她在跟他對話的時候，連這種最基本的防範意識都不知道什麼時候消失了，這個過程太自然，自然到她都沒意識到。

「因為我家住魔仙堡，回家會被抓起來強行練習魔法。」林語驚隨口胡扯。

沈倦沒說話，定定地看了她幾秒，勾唇笑了笑，微微向前傾身，抬手用手裡的手機輕輕敲了敲她的腦袋：「走了，小同桌。」

林語驚下意識地捂了一下被他用手機敲過的地方，看著他站起身來，打了個哈欠往教室外走。

林語驚翻了個白眼，低頭也開始收拾東西。

走到門口，沈倦忽然停下腳步，回過頭來：「對了。」

林語驚抬頭：「嗯？」

「我十一都在工作室。」沈倦說。

「啊，」林語驚很茫然，不明白他跟她說這個幹什麼，就只能接道，「不出去玩？」

「沒什麼好玩的，」沈倦垂了垂眼，淡道，「無聊的時候可以到我那裡坐坐，我都在。」

「……」

林語驚不知道是不是自己太敏感了，總覺得他這句話的意思是「妳沒地方可去的時候可以到我那裡去」。

沈倦這個人，雖然每天都吊兒郎當的，對什麼事情都不用心，但是他絕對是一個很細膩的人。

林語驚剛剛那一句「不想回家」帶了太多的個人情緒在裡面，他一定聽出來了。

之前在便利商店門口第二次見面，林語驚就發現了這點。

這個打起架來非常陰戾凶殘的社會哥，有那麼一點點很不符合他人設，藏得很深的原則性小溫柔。

比如說，他們兩群人幹架，他會不希望無辜的吃瓜群眾——林語驚小朋友被牽扯進來，很自然地幫她擋一擋。

比如說，他會注意到無辜吃瓜群眾的飯團掉了，買一個賠給她。

再比如，他那天吃火鍋的時候，一定是看出了她那一點點小小的，對他們的防備和猶豫，所以他倒扣了她的杯子，幫她拿了可樂。

這種無意識、細膩的小溫柔是從骨子裡透出來的，是一個人的教養和家教的體現，是一種潛移默化的影響。他一定有一個很幸福的家庭，或者是從小在一個很溫柔、疼愛他的人身邊長大。

林語驚將手裡整理到一半的書放下，靠上椅子嘆了口氣。

「真好，」她小聲地自言自語，「有人疼真好。」

班上的人都已經走光了，只剩下她，整層樓都安安靜靜的，教學大樓外的操場上偶爾有零星的幾個學生穿過操場，順著窗戶往外看，能夠遠遠看見高三所在的北樓教室裡亮著燈，像是一個個被切割的小小明亮色塊。

空蕩蕩的教室，空氣裡帶著油墨書香，和一點點寂寞的味道。

上了一整天的課，有一點視覺疲勞，林語驚垂下頭揉了一下眼睛，低低的呢喃聲融化在安靜的空氣中：「我也想要。」

林語驚這個十一過得也很平靜，沈倦雖然說了可以去他工作室坐坐，但是她也沒打算真的去。

人家忙不忙是不是隨口一說還不知道，主要是十一過了就要月考，林語驚第一次在這個學校考試，不知道八中的考試大概是什麼難度，也不知道渾渾噩噩地過了一個假期，自己的智商和水準有沒有退化，所以她還是老老實實地在家裡看了幾天的書。

傅明修終於捨得從學校回來了，林語驚放學到家的時候他已經在家了，人正在客廳沙發裡坐著玩手機，聽見她回來的聲音都沒往這邊看，臉上堆滿了不在乎的表情，卻怎麼看怎麼僵硬。

林語驚看著這個人明顯不想看自己的樣子，在打招呼和不打招呼之間猶豫了幾秒，最終選擇順了他的心意，有點眼力，不要有任何對話就準備上樓去。

自從上次的事情以後，她對傅明修的心情有點複雜。

林語驚一直是一個不懼怕任何惡意或者敵意的人，但是如果這種敵意裡突然摻雜了一點善意的東西，她會有種不確定感。

結果剛往前走幾步，傅明修突然抬起頭來，皺著眉看著她：「妳沒看見我？」

「……」林語驚說，「看見了。」

傅明修的眉間都快被他皺沒了：「那妳像沒看見一樣？」

「……」

林語驚突然覺得關向梅這麼多年來，應該也很不容易。她這個兒子生得可真是奇葩，明明長得很爺兒們，內心戲卻豐富得像個小公主。

好吧，驚爺寵著你。

林語鶯打了聲招呼，不怎麼想跟他一般見識，耐心地問：「哥哥還有什麼事？」

傅明修看著她，一臉「我有話要說」的樣子，就這麼僵硬了十秒，一句話都沒說出來。

林語鶯轉身就準備上樓，結果剛走到樓梯口又被叫住了：「等等。」

「……」

林語鶯站在原地磨了一下牙，長長地吐出一口氣，轉過身來。

傅明修看著她：「妳不要以為我接受妳了，也最好不要動什麼歪腦筋。」

林語鶯看著這個人像發神經一樣，差點忍不住笑了。她由衷地想讓他去看看精神科什麼的，是不是最近繼父帶著女兒進門，給他的壓力太大了，導致他精神出了點問題？

「什麼歪腦筋？」林語鶯問。

「傅家的公司，你們想都別想。」傅明修陰沉著臉。

林語鶯笑了。

少女身上還穿著校服，揹著書包又拖著行李箱，漂亮的狐狸眼笑起來彎彎的，非常討喜：

「哥哥放心，你們家公司我肯定不會想的，我要公司幹什麼？每天早出晚歸、累得像狗一樣，給你，都給你，你負責賺錢，」林語鶯指著他，又指指自己，「我負責沒錢了就跟你要，畢竟兄妹嘛，還是要互補一點。」

「……」傅明修難以置信地看著她。

林語鶯朝他打了個響指，一蹦一跳地哼著歌上樓了，留下傅明修一個人站在原地，瞪著她的背影，一臉吃了屎的表情。

月考那天，林語鶯起了一大早。

考試本來是不用那麼早到校的，不過劉福江是第一次體驗自己班上的正式考試，心裡很激動，激動之餘還有點不安，所以他前一天晚上提前在班級群組裡說，讓大家都和平時同時間到校，他要在考前再為大家講解十分鐘的生物。

他說完這句話以後，原本熱鬧非凡，充斥著「噯，新出的那個遊戲你們玩了嗎？」、「昨天晚上下載了，玩了十分鐘就刪了，3D我會暈。」、「K家是不是出秋冬新款了？」、「我看了，撞色撞得好醜」、「比賽開始了兄弟，今天異地鴨打日你妹，你們看不看啊？」——等等，反正除了學習以外，什麼話題都有的班級群組一瞬間陷入了死一般的寂靜，好像這個群組是八百年沒人冒一次泡的死群組一樣。

林語鶯當時就很好奇，到時候週一早上，他們班到底會來多少人。

林語鶯先去學校門口食堂買了早點，她還特地買了兩袋豆漿，其中一袋是核桃口味的，畢竟要考試，小林老師非常有師生愛地買給她唯一的學生沈倦，想讓他補補腦。不然物理真的考不到四十分的話怎麼辦，那不是砸她招牌嗎？

到教室的時候，劉福江正精神飽滿地站在講臺前。下面的人數掰著手指都能數出來，不到十個人的考前輔導現場絲毫沒影響到劉福江的積極性，看見林語鶯的時候，他露出了發自內心的愉悅笑容：「好，林語鶯也來了，同學們，我們一共九個人，這叫什麼？這叫小班化教學，這種教學品質非常好，你看隔壁十九中，就那個私立貴族學校，人家現在全是小班化授課，效果特別好——」

林語驚：「……」

劉福江大概用了七分鐘的時間表揚了一下在座九位同學的積極度，剩下三分鐘時間講了一道生物大題，然後這個小班化教學的菁英臨時九人組原地解散，眾人開始搬開桌椅，準備布置考場。

最後一個考場在一樓，文科班的教室，一進去就跟理科班的感覺不太一樣，教室後方的黑板弄得精緻漂亮，密密麻麻的全是字和畫，一看就是用心準備的。

正前方的黑板上掛著大大的一副毛筆字，非常瀟灑漂亮的字體——今日長纓在手，何時縛住蒼龍。

林語驚回憶了一下她們班的後面黑板，只有李林用白色的粉筆橫著寫的幾個大字——春秋請喝菊花茶，清熱解毒又敗火，最下面還用黃色的粉筆畫了一朵小菊花。

——十四個字和一朵花，占滿了整整一張大黑板，讓他們班毫無懸念地一舉取得了當月學年黑板海報大賽倒數第一名的好成績。

考試這天，學校不強制學生穿校服，所以大家基本上都穿自己的衣服來，在學校的日子也只有這種日子能不穿校服，所以大家都放飛自我了，尤其最後一個考場，穿什麼來的都有。

林語驚前面的那個女生還穿了蕾絲網襪，坐下以後，長袖外套脫掉後裡面是一件小吊帶，十月的天氣已經轉涼了，教室裡的溫度比外面要更低一些，陰冷，林語驚看著她都覺得冷。

臨近考試前十分鐘，沈倦出現在教室門口，亂哄哄的考場安靜了一瞬。

林語驚抬起頭來，沈倦穿著白衛衣、黑牛仔褲，牛仔褲裹著的腿又長又直，連帽衛衣就是最簡單的款式，上面什麼圖案都沒有的一片雪白，和考場裡一大堆皮夾克、機車服的酷哥們一比，簡直太青春少年了，但這個人的氣質就是一點都不少年，穿個如此簡單的白衛衣都能穿出漫不經心的騷味。

林語驚也不知道為什麼，可能是因為倦爺最屌吧。

老大不僅是在年級裡，學校裡也是很有排面的人物，他極其自然地接受著一眾注目禮。這個人考試連一支筆都沒拿，空著手垂著眼皮，一臉冷淡地走到最後一排，表情看起來非常冷酷，很符合他校霸的人物形象。

但是林語驚知道，他只是太早起了，現在還有點睏，人比較迷糊。平時第一節課他都會趴在桌上補個眠，但是今天是考試，他沒辦法補。

林語驚把那袋加了碎核桃的豆漿遞給他。

八中食堂賣的豆漿包裝都跟吸果凍的一樣，蓋子有的時候會扭非常緊，林語驚早上喜歡喝豆漿，偶爾扭不開的時候會讓沈倦幫她開一下。於是沈倦就瞇著眼接過來，都沒怎麼看，無比自然地擰開以後，無比自然地放在她桌上，然後在旁邊坐下，懶洋洋地打了個哈欠。

最後一個考場的吃瓜群眾們：……我靠？

林語驚也無比自然地道了聲謝，接過來以後吸了兩口，吸到了滿嘴核桃，還真的有核桃渣。

她才反應過來，「啊」了一聲，把豆漿從嘴巴裡拿出來，轉過頭來看他：「這個是買給你的。」

沈倦也「啊」了一聲，聲音睏倦微啞，往桌上一趴：「那放那裡吧，我等等喝。」

林語驚：「……」

最後一個考場的吃瓜群眾們：……我？？？靠！

前排穿蕾絲網襪的女生飛速轉過身來低下頭，掏出手機打字：

『我好像不小心看見了老大的姦情！我，從國中到高中在最後一個考場考試了這麼多年，從來沒有見過這麼勁爆的考場秀恩愛現場。就我們學校的那個老大，沈倦你知道吧？把他同桌打成植物人後休學的那個沈倦，現在不是也高二了嗎？然後這次考試我們倆在同一個考場。』

『等等，不是差點把他同桌打死嗎？』

『？打死和打成植物人有什麼區別？但是這個是重點嗎？妳能不能不要打斷我說話？』

『行，妳說。』

『反正就是那個沈倦，他剛才幫一個女！生！開！豆！漿！』

『……』

『開完，那個小姊姊喝了兩口，說是幫！他！買！的！！！』

『……』

『老大很淡定地說：「那放那裡吧，我等等喝。」』

『……』

考場裡，監考老師還沒來，所有人原本都應該抓緊最後的時間準備小抄，也有些人乾脆放棄治療，往那裡一趴就開始玩手機，連作弊的意思都不打算有。

蕾絲網襪趁著監考老師沒來收手機的最後一段時間，跟她的朋友瘋狂吐槽：妳這是什麼反應，不覺得很恐怖嗎？那個沈倦，竟然能找到對象。

朋友：人家怎麼找不到對象，人長得那麼帥，那麼那麼帥。

朋友：而且開個豆漿就是姦情了？

蕾絲網襪：帥是帥，但是我還是害怕，我怕跟他談戀愛，他一生氣會直接把我按在牆上痛揍。

蕾絲網襪：妳不在現場不知道，妳不知道老大那個開豆漿的動作有多麼自然！多麼熟練！就好像他天天開一樣，眼睛都沒睜，接過來就擰開了。

蕾絲網襪：還要小姊姊放那裡，他等等喝！！！這不是間接性接吻嗎！

朋友：所以，老大最後喝了嗎？

蕾絲網襪默默地往後扭了扭身子。林語驚翻了個白眼，完全沒有理沈倦的打算，坐在後面喝掉了剩下的核桃豆漿，把空包裝袋丟進教室最後面角落的垃圾桶裡。

蕾絲網襪：「……」

蕾絲網襪默默地轉過頭來。

蕾絲網襪：沒有，這小姊姊太酷了，她自己把豆漿喝完扔掉了。

朋友：她是無視了老大的話喝了豆漿，然後扔了，最後還頑強地活下來了嗎？那我開始相信妳說的這個姦情了。

過了一分鐘，朋友丟了一個論壇貼文的連結過來：妳就這麼急切地去發文了？

林語驚不知道最後一個考場上的腥風血雨已經透過手機這個東西，傳播到每一個考場了，也不覺得所有人都往這邊看有哪裡不對勁。

老大嘛，接受眾人的注視也是理所當然的，林語驚還記得沈倦第一次出現在十班教室門口的時候，整個班瞬間鴉雀無聲，那個視覺效果比現在要震撼得多。

她把那袋豆漿喝完，丟進垃圾桶裡發出一聲輕響後，沈倦的耳朵動了動，抬起頭來，看了她一眼：「妳喝光了？」

「嗯？」林語驚，「啊，喝光了啊。」

沈倦：「不是給我的嗎？」

「……」林語驚眼神奇異地看著他：「我喝過了，你還要嗎？」

沈倦沉默地看了她五秒，慢吞吞地「啊」了一聲，直起身來靠上椅子。

他擰著眉看著桌角緩了一會兒神，看起來算是清醒了。

考試的預備鐘聲響起，監考老師走進考場收手機，催促考生把包包都放在前面。

林語驚從書包裡抽了兩支筆出來，把包包放到前面講臺上。

她本來想給沈倦一支的，結果拿著一支筆側過頭，還沒開口時，沈倦就懶洋洋地打了個哈欠，身子緩慢地往左邊傾，從牛仔褲口袋裡抽出一支筆，捏在手裡轉了兩圈，又往後靠，不緊不慢地從衛衣口袋裡抽出一張折了兩折的空白演算紙。

「……」

是個狠人。

考試的科目順序都是按照高考的順序來，只不過時間上倒是比高考緊湊一點，上午國文、數學，下午文理綜和英語，每科中間有十五分鐘的休息時間。

林語鶯從來沒感受過最後一個考場的考試秩序，這次也算是長了見識，教室裡甚至連寫字的聲音都沒有，監考老師一個人坐在前面講臺上玩手機，另一個倒是很像模像樣地到處一圈一圈地轉，只不過看起來也很放空。

第一科考國文，坐在前面的有一半是在奮筆疾書，看起來是還想掙扎一下，後面很多乾脆就選擇放棄治療了。林語鶯看著坐在自己斜前方的一個哥兒們寫上了自己的大名，用三十秒的時間填完了所有的選擇題，然後趴在桌上開始睡覺。

下筆行雲流水，動作大開大合非常豪邁，讓人想不注意到他都很難。

八中的月考題目難度中規中矩，比起以前在附中時還是差了一些。林語鶯寫題目很快，全部答完以後也懶得檢查，這些題目對她來說沒什麼難度。

她放下筆，身子往後靠，掃了一眼坐在旁邊的沈倦。

沈倦垂著頭，正在不緊不慢地寫作文，已經寫了一半，林語鶯一眼掃過去，看見了他填得密密麻麻的考卷。

林語鶯揚了揚眉。

本來以為他跟程軼一樣，是考試也懶得寫那麼多字的類型。

在林語鶯的兒時玩伴裡，陸嘉珩算是成績還不錯的，程軼則滿足了他這個年齡劣等生的所有條件。如果他現在在八中，那麼後排這些穿著鉚釘皮夾克、躺在桌上睡覺的大哥裡一定有他。

這個人是能少寫一個字就絕對不會多寫，別的科目還好，通常看到國文考卷上這種大面積的空白，他連標點符號都不會多寫一個，經常國文作文寫個題目就結束了，敷衍都懶得敷衍。

附中管得很嚴，有次被班導師、學科老師加上學年主任輪流炮轟訓了一頓以後，程軼終於開始寫作文了。

他寫對話。

『今天你吃了嗎？』

『我吃了。』

『吃了什麼？』

『吃得還不錯。』

——寫一句話換一行，寫一句話換一行，如此一來，一張空白的作文紙很快就到了八百字的範圍。

林語驚當時想說，我能有你這麼機智的朋友可真的是三生有幸啊。

考試寫完就可以提前交卷，林語驚覺得交了卷也沒什麼事情好做，還不如待在考場裡，所以乾脆沒交，就趴在桌上睡覺。

上午的最後一科數學答完，她一抬頭，看見沈倦果然暴露出真面目了。

這個人把考卷放在桌子上，上面橫著一支筆，手揣在衛衣口袋裡，往後仰著頭吊兒郎當地坐在椅子上，鐵椅的前面兩根椅腳懸空，只有後面兩根著地，隨著他的動作慢悠悠地一晃一晃。

林語驚就有了那麼一點想要踢一腳的衝動。

有點想看看校霸一屁股摔在地上是什麼模樣，但是為了生命安全，想了想還是放棄了。

考試結束的鐘聲響起，監考老師過來收走考卷，沈倦走得很快，起身就往前走了。林語驚坐在那裡整理了一下桌子，把筆和演算紙放在一起，剛起身準備到前面去拿書包，書桌上落下一片陰影。

林語驚抬起頭來。

沈倦拎著她的書包放在桌子上，靠著桌邊站著：「一起吃個飯？」

林語驚抬起頭來看了他一眼。

沈倦通常中午都會跟他高三的幾個同學何松南他們一起吃，林語驚是第一次收到同桌的午餐邀請，有點受寵若驚。

她想了想，認真地問：「你忘記帶錢了嗎？」

「……帶了，」沈倦長長地吐出一口氣，「不用妳請，想吃什麼，我請妳。」

他這口氣嘆得很有含意，林語驚不懂那是什麼意思，但是她忽然想起少年之前說過的那句「我收得不多，賺個生活費」。

林語驚覺得自己有點不忍心，一個靠紋身賺生活費還要讀書，暑假打群架之餘還不忘補作業，平時一節課都不聽，依然堅持著把考卷填滿，看起來不是那麼富裕的校霸，還要請客吃飯。

學習態度多積極端正啊！人家考試還有帶筆呢！還帶演算紙！！！

「不用，我請你吧！」林語驚連忙說，她把筆和紙塞進書包裡站起來，拉上書包拉鍊，「你想吃什麼？」

沈倦挑著眉看了她一會兒，也沒拒絕，移開視線往外走：「沒什麼特別想吃的，隨便吧。」

林語驚這段時間差不多也把學校附近的小飯館吃得差不多了，哪家味道好、哪家味道一般，哪家很乾淨、哪家一吃完馬上拉肚子她都差不多一清二楚，第一次請同桌吃飯，她想表達一點誠意出來。

兩個人一邊走出考場，林語驚一邊掰著手指頭數：「炒河粉還有旁邊那家牛肉麵店就算了，不太乾淨。火鍋、燒烤的味道有點重，而且時間來不及，你吃炒菜嗎？」

「嗯，」沈倦看起來心情很好，唇角略彎了彎，懶洋洋的：「隨便，我都可以。」

確定吃炒菜，兩個人走出校門，林語驚也點了點頭，抬起眼來：「那——」

她頓了頓，話音忽然停住了。

校門口正對面的街道上停著一輛熟悉的車——孟偉國的愛車，特地從帝都帶來這邊的。

男人穿著一身休閒西裝站在車旁，臉部棱角、輪廓深刻而英俊，歲月幾乎沒在他身上留下什麼痕跡。他看起來十分年輕，氣質卻沉穩出眾，和他周圍的高中生小屁孩形成了鮮明的對比。

不少女生從旁邊過去，回頭頻頻打量，然後又湊在一起小聲地笑。

校門口很擁擠，全都是剛考完試或者下課的學生擠著往外跑，林語驚站在原地忽然不動，後面的人不耐煩地推了她一下：「走不走啊！」

沈倦抬了抬手，虛虛懸在她背後，側頭往後掃了一眼。

後面那個人是個子很高的男生，對上他的視線以後整個人縮了一下，蜷著手指縮回手來。

林語驚忽然轉過身，二話不說就要往回走。但是後面人太多，她的去路完全被堵得嚴嚴實實。

她不耐煩地皺了一下眉，整個人都帶著一種沉悶壓抑的煩躁，忽然轉過頭來：「改天吧，今天先不吃了。」

沈倦抬了抬眼：「嗯？」

「今天就算了，」林語驚說，「改天我請你，你想吃什麼都行，行吧？」

沈倦挑著眉：「不行。」

林語驚深吸了口氣：「我今天不想吃飯了，我想回寢室複習，下午考理綜，我沒有把握，我改天請你吃好吃的，不會賴帳的。」

沈倦直勾勾地看著她，漆黑的眼濃得像墨：「今天就是今天。」

林語驚差點想打人了，她不知道這個平時非常有眼力，絕對不多問多餘問題的人今天為什麼這麼難纏。

校門口的人已經出去得差不多了，所有人都在往外走，兩個人就這麼直挺挺地站在門口，其中一個還是傳說中帶著血腥氣息的校霸，很是惹眼。

林語驚往對面瞥了一眼，孟偉國靠著車子，已經往她這邊看過來了。

她轉過身背對校門口，一把抓過沈倦胸口的衛衣布料，猛地往下一扯。沈倦猝不及防，被她拉得上半身壓下來，脊背微弓，兩個人瞬間拉近了距離，腦袋差點撞在一起。

他微微睜了睜眼，有些錯愕。

「沈同學，行行好。」林語驚放輕了聲音，嘴唇就在他臉側，距離太近，沈倦甚至能看到她的睫毛輕輕抖了一下。

她動作明明凶得像是要打架，聲音卻是軟的，壓得很低，像是在服軟，或者求饒：「求你了。」

「……」靠。

林語驚目送沈倦一個人出了校門，一步一步朝孟偉國走過去。

孟偉國低頭皺著眉，心不在焉地看了一眼手錶，然後從口袋裡抽出手機，放在耳邊。

林語驚知道他正在打電話給她，但是她的手機放在書包裡，剛剛考試的時候關機了，現在還沒開。

沈倦過了馬路，走到孟偉國面前的時候男人剛好放下手機，他一臉不耐地抬起頭來，隨意掃了一眼，再次垂頭看手機。

兩個人擦肩而過，沈倦往學校飯店街的方向走了。

林語驚鬆了口氣，轉身往宿舍走。

孟偉國回來得毫無預兆，不用想都知道他為什麼會來，他回來以後發現林語驚沒聽他的話，私自搬出來住校了，怒不可遏，於是來找她，樹立並鞏固一下他作為父親的威嚴。

該來的總是會來，但是林語驚一點也不想在學校門口當著這麼多人、當著沈倦的面和他吵架，或者單方面聽他罵，她甚至不想讓沈倦知道這個人是她爸爸。

那畫面想想都覺得毛骨悚然，有種一巴掌狠狠甩在她臉上的感覺。

中午的宿舍裡很安靜，很少有人會在這個時候回來，大家都去吃飯了，至少要十五分鐘以後才會有人回來補個午覺，所以即使這棟樓的隔音效果不太好也無所謂。

林語驚回到寢室，關上門，把書包摘下來放在椅子上，從裡面翻出手機來，開機。

她把手機放在桌面上，站在桌邊垂眼等了兩分鐘，手機鈴聲再次響起。

林語驚一接起來，孟偉國就劈頭蓋臉問：『妳把我電話號碼設成黑名單了？』

林語鶯：「……」

您的腦洞可真大。

「我今天月考，考試的時候手機都會要求關機。」林語鶯說。

孟偉國應該還沒走，那邊聲音很嘈雜，他壓著聲音，聽起來很平靜。

孟先生向來如此，在人前他得保持自己成熟穩重的紳士形象。

紳士沉默了幾秒，才問：『考得怎麼樣？』

「應該還行吧，題目沒什麼難度。」林語鶯隨口說。

孟偉國那邊傳來「砰」的一聲關車門的聲音，然後噪音被隔絕開來，他應該是上車了：『我現在在你們學校門口，妳出來一下。不是，林語鶯，妳現在是真的翅膀硬了？我有沒有說過不同意妳住校？妳當妳爸的話是放屁是不是？』

林語鶯扭頭看著窗外，學生宿舍離校門口那邊有段距離，被綠化環境和圖書館、藝體樓擋著，把那邊熱熱鬧鬧的聲音隔絕得很徹底：「沒有，家裡太遠了，而且我同學都住校。」

『妳現在出來。』孟偉國想要當面立威的意志非常堅定。

「我在幫我們班導師整理考卷。」林語鶯盯著窗外樹上的一片葉子，隨口胡扯，「上午剛考完試，他要我幫他整理一下。」

『好。』孟偉國拍了兩下方向盤，『今天晚上我讓老李來接妳，妳給我滾回來，給我解釋清楚妳這個住校是怎麼回事。妳在想什麼？我跟妳說的妳聽不懂是不是？妳哥哥讀高中的時候也是讀八中，人家當時也沒住校，也沒影響過學習，妳怎麼就這麼多臭毛病？而且妳這間學校是怎麼回事？

沒有家長同意，學校就敢讓妳住？你們班導師——』

「哥哥同意了。」林語驚的腦袋又開始一跳一跳地痛，她用指關節揉了揉太陽穴，打斷孟偉國，「我哥哥同意了，說讓我住校，幫我簽了單子。」

孟偉國沒反應過來：『妳哪個哥哥？』

林語驚覺得孟偉國這個人真是有意思，虛偽得也太不專業了。

自己說的時候一口一個妳哥哥，好像她跟傅明修是一對失散多年的親兄妹，現在她說起來，他反而一時間反應不過來。

林語驚笑著問：「我還有幾個哥哥？」

孟偉國可能也意識到了自己有多可笑，咳了兩聲，又清清嗓子：『反正妳今天給我回家來，我告訴妳林語驚，妳不用跟我耍叛逆，就算妳不姓孟，妳也是我女兒，我是妳爸，妳就得聽我的。』

孟偉國把電話掛了。

林語驚手裡抓著手機，面無表情地看著窗外，就這麼站了半分鐘，忽然覺得很累。

她長長地嘆了一口氣，把手機放在桌面上，坐在書桌前抬手揉了揉眼睛，然後整個人趴下去，額頭撞到桌面，輕輕地「咚」的一聲。

過了一個月的舒服日子，她有點得意忘形了。

沈倦直到走進飯館，點了一份炒河粉以後才徹底回過神來。

八中飯店街就這麼一條，巴掌大的地方到了中午，全是八中的學生，沈倦平時偶爾和何松南他們出來吃飯也會看見林語驚，她幾乎都是一個人。

後來她認識了徐如意，沈倦以為這回總該有人和她一起吃飯了，結果某次中午看見她，她還是一個人吃。

沈倦這個人不愛多管閒事，基本上九成的事情在他這裡都可以用四個字解決——關我屁事。而且他本來覺得無所謂，他也喜歡一個人待著、一個人吃飯，何松南他們實在太吵了，煩人得很。

但是女生好像不是這樣，她們喜歡成群結隊，幹什麼都在一起，連去洗手間都要約一下，雖然沈倦也不知道這到底是為什麼。

那天他們坐在樓上，林語驚在樓下，沒看見他們，沈倦靠在二樓欄杆上看了一會兒，看見她安安靜靜地坐在角落裡吃炒河粉，偶爾看一下手機，無聲無息的。

她旁邊那桌是三個小女生，三個人邊吃邊小聲說話，時不時說到什麼就會笑成一團，看起來關係很好。

沈倦看著，突然覺得有點煩。

別的小女生吃飯都是跟朋友一起，他同桌憑什麼就得一個人？

他沈倦的同桌，憑什麼就得安安靜靜地在角落裡，像個被拋棄的小貓一樣一個人吃飯？

沈倦從角落裡拉出自己僅剩的一點同情心，決定陪他同桌吃飯。

他其實覺得自己滿莫名其妙的，他是看出了林語驚的不願意，她大概是突然想起了什麼事或者看見了什麼，總之她當時非常不願意跟他站在一起，迫切地希望快點和他分開。

平時正常來說，沈倦應該會問都不問，直接走人。但是林語驚甚至連委婉一下的意思都沒有，就差在臉上寫著「你趕快滾」四個大字，突如其來的態度轉變讓沈倦非常不爽。

她越急著試圖藏起什麼，他越不爽，反而想看看她到底會怎麼辦。

你這不是有毛病嗎，沈倦？人家不願意告訴你的事，有自己的祕密多正常，多理所當然，你到底自己在生什麼悶氣？

沈倦，你是不是有神經病？

他盯著面前的那盤炒河粉，忽然想起剛剛少女扯下他的衣領，黑漆漆的狐狸眼盯著他，距離近得能感受到她淺淺的鼻息，還有那股很淡的花香混著牛奶的味道。

動作又急又猛，說出來的話卻軟得像在撒嬌……

「……」

身體裡的某根弦倏地繃緊了一瞬，腦海中的畫面定格在少女顫抖的睫毛和近在咫尺的嫣紅唇瓣。

「靠，」沈倦的後槽牙咬合了一下，低聲說，「我真是見鬼了……」

林語驚一通電話打完以後，半點胃口都沒有，乾脆也不打算吃飯了，直接定了鬧鐘，在寢室裡睡了個午覺。

下午她提早二十分鐘到考場，沈倦已經回來了。林語驚睡了一覺以後腦子冷靜下來，覺得有點對不起老大，她剛才確實有點反應過度了。

林語驚嘆了一口氣，坐到座位上，偷偷瞥了沈倦一眼，從書包裡拿出筆來，又偷偷瞥了他一眼。

老大看上去面色平靜，沒什麼不對勁的地方，大概是感受到了她偷偷摸摸的視線，側過頭來看著她。

林語驚跟他對視了幾秒，舔了舔唇，開口：「那個……」她中午睡了一覺，沒說過話，聲音啞得連她自己都嚇了一跳，清了清嗓子才繼續道：「我今天真的不是賴帳，改天請你吃好吃的吧。」

沈倦沒回答，看著她突然問道：「妳中午吃什麼？」

林語驚眨眨眼：「嗯？」

沈倦微瞇了一下眼：「妳沒吃飯？」

「啊……我忘了，」林語驚真誠地說，「複習得太投入了。」

「……」

沈倦「嘖」了一聲，轉過頭去，沒說話了。

他依然是沒什麼表情的樣子，但是整個人氣壓又低了幾度，唇角繃直，看起來非常不爽。

但他不說話了，林語驚也轉過頭去，從書包裡抽出化學課本隨便翻了翻。

有沈倦在的教室，一般紀律都很好。這個人在十班的時候很能鎮場，到最後一個考場來，效果依然還在，考場裡沒什麼聲音，也有可能是因為大家都在抓緊最後的時間做做小抄什麼的。

大概安靜了三分鐘，沈倦突然站起身來。

鐵椅椅腳摩擦教室的瓷磚地面，傳來「吱嘎——」一聲，悠長又刺耳，在安靜的考場裡，所有人都回頭看過來。

林語驚也側過頭來。

沈倦沒看她，站起來從後門徑直出了考場。

他一走，考場裡的人「唰」地一下活躍了起來。這個考場裡的十班人不少，大家表示又茫然又害怕又激動。

老大剛剛冷著臉出去，氣勢洶洶的架勢像是要出去幹架。

「可能是臨時收到了什麼訊息之類的，有人欺負他小弟。」斜前方一個穿著皮夾克的男生掏出手機，在螢幕上點了點，「橫坪路燒烤店門口，八人，速來——之類的，大哥接到消息就直接衝出去了，多兄弟！」

「……」

這個人說得還很起勁：「只見說時遲那時快，正當王二狗被暴揍的時候，天上烏雲密布，雷聲滾滾，老大一個DF二連閃現加疾跑，出現在王二狗身邊……」

林語驚：「……」

皮夾克小哥像在說書一樣說了差不多五分鐘，嘴巴都沒停，林語驚簡直敬佩死了，程軼和李林估計都沒他會說。

他朋友也很多，幾個男生圍在一起聊，中間還穿插著「嗳，你物理抄不抄啊？」「抄啥啊？抄選擇題，剩下的隨緣就結束了。」之類的，終於出現了考場裡該有的對話。

然後在某一個瞬間，轉過身來和他聊天的朋友臉上，笑容凝固了。

考場重新陷入一片寂靜。

皮夾克背對著門，還在說：「老大QERW一頓騷操作，對面死了一排，王二狗哭著對老大說，您難道就是電一王者選手，路人王——沈——」

他朋友一臉絕望地看著他。

皮夾克意識到事情不對勁，停下話聲回過頭來，看見剛剛QERW一頓騷操作的老大從後門進來了。

皮夾克：「……」

皮夾克臉都白了，看著老大手裡提著一個塑膠袋，面無表情地走進來，一步一步靠近，然後看都沒看他一眼，走到最後一排靠牆的那張桌子前，把袋子放下。

老大打開塑膠袋，從裡面掏出了一盒牛奶，又掏出一袋麵包、兩片巧克力、一個黃桃口味的果肉果凍，竟然還有一袋酒鬼花生米。

林語驚低著頭，看著沈倦像變魔術一樣把吃的一樣一樣掏出來，放在她桌上。

最後，他抽出一瓶礦泉水，擰開了蓋子，放在她的桌角，把空的塑膠袋揉成一團，塞進牛仔褲口袋，然後單手撐在她桌邊俯下身來。

「林語驚，」沈倦弓身垂眸，沉著眼看她，聲音很低，像在壓著火氣，「以後妳不想告訴我的事就直接說妳不想說，老子不問，別總是亂編一些弱智都知道是騙人的話來敷衍我。」

第七章
旋風少女撂老大

最後一科英語考完的時間和放學時間差不多，沈倦和林語驚答完考卷的時間也差不多，林語驚剛抬起頭來，那頭也停下筆了。

沈倦一答完，直接站起來交卷走人了，林語驚嘆了一口氣，交了考卷拿書包。

那一堆巧克力、果凍、麵包什麼的她都沒吃，只吃了一塊麵包，喝了一盒牛奶，剩下的此時都安安靜靜地躺在書包裡。她把那包去殼花生抽出來看了一會兒，突然有點想笑。

不是，酒鬼花生米是什麼意思？下酒菜嗎？

林語驚揹上書包走出校門，走過一個街口，在老地方看到了老李的車。

她上了車，跟老李打了聲招呼：「李叔好。」

「噯，林小姐，」李叔連忙道，發動了車子，從後照鏡看了她一眼，「今天孟先生回來了。」

林語驚看著車窗外：「嗯，我知道。」

老李嘆了口氣，沒再多說什麼。

小女生人雖小，卻很有主見，有自己的脾氣，勸不動，固執得很。

大概是感受到了她的不情願，今天晚上的路上比平時還塞，到家用了將近一個小時。關向梅不在，孟偉國坐在客廳裡看電視，看見她進來後關上電視，轉過頭來。

他表情陰沉，臉色很難看。

林語驚心裡「咯噔」一下。

孟偉國有點太生氣了吧？總覺得中午打電話的時候，他聽起來還沒這麼生氣。

林語驚清了清嗓子：「我回來了。」

孟偉國看著她：「妳還知道回來？」

「不是您讓我回來的嗎？」林語鷺實在地說。

孟偉國沉著臉站起來：「妳住校的單子是誰幫妳簽的？」

「……」林語鷺猶豫了一下：「我哥……」

「他為什麼幫妳簽這個？」

「他不想要我待在家。」林語鷺硬著頭皮說，「我們關係不好，總是吵架，所以我跟他說我要住校，他就答應——」

孟偉國往前走了兩步，抬手就是一巴掌。

林語鷺在他抬手的瞬間就已經反應過來了，她猶豫了一下，還是沒躲，只往後傾，頭順勢往旁邊斜，卸掉了大部分的力量。

就這樣，那一巴掌還是落在她臉上，很清脆的一聲。

林語鷺沒覺得多痛，但是臉上依然有種火辣辣的灼燒感。

孟偉國抬手指著她，聲音壓低了一些：「傅明修幫妳簽的字？我打電話問過他了，他說他根本不知道這件事？林語鷺，我是不是太寵妳了？妳現在敢說謊，敢騙妳爸？」

林語鷺在心裡罵了傅明修一百八十遍。

她根本沒想到孟偉國會去問，她之所以敢那麼說，就是因為她以為孟偉國不會去問。

他多愛面子的一個人，肯定不想讓關向梅知道自己連親生女兒都管不住，而現在他這麼生氣，也已經不是因為她住校。

他覺得自己應該是不可違背的，但是現在他說話不僅不管用，還敢騙他。

孟偉國覺得自己作為家長的威嚴受到了挑釁。

多可笑的事，從來沒盡到父親的責任和義務的人，偏偏想要在兒女面前維持自己絕對的權威和力度。

林語驚扯了扯嘴角：「我哪敢，」她抬起眼來，看著他，「我哪敢騙你。」

「妳這是什麼態度？說謊還覺得自己有理？」

林語驚不說話，沉默地站在那裡。

有傭人從廚房出來，往這邊看了幾眼，孟偉國竭力壓著聲音，還是沒什麼用，像轟隆隆的悶雷聲：「怎麼？我說妳兩句，妳還很不服氣？妳自己看看妳現在像什麼樣子，跟大人頂嘴、說謊、自作主張，妳媽平時就是這麼教妳的？我是妳爸，我打妳不對？」

「我媽也沒教我。」林語驚說。

「什麼？」

「我媽也沒教過我這些，沒人教我，」她看著他，「你現在想起來自己是我爸了，你不覺得有點晚嗎？」

孟偉國安靜了三秒，然後像隻被拔了屁股毛的獅子，瞬間跳腳。

他臉漲得通紅，看起來怒不可遏。

林語驚覺得自己可能要吃第二個巴掌了，她注意著孟偉國的動作，有些糾結要不要躲。

他就站在沙發旁，這個角度被貴妃椅卡著，沒辦法使力，不然他手臂伸過來的時候她應該能給他來個過肩摔什麼的。

這個想法在腦海裡一閃而過，停留了零點五秒以後，林語鶯放棄了。大概是因為考了一整天的試，大腦和身體都有些疲憊，她連反抗或爭吵的力氣都沒有。大不了就再挨一巴掌，反正也沒多痛。

林語鶯都做好準備了，孟偉國卻突然停下來。

他的視線越過林語鶯，明顯沒反應過來，呆滯了一瞬，而後表情很快恢復了平靜：「明修？」

林語鶯僵住了。

她僵硬地扭過頭來，看見傅明修從樓上下來，柔軟的地毯隱藏了腳步聲，無聲無息地走過來。

「回來了怎麼沒說一聲？」孟偉國對他笑了笑，「今天學校沒課？」

傅明修：「嗯。」

林語鶯面無表情地看著他。

傅明修看了她一眼，清了清嗓子：「我之前忘了，我確實幫她簽了字。」

林語鶯：「……」

孟偉國錯愕：「你幫她簽的？但是我下午問你的時候——」

「下午忘了，」傅明修又看了林語鶯一眼，「我們之前吵了一架，關係不好，所以她說要住校時，我就幫她簽字了。」

這劇情急轉直下，像雲霄飛車一樣，快得林語鶯有點沒反應過來。

孟偉國應該也沒反應過來，他收回手，半天才「啊」一聲：「既然是你幫她簽的……」

「既然是我幫她簽的，那這件事就算了吧，你們吵得我頭痛。」傅明修有點不耐煩，頓了頓，看向林語驚，「妳上次那個檸檬派是在哪裡買的？」

林語驚茫然地看著他：「啊？」

「就那個檸檬派。」

林語驚：「我……」

「我找不到，」傅明修很煩躁地打斷她，「妳帶我去買。」

「……」

根本沒買過什麼檸檬派的林語驚一頭霧水地跟著他出去了。

十月的晚上，空氣潮濕，風陰嗖嗖的冷，林語驚跟著傅明修從後院穿過去，後門停著一輛車。

傅明修轉過頭來，皺眉看著她：「妳和妳……妳爸是怎麼回事？」

林語驚此時也反應過來了，無論是因為什麼原因，傅明修改變主意了，忽然決定幫她一次。

她抬起頭來：「就你看到的那麼一回事。」

「不是，」傅明修看起來滿不理解的，好像看到了什麼超出他接受範圍的畫面，「他經常——打妳？」

「……沒，」林語驚實話實說，「第一次，他以前都不怎麼管我。」

傅明修沉默地瞪著她。

林語驚冷到牙齒都在打顫了，就這麼大眼瞪小眼地和他瞪著，差不多有一分鐘，傅明修忽然硬邦邦地說：「我沒有幫妳，我只是看不慣。」

「……」

林語鶯差點就笑出來了，她算是看出她這個哥哥是什麼屬性了。

她調整了一下表情，乖乖甜甜地說：「謝謝哥哥。」

傅明修的肩膀抖了一下，抬手指著她警告道：「林語鶯，妳別噁心我。」

「喔，」林語鶯收起了一臉乖巧的表情，兩根食指按著唇角，往上戳了戳：「你打算帶我去哪裡？」

「帶妳去哪裡？」傅明修冷笑一聲，從口袋裡掏出車鑰匙，「我有事，妳愛去哪裡就去哪裡。」

林語鶯揚了揚眉：「不吃檸檬派了嗎？」

「妳買過個屁檸檬派。」

「那你把我拉出來幹嘛？」

「我不把妳叫出來，他再打妳怎麼辦？」

傅明修不耐煩地擺了擺手，不想再理她了，打開車門坐進去，跑車揚長而去。

庭院裡的地燈光線昏黃近綠，投射在草坪和牆壁上形成柔和的扇形光面。不到七點還沒黑透，天邊的火燒雲紅得發紫，飽和度以肉眼可見的速度一層一層消下去，沒幾分鐘就降得不見蹤影。

林語鶯站在原地，兩根食指還戳著唇角，指尖凍得有點僵硬。

她把手放下來，唇邊的弧度一點一點地降下來，最後拉成平直的線。

愛去哪裡就去哪裡，但她確實沒地方可以去了。

她站了一會兒，從後門出去往外走。從早上吃過早飯到現在只吃了一點麵包，喝了一盒牛奶，空空的胃也開始刷存在感。

林語驚才發現，她竟然連書包都來不及卸下。

她從書包裡拿出一塊巧克力，撕開包裝紙，一邊吃一邊往前走。

天色漸暗，路燈都亮著，在大理石地面上打下一個個暖黃色的光圈，她咬著巧克力低垂著頭，踩著那些光圈一跳一跳地往前走，前方三十公尺處是熟悉的燈光，熟悉的便利商店。

林語驚把最後一塊巧克力塞進嘴巴裡，包裝袋丟進垃圾箱，走進便利商店，買了一盒咖喱雞排烏龍麵。

她拿著加熱好的麵走到窗邊的長桌前，拆開包裝倒好咖喱，吃了一半抬起頭來，看著外面車水馬龍的街道和來來往往的行人，忽然覺得自己有點心酸。

像是從鄉下到城裡來的打工仔，被老闆炒了魷魚還被扣了當月工資，租的房子交不起房租又被房東趕出來了，於是流落街頭、無處可去，帶著自己僅有的行李——一袋酒鬼花生米坐在便利商店裡吃著便當。

林語驚腦洞大開，長長地吐出了一口氣，一邊悲春傷秋地垂頭夾起一筷子烏龍麵，塞進嘴裡。

「叮咚」一聲，便利商店的自動感應門打開，收銀小姊姊的聲音很甜美。

林語驚沒抬頭，餘光掃見那個人走進來，然後走到她旁邊，停下來。

林語驚側過頭去，仰起腦袋。

沈倦站在桌邊，面無表情。

「……」

林語驚的嘴巴裡還叼著一根烏龍麵，她把麵咬斷，嚼完後「啊」了一聲。

她琢磨著該怎麼跟沈倦道歉，畢竟放了人家鴿子，沒一起吃中飯還把人趕走了，他生氣好像也滿正常的。

「妳怎麼在這裡？」沈倦低垂著眼看著她。

「我……」林語驚戳了戳自己吃了一半的咖哩烏龍麵，「吃個晚飯。」

沈倦：「妳不是住校嗎？」

林語驚張了張嘴。她不知道該怎麼解釋，也不想讓沈倦知道關於孟偉國這個人的任何事情。

還沒說出話來，沈倦皺了一下眉，又問：「妳的臉怎麼了？」

「……」林語驚猶豫了一下，說：「這件事情有點複雜，一時間有點解釋不──」

她戛然而止。

沈倦忽然傾身靠過來，臉湊近，微瞇著眼，視線落在她臉側。

少年的皮膚很白，黑眸狹長，密密的睫毛覆蓋下來，尾睫很長，上挑勾勒出微揚的眼角。

林語驚連呼吸都停了一拍。

下一秒，沈倦直起身來，聲音冷得像結了冰：「誰打妳了？」

林語驚舔了舔嘴唇，安靜地看著他，沒說話。

沈倦冷著臉和她對視了幾秒，腮幫子微微動了一下，似乎磨了一下牙。

「行。」他點點頭，沒再說什麼，轉身走出了便利商店，走了。

林語驚有種很奇異的感覺，鬆了一口氣，混雜著空蕩蕩的茫然。

她眨眨眼，重新轉過頭來，慢吞吞地繼續吃麵。

一抬頭，她差點嗆到。

沈倦站在便利商店的玻璃窗前，側身靠著牆，點了支菸咬在嘴巴裡，沉默又不爽地看著她。

兩人隔著玻璃對視了五秒。

沈倦夾著菸吐出一口氣來，彈掉了一截菸灰，在昏暗的光線下看不清楚情緒。

「……」

林語驚真的很想說你他媽乾脆進來跟我打一架吧，就這麼憋著真是煩死了。

在家裡挨完打出來，還得被人冷臉相對，這他媽都是什麼事啊，幹嘛這樣對我啊？我又不是故意放你鴿子的，難道我想嗎？我還恨不得孟偉國一輩子別回來呢。老子招誰惹誰了，我是上輩子殺人放火了，還是毀滅世界了，得遇到這樣的父母？憑什麼就我這麼倒楣，得遇到這樣的家人？

她深深吸了一口氣，手裡的筷子丟在桌上，倏地站起身來往門外走。

又是「叮咚」一聲，感應門打開，她朝沈倦走過去，氣勢洶洶，周身帶風。

走到沈倦面前，林語驚站定，仰起頭來看著他：「打一架吧。」

沈倦一頓。

林語驚抿了抿唇，語速很快，像是在掩飾什麼：「你被放鴿子了，你很不爽，我也不爽，我們兩個都不開心，那正好，打一架吧，能解決所有問題。」

沈倦垂眸，看清了少女臉上的表情，愣住了。

「我現在真的煩死了，渾身上下都煩，煩得想跳樓，」林語驚吸了吸鼻子，紅著眼睛看著他，

「你跟不跟我打？你不打，我就去找別人了。」

沈倦沉默地看了她幾秒，嘆了口氣：「打。」

他抬手，微涼的指尖碰了碰她濕潤的眼角，「我跟妳打，想怎麼打都行，妳別哭。」

晚上七點半，便利商店裡，林語驚坐在桌前看著沈倦紅腫的額頭。

少年沒什麼表情，撕開沙拉醬的醬包，倒在水果蔬菜裡，手裡捏著塑膠叉子把醬攪拌均勻，推到林語驚面前：「吃吧。」

腫著腦袋的少年捏著廉價塑膠叉子拌蔬菜沙拉，其實畫面有點好笑，林語驚拚命忍著笑，強迫自己一臉嚴肅地看著他：「你怎麼不躲啊？」

「嗯？」沈倦反應了一下才意識到她問的是什麼，實話實說，「沒躲開。」

他確實沒躲開，這女生速度太快了，上一秒還紅著眼睛瞪著他，下一秒人就直接撲過來了。

沈倦還以為自己即將得到一個擁抱。

他只來得及把夾著菸的那隻手臂小心舉遠，別燙到她，還在想「怎麼回事啊？說好的打架怎麼就要抱上來了？」，下一秒衣領就被人揪著往下一拉，抱是抱到了，只不過是他的額頭和她的膝蓋骨。骨骼與骨骼親切地親吻碰撞，發出很清晰的「咚」地一聲。

沈倦終於知道她是怎麼撂倒腱子哥的了，這個速度，那個渾身肌肉像用奶油灌成的小哥反應不及也很正常，腱子哥抬一下手的時間，她能來回搧人家三個巴掌。

林語驚接過叉子，扠了一塊生菜塞進嘴裡，猶豫地看著他：「痛嗎？」

「還好，」沈倦側著身子，手臂搭在桌邊，「沒什麼感覺。」

「……」

林語驚清了清嗓子，指指他的額頭：「還沒什麼感覺，都腫起來了，我幫你……」她伸出一根食指，小心地在他額頭上比來比去，就這麼比了一會兒，收回手來，「我覺得這個有點影響你的美貌，我幫你弄個OK繃貼上吧。」

「嗯，可以，」沈倦說，「妳幫我並排貼三個，可能能把這塊遮住。」

確實有點大，好像一塊OK繃貼不住。

「要不要我幫你貼一塊跌打損傷的藥膏？我看對面就有個藥店，」林語驚說，「我幫你買卷紗布包起來吧，轉圈包住的那種，一看就是有故事的社會人，能顯得你猛一點。」

「……」沈倦嘆了口氣：「我夠猛了，快點吃吧，吃完帶妳去玩。」

在林語驚的印象裡，不良少年的去處就那麼幾個，網咖、包宿通宵、電玩中心。陸嘉珩和程軼一般比較喜歡去撞球廳，大概是因為撞球這項室內體育運動比較高雅，符合他們自我感覺良好的騷包氣質。

沈倦帶著她攔了十分鐘的車沒攔到，最後坐了半個小時的地鐵又轉了一班公車，還走了五分鐘的路，在林語驚以為自己可能要被帶到山溝賣掉的時候，他們終於到了。

林語驚仰頭看著那個三層樓高，極具設計感的橢圓形建築，以及掛在最上面的牌子。

射擊俱樂部。

林語鶯張了張嘴，扭過頭來：「這裡？」

「嗯，」沈倦走進去，「這裡，妳不是喜歡玩這個嗎？」

「……」

林語鶯真的不記得自己什麼時候說過喜歡玩這個了，她記得自己玩那個爛射擊遊戲時明明是一臉痛不欲生，呈現茫然又麻木地看著自己挨了一槍又一槍，卻始終找不到開槍的人在哪裡的狀態。

她跟著沈倦走進去，這家俱樂部設計得很高大上，從上到下都透露出一股冷冰冰的壓迫感，冷色調牆壁和黑色大理石地面、金屬製的裝飾物，大廳天花板懸掛著一個巨大的靶子垂在正門口。

兩個人繞過靶子往裡面走，櫃臺站著一個男人，在打電話：「寶貝，妳聽我解釋，不是妳想的那樣，我跟那個小美——喂？喂？寶貝——我靠！」

男人把電話往桌上一摔，摔完了又撿起來蹭了蹭，蹭完一抬頭看見沈倦，揚了揚眉。

再看到沈倦旁邊的林語鶯，他的眉毛快要揚過髮際線了。

男人趴在櫃臺的大理石高桌上，揚聲道：「都幾點了，你怎麼來了——」他一頓，看著走近的沈倦，指手指了指，「你腦袋怎麼了？」

「……」

林語鶯別過頭去，眼珠一圈一圈地轉，若無其事地打量著周圍的裝飾。

沈倦頓了頓：「被貓抓了一下。」

男人瞪著他：「不是，你們家是什麼貓，抓一下是紅一片呢？」

沈倦勾唇：「你沒見過的品種。」

男人看起來也懶得理他，張了張嘴，目光在林語驚和沈倦之間掃視了兩圈，點點頭：「行，你自便吧。」

他往後靠，愁眉苦臉地撥號，「喂，小美，我不是，我剛剛沒跟誰打電話，我在聊正事呢，我心裡除了妳肯定沒有別人啊，別別別掛——喂？喂！！！！！」

「……」林語驚轉過頭來，低聲問道：「這個寶貝和小美，我怎麼覺得好像不是同一個人啊？」

沈倦垂眸看了她一眼，也壓低聲音：「妳很敏銳啊。」

沈倦似乎對這裡熟門熟路，兩個人穿過了一樓兩大片射擊區，搭電梯到三樓。

三樓的人比一樓少很多，分成好幾個小區域，有點像私人包廂，每個區域都有好幾條靶道，隔斷玻璃牆後有人型靶、移動靶、旋轉靶，應有盡有。

林語驚看著沈倦輸入密碼進去，把她的書包放在椅子上以後又出去了，沒兩分鐘，拎著兩把弓和一筒箭回來了。

林語驚：「……？不是槍嗎？」林語驚看著他把弓放在檯面上，「我看下面玩的是『砰砰砰』的那個。」

「那妳應該也看見了他們旁邊都有人在教，妳就玩玩弓吧。」沈倦拿著護臂和手套走過來，「伸手。」

林語驚乖乖地伸出手來，看著他把護臂套在她手臂上，說：「我不是也有你在嗎？」

沈倦動作一頓，抬眼看了她一眼：「妳，未成年。」

「未成年不能玩那個嗎？」

「原則上來說，不能。」他重新垂眸，抽著帶子綁緊護臂，又幫她套上手套，把弓遞給她，「妳這把叫射准反曲，沒有平衡桿、沒有響片、沒有護弓繩——」

「等等，」林語驚打斷他，「你不讓我玩槍就算了，為什麼還拿一把什麼都沒有的弓給我？」

「不需要，妳沒有平衡桿就不用護弓繩，響片也是以後跟著拉距定。」沈倦說。

林語驚用從國中開始，每次考試都考第一的大腦消化了一下這句話，確定自己確實只聽懂了前三個字——不需要。

「原來如此，」她點了點頭，又問道，「有沒有精煉一點的解釋？」

沈倦沉默了兩秒：「因為妳，菜。」

「……」

林語驚不明白自己為什麼要多話，自取其辱，難道「不需要」這三個字還不足夠嗎？

少女抱著弓後退一步，一臉不爽地看著他，沈倦忍不住笑了一聲，抬手朝她勾了勾：「過來。」

林語驚悄悄白了他一眼，往前走了兩步。

沈倦把箭筒套在她腰間，抽出一支箭，人就站在她斜後方。

一直到這裡，林語驚都沒覺得哪裡不對，直到沈倦從她身後一手把她的弓提起來，另一隻手拿著箭，搭在弓上。

程軼以前說，撩妹必備活動——高爾夫和撞球，這種似接觸非接觸的距離會造成一種非常容易迷惑人的曖昧感。

林語驚現在覺得，有必要加上一個。

沈倦微低的聲線就在耳邊，帶著一點熱度，燙著耳尖：「手臂伸直，腳分開，身子別動，頭轉過來——」

林語驚強忍著想給他一肘的衝動，有種酥麻癢意順著耳朵一路往下蔓延，手指都發麻，手裡的弓幾乎握不住。

「別抖，手肘別沉。」沈倦壓低了身子，指尖搭在她手腕上，「看靶心——」

他的手指有點涼，林語驚手一抖，手裡的箭「嗖」地一下飛出去，牢牢地射中人型靶下半身，兩腿之間的U型缺口處。

正中褲襠。

林語驚：「……」

沈倦：「……」

空氣有點凝固。

林語驚往前走了一點點，和沈倦拉開距離，瞥了一眼在褲襠上的箭，清了清嗓子：「你說的，看靶心。」

「……」

林語驚對自己的初次發揮還很滿意：「我這個靶心厲不厲害？」

沈倦的眼神很複雜，沉默了好幾秒。

「厲害。」沈倦緩慢地點了點頭後說。

射箭很消耗體力，而且手臂要一直伸得很直，沈倦挑的應該是最小號的弓了，卻依然很重，就在林語鶯快要對自己失去信心的時候，沈倦拿起弓來，一連三支箭「嗖嗖嗖」地射中人型靶鮮紅的心臟上。

沈倦甚至沒戴手套，最後一支箭出手以後甩了一下手，側身靠在牆上朝她揚了揚下巴，表情是他慣有的漫不經心，好像很理所當然一樣，張揚得很低調。

看起來屌得不行，非常讓人生氣。

林語鶯的戰鬥欲望瞬間被激起來了，大概半個小時以後，她終於一箭射中了靶子的邊緣。

「行，」林語鶯對自己第一次玩這個的成果很滿意，「這種事情急不得，得循序漸進。」

沈倦垂著眼，無聲笑了一下，點了點頭：「那撤了。」

「撤吧。」

林語鶯不想回家，乾脆直接回學校去。兩個人搭車到八中門口，高三晚自習早就下課了，學校大門鎖得嚴嚴實實。

站在緊鎖的大門前，兩個人互相對視了一眼。

林語鶯想了想，問道：「有牆能翻嗎？」

沈倦揚了揚眉：「大概有，我沒翻過。」

林語鶯也揚起眉：「你沒翻過牆？你這個社會哥是怎麼當的，沒翻過牆的不良少年不是完整的不良少年。」

「我們不良少年一般都不住校，不用翻。」

兩個人繞著學校走了一圈，走到學校後面的一塊牆邊，有一塊寬約一個人的空缺沒有鐵欄，大概是前人為了造福學弟妹們弄掉的。

沈倦站在那下面，伸直了手臂張開懷抱，側過頭說：「來。」

林語驚還在仰著腦袋打量這個高度，琢磨該怎麼爬上去，聞言後側頭：「唔？」

初秋的風吹走了潮濕的鬱氣，疏星朗月下，少年微斜著頭看著她，懶洋洋地說：「抱妳上去。」

第八章
假學渣與真學霸

「你能再往上一點嗎？」

「……」

「左邊五公分。」

「……五公分會影響妳發揮？」

「那倒不是，」林語驚手扒著牆，一隻腳踩著沈倦手臂，另一隻腳勾著牆沿，「這個高度我有點施展不了。」

「……」沈倦冷笑，壓著聲音，「那怎麼辦，騎在我脖子上夠不夠高？」

「那肯定夠了，」林語驚歡喜地問道，「可以嗎？」

「……」沈倦深吸口氣，咬了一下後槽牙：「林語驚……」

「噯噯噯。」林語驚將左腳搭上牆，手臂撐著牆頭，像玩單槓一樣撐起來，另一隻腳踩著牆面微微一蹬，跨上去。

林語驚一手抓著斷掉的欄杆，跨坐在牆頭上晃了兩下腿，垂頭笑咪咪地看著他：「怎麼樣？驚爺還是很強。」

沈倦的身子微微往後傾，都沒脾氣了：「強，那邊能下去嗎？」

林語驚側頭看了看：「能，這邊的地面比那邊還高一點。」

沈倦點點頭：「行，那去吧。」

林語驚沒動，坐在牆頭看了他一會兒，聲音輕輕軟軟的：「同桌，明天見。」

沈倦仰著頭看著她。

早秋的夜晚，她垂著頭，逆著月光，表情隱匿在陰影裡看得不真切，只能隱約瞧見眉眼彎起的輪廓。說完沒等他的回覆，下一秒就翻身消失在牆的那一端，落地都悄無聲息，像隻夢遊的夜貓。

沈倦盯著空蕩蕩的牆頭看了一會兒，垂下頭去笑了一聲，轉身離開。

八中的地段很好，走一刻鐘前面就有一片商業區，沈倦走了十幾分鐘，快走到商場才攔到一輛車。

到工作室的時候十點多，沈倦隨手抓了一把頭髮，走進浴室，剛脫下上衣，手機在牛仔褲口袋裡震了兩下。

他靠在洗手台旁，抽出手機滑開，一邊單手解開皮帶。

『某不願意透露姓名的送溫暖小林：你額頭要不要噴點雲南白藥？』

「……」

小林老師自從上次傳物理資料過來以後，第一次傳訊息給他，沈倦差點沒反應到這個人是誰。

他抽掉皮帶，無聲地彎起唇角，抓起瀏海，看了一眼額頭。

紅腫是消了很多，有一點紫。

沈倦抬手，指尖輕輕按了按，有一點點酥麻的疼痛感。

嘖，下手真的不留情。

他放下手機，抬開水龍頭，捧起水洗了把臉，水流冰涼，沈倦閉著眼睛，眼前忽然浮現出少女通紅的眼。

他頓了頓。

女孩子的眼眶濕漉漉的，倔強地忍著不哭的樣子看起來委屈得不行，漂亮的狐狸眼紅著看他的時候，沈倦覺得自己的身體某一處好像塌掉了一塊。

他原本只是畫圖畫一半，打算出去買包菸的，沒想到會遇到林語驚。

沈倦覺得自己確實很過分，下午壓了一點莫名其妙的火，一直到晚上也沒發洩出去，林語驚看起來原本心情也不太好，不知道為什麼沒在學校，跑到這邊來，結果遇見了他還要被凶。

就這麼把人弄哭了。

沈倦抬起頭來，睜開眼，雙手撐著洗手台檯面，身體前傾。

髮梢滴答滴答地滴著水，順著額頭滑進眼睛裡，發澀。

「沈倦，」他睇了一下眼，看著鏡子裡的人低聲說，「你現在厲害了，還能把小女生弄哭。」

鏡子裡的沈倦面無表情地看著他，半天沒反應。

洗手間裡一片寂靜，水流嘩啦啦地響，除此之外沒有第二種聲音。

沈倦的肩膀倏地一塌，微垂下頭，又捧起一把水拍到臉上，頹喪地嘆了口氣：「老子真的沒故意欺負小女生……」

‡

月考只考一天就結束，第二天正常上課。一個考試過去，所有人都放鬆下來，下一個大型考試要等到期中考的時候。

林語鷲昨天十點才回寢室，洗了個澡躺在床上，明明睏得睜不開眼了，卻翻來覆去也睡不著，最後躺到淩晨三點半，她頂著一對黑眼圈爬起來，翻出英語，背了半個多小時的英語作文才算是感受到了睡神的擁抱。

結果第二天早上睡過頭，睜開眼睛的時候早自習都過去了。

林語鷲瞬間清醒過來，爬起來刷牙洗臉，到教室的時候第一節課還是遲到了五分鐘。

王恐龍的課。林語鷲心情有些絕望。

她覺得自己大概是命裡有一劫，就是五百遍的歐姆定律死活都逃不過了。

她到教室的時候沈倦居然已經來了，撐著腦袋、垂著眼皮看著她。林語鷲默默地看了他一眼，繼續老老實實地轉過頭來，垂著腦袋：「王老師，對不起，我遲到了。」

結果王恐龍今天心情很好，他站在講臺下面，看起來跟她一樣高，手裡拿著一個電路圖的透明模型，大手一揮，嗓門很大：「回去坐！睡過頭了啊？妳同桌今天都來了，妳看看，還沒睡覺！」

林語鷲回去坐下，王恐龍轉過身去繼續講課。她抽出物理課本，剛起來十幾分鐘，一時之間有點茫然，隨便翻了一頁攤開。

她發了一會兒呆，餘光瞥見沈倦伸手過來，捏著她的物理課本幫她往後翻了兩頁。

林語鷲回神，轉過頭來。

講臺上的王恐龍講得澎湃激昂，林語鷲湊身過去，歪著腦袋，眼睛一眨也不眨地看著他。

沈倦抬眼，動了動。

「別動。」林語鷲低聲說。

沈倦眨了一下眼。

「好像有點瘀青了。」林語驚看著他額頭，皺了皺眉，「我沒用多大的力氣啊……」

沈倦：「妳還想要多大力？」

「我以為你能躲開的，」林語驚小聲說，「不是說好了要打架嗎？結果誰知道你沒躲，還迎著我就上來了，我以為這是你們社會哥打架的什麼新型招式。」

「……」

沈倦心想，我不僅迎上來了，我他媽還張開了雙臂好嗎？老子以為妳要抱我，誰知道妳上來就揍我一頓？

沈倦心情有些複雜，正常小女生要哭，怎麼想好像都是前者更合理一點，誰知道他這個同桌真的不走尋常路。

剛抬起眼來，又看見林語驚朝他伸出手來。

他下意識偏了一下頭，揚眉：「幹什麼？」

林語驚的手指停在他眼前：「我把你的頭髮往這邊撥。」她的指尖輕輕掃過他的瀏海，往這邊撥了撥，看看後又撥了兩下，才滿意地收回手來，「好了，這樣能擋住，不然多影響你社會哥的威嚴形象。」

「……」沈倦嘆道：「我的同桌可真是……」

林語驚沒表情地看著他：「真是怎麼樣？你對你的同桌有什麼意見？」

「沒有，」沈倦說，「沒什麼意見。」

話音剛落，王恐龍一個粉筆「咻——」地丟過來：「沈倦！能不能別跟你同桌說話了！你好不容易準時來一天，還沒睡覺，就是為了來聊天的？你給我站著聽！」

沈倦：「……」

林語驚忍著笑趴到桌子上。

李林坐在後面，下巴都要掉下去了。

他就坐在林語驚後面，兩人的互動和對話他看得、聽得一清二楚，李林覺得跟沈倦做同學的這一個多月以來，對校霸的認識正在不斷不斷地刷新。

其實十班的同學多多少少也都發現了，這位血腥的校霸，平時安安靜靜、悄無聲息，跟人說話還會說謝謝，上課被老師批評、罰站都毫無怨言，具體體現在王恐龍罰抄一千遍歐姆定律，老大抄得勤勤懇懇，任勞任怨。

跟傳說中有點不一樣。

但是李林他們坐在沈倦後面，體會得尤其深刻，沈倦和傳說中何止是有點不一樣，他簡直就是顛覆了傳說。

他對他的新同桌展現出了非凡的耐心和溫柔，從來沒見他生過氣，很多時候，李林都覺得林語驚下一秒會被校霸拉起來按在牆上揍時，校霸只是沉默地看著她，然後嘆口氣。

他和葉子昂對視了一眼，兩個人進行了新一輪的眼神交流。

什麼情況啊，這他媽什麼情況啊？這兩人最近的互動怎麼越來越不對勁了？

李林覺得有點驚悚。

校霸也逃不過感情的束縛，有些時候青春期的悸動說來就來，想攔都攔不住。

‡

月考以後，八中的活動不少，比如十月末的秋季運動會。

上午最後一節是劉福江的課，劉福江用最後幾分鐘的時間說了一下這件事，全班都沸騰了。

十班也不是沒有好學生，比如學委、班長、各科小老師，全都是在前面幾個考場留下姓名的人物，比起運動會等等不能上課、學習的娛樂活動，他們更關心月考成績什麼時候會出來。

分班以後的第一次大型考試，從此誰在班上是權威認證的放羊班領頭羊就看這一次，成敗在此一舉。班長臨危受命，去劉福江辦公室轉了一圈，帶回確切的消息：「數學好像已經改完了，不過還沒分回去，理綜正在改，英文估計會最慢。」

這種考試的考卷一般都是按照考場改的，考完了要分回到各個班上。班長說完，又搖頭晃腦地補充：「不過好像最後一個考場有傻子抄太大了，也不知道要抄錯兩道題。」班長拍著桌子無情地嘲笑，「唉，多傻啊，不是我們班的吧？我們班在最後一個考場考試的人占了快一半呢。」

班長說著，跑到教室前面去看考試前貼在那裡的考場名單，用播音腔道：「下面我朗誦一下，二年十班在最後一個考場考試的同學有——噯，我就從後往前念了啊，林語驚、沈——」

班長的聲音戛然而止，小雞仔的脖子久違地被卡住了。

班長轉過頭來，張了張嘴：「沈倦同學，對不起啊……」

沈倦趴在桌子上打了個哈欠：「不用管我，你繼續。」

威、脅。

來自老大的威脅。

班長慌張又無措地站在原地，飛快地捉摸著老大這句話到底是什麼意思，到底要怎麼樣才能被原諒。

李林自從跟沈倦一起打過遊戲以後，也偶爾能跟他說話了，不至於當沈倦在的時候連屁都不敢放。他拍了拍林語驚的肩膀：「噯，那個分數特別高的是妳吧？應該。」

林語驚平時在班上很低調，隨堂小考的成績一般也都不公開的，只有李林天天抄她作業，知道她功課應該很好。

林語驚也轉過頭來：「啊，可能是吧，我不知道。」

「沒事，我們學校改考卷特別快，」李林說，「妳看，數學已經出來了，最晚放學之前分數就能全部出來，明天學年排名都能排出來了。」

林語驚「啊」了一聲，想說我在附中的時候，下午學年排名就能排出來。

林語驚低估了八中老師的效率，下午第三節課下課，劉福江來把她叫走了，還順便叫走了沈倦。

劉福江進來的時候沈倦趴在桌子上轉筆，倒是難得地在看書，就是看起來不太用心的樣子，讓人很難相信他真的有看進去。

兩個人一前一後地進了生物組辦公室，一進去，高二整個學年的生物老師都看過來。

劉福江滿臉通紅，像是憋著火氣一樣看著他們。

林語驚回憶著自己幹了什麼惹老師生氣的事嗎？好像沒有。

難道昨天翻牆被發現了？八中好像有不少監視器。

她垂下眼，飛速思考了一下應對策略以及怎麼裝可憐，還沒醞釀好情緒，劉福江突然大吼了一聲：「多好的孩子們啊！！」

林語驚嚇了一跳，差點沒跳起來。

她抬起頭來，劉福江情緒飽滿地看著他們，臉上的笑容終於繃不住了，一點一點地咧開，看起來即將咧到耳根。

林語驚才意識到他不是憋著火氣，是憋著笑。

劉福江看起來下一秒就要仰天長笑了：「我知道你們都比較關心這次月考的成績，畢竟到了你們這個層次，差一分兩分的差距都很巨大。」

林語驚有點茫然，不知道劉福江這番話到底是在諷刺她還是什麼意思，難道她塗錯答案卡了？

「不過學年排名還在排，可能明天才能出來，我可以先給你們看看分數。正常來講，我不應該私下給你們看，但是我實在忍不住。」劉福江笑得嘴巴都闔不上了，看了一眼別的老師，壓低聲音說，「小聲點啊，我偷偷給你們看。」

劉福江說著，弓著腰低下頭，眼睛湊到文件袋裡，就在林語驚以為他下一秒就要鑽進去時，他從裡面抽出了一張成績單。

劉福江朝他們招了招手。

「……」

林語鶯和沈倦湊過頭去。

於是三個人偷偷摸摸地湊在一起，就像是半夜約好要一起去偷地雷的。

林語鶯看見劉福江小心翼翼地，擋著半面、抽出半面來，把成績單露給他們看。

但是就這半面也已經足夠了。林語鶯就這麼倒著，清楚地看見上面的前兩行。

第二行：林語鶯，總分七〇一。

第一行：沈倦，七〇三。

「…………………」

林語鶯：我他媽？？？

成績單是表格式的，第一行直排是排名，下面是人名、單科成績，最後一排是總分。

沈倦這個人有點偏科，除了國文的分數有點低，數學和理綜全部都接近滿分，尤其是物理，這個人切實地拿了滿分一百分。

林語鶯覺得自己活了十六年，從來沒受過如此奇恥大辱。

劉福江很興奮，現在才高二第一次月考，還沒進行系統性的複習，雖然只是開學到現在這個階段的知識，但是七百分已經是很可怕的分數了。

一班實驗班倒也不是沒有考出七百分的學生，但這是在十班。

放羊班十班，最後一個考場占了快三分之一的十班。

「這次的題目雖然不難，但是這個分數也非常好了。我偷偷去了解了一下，好像一班有一個七百的，別的班還沒問，不過一班也才一個，別的班估計也不可能有了。」劉福江看起來像是自己考了七百分，「考卷我也看了，沈倦有點偏科了啊，國文拉得有點多，你那個古詩古文的默寫還空了一個，兩分呢，那不是白拿的分數嗎？你是不是不喜歡學國文？」

沈倦頓了頓，似乎在考慮要怎麼回答，能讓劉福江的話少一點，最後保守地點了點頭。

劉福江嘆了口氣：「那不行啊，你別科的成績這麼好，國文拉了這麼多分，學習這個東西是最不能任性的，沒什麼意外的話，你這個分數應該是學年第一，現在就看一班那個七百分的是多少，聽說也七百出頭，你第一的可能性百分之五十，一半一半……」

劉福江跟沈倦探討了十分鐘的「到了你這個程度，不能因為不喜歡就不背古詩啊」以後，又轉向林語驚，手指在她的各科成績下畫了一圈：「林語驚，妳這個考卷我也看了，別科都很平均，但是妳的生物相比來講有點低啊。」

劉福江很憂鬱，「比化學和物理都低了七八分，妳跟老師說說，妳是不是不太喜歡我的教學風格？還是我哪裡講得不好，妳說說妳覺得不合適的地方？」

林語驚：「……」

劉福江看起來還滿受傷的，林語驚還沒想好怎麼說，辦公室外面就有個老師把他叫走了，劉福江出去跟他說話。

生物辦公室的一角瞬間寂靜了，林語驚轉過頭去。

沈倦也側頭看著她，看起來散漫而平靜。

成績單鋪展在兩人面前的桌子上，怒刷存在感，像是一個被放大了無數倍的背景板。

林語驚覺得自己在沈倦平靜的臉上讀出了八個字和一個問號。

——妳就考到這點分數？

「……」

林語驚覺得自己真的受傷了。

她緩慢地，一點一點直起身來，往後靠，面無表情地看著他：「七〇三？考得很好啊。」

沈倦「啊」了一聲，還趴在劉福江的辦公桌上誇獎她：「妳也考得很好。」

林語驚覺得自己有點窒息，差點一口氣沒喘過來，就這麼暈過去。

她，王者林語驚，每一次考試基本上都學年第一的林語驚，被她的同桌，打架、曠課、上課睡覺，回家作業都不好好做，連歐姆定律都能說成 3.1415926 的學渣同桌嘲、笑。

她是真的不能理解，她以前在帝都讀附中的時候，魔鬼有很多。學東西快的聰明人確實多，甚至包括陸嘉珩都是那種課後幾乎不怎麼學習的人，但是人家至少上課會聽課。

林語驚不明白沈倦是怎麼回事，到底是她見識短淺，以前都沒遇過天才，還是沈倦其實都是裝的，放學後會偷偷回家學習？

她靠近了兩步，十分不解：「你天天上課睡覺，考七〇三？」

沈倦撐著腦袋，手指搭在唇邊，沉默了一下，緩慢道：「我之前，休學了一段時間，因為一些原因。」

林語驚心想我知道，不就是你差點把你同桌打死嗎？

「所以高二的一些內容我已經學過了，太簡單，聽課浪費時間，不如補眠。」沈倦說。

「……」

「而且我也不是一直在睡覺，比較難的地方我會聽一下。」沈倦繼續道。

林語驚覺得這個理由勉強讓她舒服了一點點，嘆了口氣，問道：「你之前，就你沒休學之前，上了多久的課啊？」

「不知道，」沈倦抬了抬眼皮，「一個多星期吧。」

「……」林語驚面無表情地看著他：「沈同學，我希望你不要這麼欠揍，我實在不想因為學習成績這麼膚淺的事，送走我們好不容易培養出來的同桌情誼。」

劉福江幾分鐘後回來，拉著林語驚又分析了十分鐘，情深意切地問她是不是對自己有意見，為什麼理綜三科裡面生物的分數最低，直到自習課過了十分鐘，兩個人才從生物辦公室裡面出來。

最後一節自習，被數學老師占了十分鐘，王恐龍又占了十分鐘。王恐龍講課的時候，林語驚始終有點走神。

其實她也不是不能接受沈倦考得比她好，她還沒這麼小心眼。但是林語驚一想到她之前說過的那些話、做過的那些事，就覺得自己薄薄的臉皮一陣陣地隱隱作痛，她覺得自己被沈倦欺騙得徹徹底底。

臉都被打腫了。

有一說一，林語驚仔細回憶了一下，沈倦確實從來沒說過他成績不好。各科老師雖然也會說他上課睡覺的事，王恐龍也會每天瘋狂咆哮讓他好好聽課，但是除此之外，好像也沒有明確地說過他成績上的問題。

課上小考、回家作業，他一般都只寫選擇題，大題就直接省略步驟部分，直接填個答案，敷衍到一看這個人的作業就是抄的，或者瞎猜的——那種程度。

林語驚想起兩個人剛變成同桌，還不是很熟的時候，沈倦說的那句「我英語還可以」。想起了他罰抄歐姆定律的時候，自信又淡然的「我物理也還行」。

但是，林語驚依然有一種被欺騙了的感覺。

她覺得自己之前的行為像個智障，一個大寫加粗的傻子兩個字寫在臉上。她不知道沈倦當時看著自己的時候，是不是像是在看一個白目，反正她現在回想一下，覺得自己確實是白目。

她整理到淩晨兩點半的物理複習資料，怕他看不懂還特地分成了word檔和PPT檔，圖文並茂，附帶課後習題。

為了引起學渣的興趣，她還特地幫他編了一段小廣告。

結果人家物理滿分，總分比她還高。

我以為你只是個校渣，結果你竟然是個學霸。

林語驚覺得，她到這個城市以後交到的第一個，也是唯一一個可以稱上朋友的人，可能要跟她說再見了。

八中老師的效率確實很高，劉福江第二天下午帶了學年排名過來，實驗班的那個七百分以上的分數本來也是七〇三，結果這小哥拿到考卷以後主動上報老師，他填空題寫錯了一個，沒改到，自己幫自己扣了三分。

十班沈倦一舉奪魁，成為不存在並列的唯一一個學年第一，而他的同桌林語驚同學從第三一躍成了第二名，卻沒有感受到一絲絲的開心。

林語驚同學最近像凍壞的茄子一樣乾巴巴的，整個人缺失了水分，連說話都變得十分無力。

這是李林的感受，李林覺得大概是因為她穩操勝券的第一名被老大橫空搶走了，但是這有什麼關係，你們只差了兩分啊！你也是學年第二、總分七百以上的高手啊！妳就那麼痛苦嗎？

月考考了三百五十分的李林同學還沉浸在自己的數學竟然及格的美妙感覺裡，覺得自己是個學習上的鬼才，這個世界上最有天賦的人，未來能成為第一考場考生的潛力股，不太理解這些現役學霸的世界。

沈倦也不太能理解。

他自覺自己看人滿準的，林語驚絕對不是那種小氣的人，不會因為考試成績不比他高就不開心或者怎麼樣，所以沈倦考試的時候也沒多想，該怎麼答就怎麼答。

但是現在同桌確實是不開心了，不是因為比他少兩分，那到底是因為什麼？

女人心海底針，沈倦實在是不理解小女生那些細膩的想法。

月考考卷發下來後的一個星期，每科老師基本上都在講解考卷，學年第一、第二全都坐鎮在十班，讓十班最近的圍觀群眾多了很多。

比如下課的時候，從十班門口「路過」的別班同學明顯多了起來，即使十班的教室在四樓最盡頭，真的「路過」就只能穿牆了。

在某個女生一上午第三次在下課時「路過」十班教室門口，用一臉探究加興奮的表情盯著林語驚看的時候，林語驚終於忍不住發脾氣了。

她把手裡的筆「啪」地一摔，深吸了口氣，抬起頭來看著教室門外的那個女生。

女生對上她的視線，愣了愣，大概一時間也沒反應過來，就這麼站在門口和她互相凝望著。

下課，十班教室裡亂哄哄的，走廊裡也滿是說笑打鬧的聲音，沒什麼人注意到這邊，林語驚皺了皺眉，剛要說話時，沈倦從外面回教室，走過來站在門口，垂頭看著那個女生：「讓讓，謝謝。」

女孩子一抬頭，對上校霸冷淡的臉，驚恐地紅著臉跑了。

「……」

林語驚甚至不知道她臉上的表情到底是害怕還是害羞。

她嘆了口氣，重新垂下頭去，準備把劉福江沒講完的那道生物大題寫完，卻始終感受到某人冷淡的注視。林語驚若無其事了三分鐘，終於忍不住抬起頭來。

沈倦站在門口看著她，皺著眉：「妳到底為什麼不開心？」

「你怎麼看得出來我不開心？」林語驚面無表情。

「怎麼看都不怎麼高興，」沈倦側了側頭，「我惹到妳了？」

「沒有。」

「因為月考？」沈倦有點不耐煩了，「都一週了，妳還沒消氣？」

「我沒生氣，我有什麼好生氣的？我開心還來不及，小林老師業務能力過於出色，教出來的學生物理還考了滿分。」林語驚垂頭繼續寫生物考卷，筆沒停，唰唰唰，「比小林老師還高兩分。」

「……」

雖然下課的背景音很嘈雜，但是沈倦總覺得自己聽見林語驚磨了一下牙。

「兩分而已，一道選擇題，」沈倦側身靠著門框看著她，皺眉，覺得非常不能理解，「大不了妳以後有哪裡不會就問我，我都講給妳聽。」

「……」林語驚的筆一頓，抬起頭來，難以置信地瞪著他：「你現在是在羞辱我？」

‡

八中有個論壇，有打球約架的、比成績的、認哥哥妹妹的，還有尋人的，總之裡面每天都很熱鬧，最近尤其熱鬧。

一個是因為月考成績出來了，除了高三以外，高一高二都一起考。

八中在A市不算是特別頂尖的學校，很少有七百分以上，以前基本上學年前十名都是被實驗班一班包辦，偶爾會看見幾個別班的突出重圍。結果，這次學年第一第二都不在一班，甚至有知情人士透露，這兩位七百分以上的高手都是在最後一個考場考的。

其中一個是沈倦，大名鼎鼎的沈倦。

吃瓜群眾表示很難以接受——

2樓：現在這是什麼世道，你們做校霸的不只看顏值，還得看學習成績了嗎？

3樓：嚇死我了，到時候人家問「你們學校升學率怎麼樣？教學品質怎麼樣啊」我要怎麼說？

我說我們學校連校霸都能考七百分了？

4樓：一中算什麼扛把子重點，跟我們一比就是渣渣，一中校霸能考到七百分嗎？

5樓：任良學老大這次不是也七百多分嗎？據說他本來分數跟沈老闆是並列的，但是把他改錯了一題，他自己找出來了，自己給自己扣了三分，一下降到第三:)了不起的人物。

……

22樓：一看樓上就是高一高二的小學弟妹們吧，高三僧可以告訴你們，沈倦以前成績就好:)但其實也只是第一考場這種程度，一般大概學年二三十名吧，也沒有特別頂尖:))現在越來越恐怖了，學年第一，媽啊。

23樓：一看樓上就不知道吧，以前跟沈倦同一個班的我來告訴你們，沈倦以前每次都學年二三十是因為沒分文理科，那時候考試要考政治歷史地理。他每次考試都被文綜拉分，還挨罵，政治一句「我國是人民民主專政的社會主義國家」他能填滿整張考卷，分了班以後還不是他的天下，徜徉在理綜的海洋，隨便他浪。

……

37樓：七百分才第三，高一六百五十分就覺得自己很厲害的小學弟瑟瑟發抖，第二是誰啊？

38樓：不知道，叫林語驚，是個女的，林語驚這名字是個女的？好拗口。

39樓：我！知道！！我可太有發言權了！我月考跟沈老闆同一個考場，坐得滿近的，沈老大叫她名字時我聽見了，還幫她買了吃的……買了一堆好吃的，男朋友幫女朋友買的那種……還桌咚了，桌咚你們知道吧？

78樓：不怕死的十班人偷偷說一句，別猜了，這兩人很熟，是同桌。
79樓：？這就是男同桌和女同桌的區別？男同桌就只能差點被打死，女同桌就買吃的？
80樓：接下來是不是就是女朋友了？
81樓：同最後一個考場，看到那波互動以後，我以為這兩個人已經在談了……
82樓：不怕死的十班人二號偷偷加一句，這兩人在班上每天都很甜，老大非常有耐心、非常寵（OK），並且老大日常脾氣好，除了愛睡覺沒其他任何問題，我們班已經集體開始懷疑老大傳說的真實性了。

李林默默地關掉了學校的論壇，偷偷把手機塞進抽屜裡，看向前面兩位風雲人物的後腦勺。

他其實想說，你們別猜了，就算之前真的有成為男女朋友的苗頭，現在也八成瀕臨分手了。

最近這個氣氛不太妙，李林感受到了一種非同尋常的嚴寒。

林語驚這個人，相處時間久了就會發現她其實還滿活潑的，自從上次打遊戲以後，她跟班上的人也慢慢熟悉起來了，並不是什麼孤僻學霸的人設，但是最近，她不怎麼愛說話了。

李林就感受著兩位老大一天比一天低的氣壓，覺得日子非常不好過。

‡

十月底學校運動會，是高一高二一起的，高三不參加。劉福江主張學生全面發展，特別積極地鼓勵大家參加運動會，還特地空出了班會課，讓體委拿著表格，呼籲大家報名。

「你們高中生涯的最後一次運動會，」劉福江笑呵呵地說，「等你們到了明年的這個時候，回憶起來都會覺得太好了，這時候還能參加運動會，你們的學長姊們現在正在教室裡奮筆疾書呢，別說運動會了，連上個廁所的時間都緊張。」

林語驚本來不想報名的，但十班女生少，還有不少項目空著沒人報名，林語驚看著可憐巴巴地站在講臺上的體委，嘆了口氣，隨便挑了一個不那麼累的鉛球。

推鉛球。

她報完這個，連沈倦都扭過頭來看了她一眼。

林語驚全當沒看見，餘光都沒瞥他一眼，她估計自己在耶誕節前可能都不想跟這個混蛋說話。

下午第一節體育課，體育老師問了體委報名的情況，報名名單核對完以後，體育老師點點頭，笑著說：「聽說我們學年這次的狀元和榜眼都在我們班，哪兩位學霸啊？出來給我看看吧。」

這體育老師滿年輕的，體校剛畢業沒幾年，愛玩也愛開玩笑，平時跟男生關係也都很好，經常一起打打球什麼的，人也很幽默：「噯，不用不好意思啊，我就是想看看學霸長什麼樣子，前兩天還被你們劉老師拉著炫耀，聽說考了七百多分？我長這麼大，考試就沒超過三百五。」

十班同學哄笑著，看看站在女生最前面的林語驚，又看看站在男生最前面的沈倦。

體育老師也注意到了他們的視線，挑挑眉：「是你們嗎？不是，你們班怎麼回事啊？長得最好看的功課最好的意思嗎？」體育老師招招手，「來，班花班草，你們出來，害羞什麼啊，又不是幫你們配對相親。」

「……」

林語鶯現在非常不想聽見跟月考成績相關的一切話題，每次提起來，她都有難以言說的尷尬，並且她得竭盡全力控制自己想再跟沈倦打一架的欲望。她垂著頭，往前走了兩步，餘光瞥見那邊懶洋洋地出來的沈倦。

整整齊齊的隊伍裡走出兩個人，顯得格外突出。

體育老師樂了，朝他們招了招手：「你們有什麼深仇大恨啊，都快分站到兩頭去了，來，過來我這裡。」

林語鶯和沈倦走過去，體育老師勾著沈倦的肩膀：「器材室知道嗎？」

「嗯。」沈倦點了點頭。

體育老師：「行，去吧，你們去拿墊子過來。」

林語鶯扭頭就往外走。

沈倦跟在她後面，他腿長，跨了兩步就輕易跟上了，垂眸看了她一眼：「妳知道在哪裡？」

林語鶯一頓，走慢了一點，在他身後大概半步的位置。

兩個人一前一後地穿過體育館的長廊，走到器材室門口。沈倦推門進去，沒開燈，裡面只有一個四方小天窗，光線昏暗，沈倦走到牆邊扶起一張長墊子，灰塵在空氣裡翻騰，在陽光下揚起細小的顆粒。

林語鶯皺了皺眉，往裡面走。

沈倦看了她一眼：「站在那裡等吧，我來拿。」

林語鶯像沒聽見似的，徑直走到他旁邊，抽出他下面的那張墊子拽過來。

她一百六十八公分，在女生裡算高的，拽著那個墊子依然有點費勁。沈倦往後撤了撤，靠在旁邊一個裝滿軟排球的鐵架上，看著她一點一點地拽著那張墊子抽出來，放倒了拖著就要往外走。

沈倦一把抓住她的手腕。

林語鶯腳步一頓，轉過頭來。

他垂下眼，睫毛覆蓋下來，濃密又暗沉沉的：「林語鶯。」

林語鶯揚起眼來看著他：「幹什麼？」

她聲音輕軟，聲線發涼，和陽光裡的灰塵混合在一起，在早秋微涼的空氣中沉沉浮浮。

沈倦深吸了口氣，緩聲說道：「對不起。」

林語鶯僵了僵，少年貼著她手腕的掌心溫熱，手指卻有點涼，燙著她手腕有種奇異又不自在的癢感，她微微往外抽了一下，沒抽出來。

林語鶯側了一下頭：「你突然跟我道什麼歉……」

「我哪知道？」沈倦擰著眉，聲線因為壓抑著煩躁的情緒而有些低沉，「妳為什麼不高興？」

「……」林語鶯瞪著他：「你不知道，那你跟我道什麼歉？」

沈倦沉默地看了她幾秒，鬆開她的手嘆了口氣，身子又往後靠，看起來挫敗而無奈：「那妳不是不高興嗎？」沈倦低聲說：「我他媽還能怎麼辦？」

「……」

林語鶯心情複雜，又生氣又想笑。

其實她也不知道自己在鬧什麼彆扭，平心而論，沈倦滿無辜的。他沒有故意騙她，也沒有藏著掖著，社會哥的心思再細膩，他也是性別男，思考問題的方式和女生還是不一樣。

林語驚點點頭，靠近他一點：「你知道你為什麼比我高兩分嗎？」

沈倦頓了頓，似乎覺得這時候配合她會比較好：「為什麼？」

「因為你比我二。」林語驚說。

「……」

不敢耽誤太久，兩人拿著墊子回去的時候，體育老師正蹲在那裡跟男生聊天，墊子分別放兩邊鋪好。

體育課一般都是分開上的，墊子男生一塊、女生一塊，男生是伏地挺身，女生仰臥起坐，但是不知道為什麼，體育老師今天興致特別高漲，像是真的第一次見到學霸似的，在男生這邊準備做伏地挺身的時候朝林語驚招了招手：「來！學霸！」

「……」林語驚走過去。

體育老師笑得很爽朗，露出一口大白牙：「聽說你們是同桌？那妳幫幫他。」

沈倦此時正撐在墊子上，仰起頭來，微挑了一下眉。

林語驚看了他一眼，有一瞬間以為體育老師要她幫沈倦正正骨什麼的，結巴了一下：「幫……什麼？」

「數數。」體育老師說，「三十個，一個不標準都不行，妳幫他數，不標準就彈他額頭。」

沈倦：「……」

第九章
早戀影響我學習

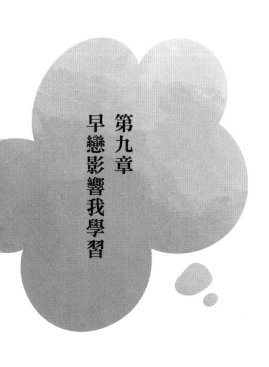

劉福江最近比較憂鬱。

他們班有兩個七百分，本來是值得高興的事，劉福江開心了好幾天，高興到飯都比平時多吃了兩碗。

有關係好的老師私下開玩笑，說劉老師您的命真好啊，這兩個孩子交出來以後，能直接升主任了吧。

劉福江倒不是因為這個，他是真心實意地覺得很高興，早年也有升主任的機會，他都沒答應。看著孩子們前程似錦，有大好未來，他教書育人一輩子，求的就是這個。

兩個都是好孩子，劉福江也都是真心喜歡，直到一個生物組的年輕男老師那天看見他，多說了一句：「噯，劉老師，你們班的兩個學霸是同桌啊？」

劉福江笑呵呵：「是啊，開學的時候兩人自己選的！都是緣分啊。」劉福江長嘆一聲，「我就說吧，有些事冥冥之中都有註定，這兩個孩子氣場合，一起學習就格外有力氣。」

年輕老師笑了笑：「氣場合不合我是不知道，劉老師，您會看我們學校論壇嗎？您班上的這兩個學霸在論壇裡，現在人氣高得很，連同人文都有了。」

劉福江愣了愣：「同人文？什麼是同人文？」

年輕老師搖了搖頭：「您去看看就知道了，要我說，您也有點太放心了。這個年紀的孩子，十六七歲正是青春期苗頭冒出來的時候，您還讓他們坐同桌？我們班都是男生和男生一桌，女生和女生一桌，您是真的要注意一下，男生和女生坐一桌很容易出大問題。」

劉福江聽懂了，他抱著「我們班的那兩個孩子一看眼裡就只有學習，根本沒有別的事，這些都不可能」的心情下載了論壇，進到八中的論壇裡看了一眼。

『（818）我們學校老大和他的同桌們不得不說的故事』

『（沈林）未見黎明』

『（學霸愛情故事）學年第一和學年第二的那些事』

『（高亮）老大戀情實錘了，同志們！！！』

「……」

劉福江手一抖，點進了最後一個貼文。

『1樓：樓主今天體育課！！跑完一圈自由活動，就在體育館看我們班男生打籃球，然後沈姓你們都知道的那個老大這節也是體育課，他們班男生做伏地挺身，我就看見一個小姊姊蹲在他旁邊看著他做！

我不知道這個小姊姊是不是你們都知道的那個林，我沒見過她本人啊！但是我覺得除了她，應該沒有別人了吧……因為這個小姊姊！！這個小姊姊一邊看著老大做伏地挺身一邊揍他！時不時就打他腦袋一下，下手可狠了！我看到都害怕！感覺老大下一秒就要暴走了！但是沒有！沒有！老大他就一邊做著伏地挺身！一邊一臉幸福地挨打！！！』

劉福江：「……」

劉福江覺得這問題真的有點大，他從來沒遇到過這樣的情況。

以前他做科任老師的時候，也經常有班導師老師愁得不行，班上的某個男生和某個女生關係太親密啦、某兩個早戀啦，有的時候跟他說，劉福江都覺得這種事很正常。

十六七歲的青春期，誰沒萌動過呢？想當年，他也暗戀班上的小班花呢，雖然到畢業都不好意思跟人家說三句話。但是現在做了班導師，劉福江認認真真地想了一下，忽然覺得能理解了。

就像是看到自家孩子有了心動對象，又欣慰又失落又擔心，在阻止和不阻止之間猶豫，一時之間，這位從教二十年的人民老教師竟然有些無所適從的茫然。

他愣了一會兒，垂頭繼續看手機，刷新了一下，竟然還看到這個樓主發了一段短片。

他點開來看，體育館裡面的聲音嘈雜，遠遠能看見撐在墊子上的少年和蹲在他旁邊的少女，那個影片離得很遠，看不清兩個人的表情。

劉福江眯著眼，腦袋都快紮進手機裡了，反反覆覆地把那段影片看了三四遍，橫著豎著都沒看出沈倦周圍有任何「幸福」的味道，反倒是周圍的同學好像都很怕，離了兩公尺遠。

劉福江嘆了口氣，關掉了影片。

這個林語驚到底是個女孩，臉皮也薄，他一個男老師就只能先找沈倦聊聊了。

‡

一下課，何松南馬不停蹄地直奔體育館門口。

高三教學大樓的北樓離體育館不遠，他過來時沈倦正往外走，少年額頭上掛著薄薄一層汗，鬢角微濕，看了他一眼，往茶水間那邊走。

何松南也沒說話，跟著他走到水池前，看著沈倦擰開水龍頭，捧了一把涼水拍在臉上。

何松南靠在水池前，目不轉睛地看著他。

沈倦抬起頭來，關掉水龍頭，扭過頭來：「你有什麼事？」

何松南樂呵呵地看著他：「來看看倦爺一臉幸福是什麼模樣。」他上上下下打量完，很欠揍地說，「怎麼回事啊？這樓主的濾鏡有點厚啊，我怎麼一點都沒看出來你哪裡幸福呢？」

沈倦沒說話，用眼神發出了「你是傻子？」的質疑。

「不是，我認真的呢，大哥，你知不知道你的同桌現在在我們學校滿有名的？」何松南說。

「不知道。」沈倦非常不配合地說。

何松南絲毫沒有受到影響：「你知道她為什麼有名嗎？」

這次沈倦連理都不理他了，徑直往福利社的方向走。

何松南不屈不撓地跟著他：「因為你。大哥，不是，真的不是我說你啊兄弟，你撩個妹也不用這麼高調吧？你在考場的一系列動作都是什麼騷操作，你們還是同桌吧？你不怕你們老師把你們調開嗎？」何松南看著沈倦進了福利社，「到時候一個在教室那頭，一個在教室這頭，讓你們坐個對角線遙遙相望，你就哭吧。」

沈倦的動作頓了頓，從冰櫃裡拿了一瓶冰可樂出來：「我沒撩妹。」

「你沒個屁！你當最後一個考場的人都瞎子！人家只是不愛學習，不是沒眼睛。」何松南唾棄他，看了看他手裡的可樂，又忍不住嘴賤道，「少喝點吧，可樂殺精，別好不容易擺脫了性冷感的標籤，結果又喝可樂喝出新問題。為了你林妹妹的幸福，你能不能注意點？」

沈倦面無表情地轉過頭來，抬了抬下巴：「轉過去。」

「幹什麼？我後面有什麼？」何松南一邊說一邊轉過身去，背對他，「我跟你說真的，不是開玩笑，我二姨家的大表哥喝了十年可樂，現在——」何松南低吼道：「陽！痿！了！你敢信嗎，倦——」

沈倦一腳踹在他屁股上。

何松南一個踉蹌，往前撲了一下，差點一頭紮進冰櫃裡。他勉強穩住身子，單手扶著冰櫃櫃門邊：「我靠——」何松南還來不及轉過身，又被踹了一腳。

何松南憤怒了，他覺得他這兄弟當得真委屈，好心好意為他著想，還要挨揍。

他正在想要不要跟沈倦打一架時，穿著高二校服的男生走進福利社，看見沈倦以後愣了一下，走過來：「那個，沈倦同學？」

沈倦轉過頭去。

李林清了清嗓子，他現在算是班上為數不多跟沈倦說超過五句話的人了，這一項豐功偉業給他帶來了非常大的勇氣，於是他主動示好，提供情報：「我剛剛去生物辦公室，聽見五班班導師和老江說了你的事。」

沈倦挑了一下眉。

「說你跟林語驚苗頭不對，要把你們調開什麼的，」李林低聲說，「老江可能要找你談談了。」

沈倦沉默了幾秒，說了句「謝謝」。

李林受寵若驚，連忙擺手：「沒事，我、就是那個……喜歡為同學服務的正義夥伴。」

何松南雖然覺得這件事遲早會來，但是沒想到這麼快。

想想也可以理解，學年前兩名，七百分以上，不出意外是能衝市狀元、省狀元的苗子，學校肯定不會讓他們出任何問題的。

雖然沈倦剛踹了他兩腳，但是沒辦法，他就是這麼夠意思的兄弟。

何松南迅速反應過來，轉過身拉著沈倦的手腕往前一拉。沈倦大概還在想剛剛李林說的事，有點走神，一隻手拿著可樂，身體前傾，並在回過神來時下意識抬手，撐住冰櫃站穩。

「咚」地一聲輕響。

何松南背靠著冰櫃站。沈倦比他高一點，單手撐著櫃門，垂著頭，看不見表情。

正是下課的時候，福利社裡有不少學生，看到這一幕集體融化了。

整個福利社一片死寂。

櫃、櫃咚。

校霸可真喜歡咚人啊！

但是問題是，這次怎麼是個男的！怎麼還男女不限？？

沈倦都沒反應過來。

何松南一臉視死如歸，用只有兩個人能聽見的聲音說：「兄弟，幫你到這裡了啊。」

沈倦：「……」

何松南一路狂奔回教室，感覺下一秒等沈倦反應過來，自己可能會被暴揍。

沈倦能喜歡上女孩子不容易，雖然現在何松南也不知道他到底喜不喜歡，或者到什麼程度，但是至少他對這個林妹妹是不一樣的。

跑到教室門口，他撐著膝蓋呼呼喘氣，忽然覺得自己像個深藏功與名的英雄。

何松南靠著門站了一會兒，一邊喘氣一邊回到位置上，他翻出手機，打開了學校論壇。

果然，三分鐘前剛出爐的貼文，新鮮熱乎。

何松南坐在座位上忽然仰起頭來，笑得像個神經病。

徐如意正在發作業本，路過他身邊時被嚇了一跳。

何松南心情滿好的，轉過頭來和她打招呼：「小結巴，下午好啊。」

徐如意看著他，怯怯地往後退了退。

何松南想起之前在米粉店的時候，看見李詩琪她們欺負她，說她結巴時少女垂著頭哭的樣子。

他愣了愣，連忙道歉：「嗳，對不起啊，我沒有惡意，我也不是在笑妳，妳別生氣啊。」

徐如意搖了搖頭。

何松南指了指她懷裡的作業：「我幫妳發？」

「不……用。」徐如意小聲說，抱著厚厚一疊作業本走了，剛走兩步，何松南叫住她：「嗳！小——如意！」

小結巴三個字差點脫口而出，他迅速反應過來，連忙改了口。

教室周圍離得比較近的幾個人安靜了一下，扭過頭來。

徐如意轉過身，漲紅著臉，驚恐地看著他。

何松南沒注意到，問她：「妳是不是跟林語驚關係滿好的？」

徐如意聽到林語鶯的名字，眼睛亮了亮，點點頭又搖搖頭，有些失落：「沒，我跟她、關係好，她、她跟我……不熟吧。」

何松南聽不懂小女生這些彎彎繞繞的話，關係好就是關係好，怎麼還分她跟妳、妳跟她？

他笑咪咪地看著她：「妳想不想跟她一起出去玩？」

‡

沈倦回到教室，剛坐下就被劉福江叫去了辦公室。

林語鶯坐在旁邊，側頭看了他一眼。

沈倦的表情有些異常，竟然複雜到林語鶯一時間有些分辨不出他到底是什麼情緒。

林語鶯其實也不是生沈倦的氣，她就是覺得丟臉又尷尬，不太想跟他說話，但是兩個人今天這麼一鬧，她也就沒什麼感覺了。

她忽然覺得沈倦的脾氣真好，要是有個人一直蹲在她旁邊敲她腦袋，她估計會按著那個人的腦袋砸到地上。

林語鶯又開始反思自己是不是太過分了。

她張了張嘴，小聲問：「我打得很痛嗎？我先說明啊，我絕對不是故意的。」林語鶯此地無銀三百兩，「我也不是為了出氣，都是體育老師叫我做的。」

「嗯，妳不是。」沈倦有些好笑地抬了抬眼，「不痛，沒什麼感覺。」

「那你是遇到什麼事了？」林語驚斟酌著措辭，「一臉被人非禮了的表情。」

「……」沈倦往後靠，挑著眉看著她：「小同桌，妳現在膽子很大啊，敢這樣說社會哥了？」

林語驚鼓了一下腮幫子，抬抬眼，沒說話。

沈倦頓了頓，似乎是在思考：「妳看不看……」

「嗯？」林語驚湊近他，「看不看什麼？」

「沒什麼，」沈倦懶洋洋地笑了一下，站起身來，「我要出去。」

他話說到一半，讓林語驚非常難受，她沒動，瞪著他：「你說完啊，看不看什麼？」

沈倦抬手，輕輕拍了一下她的頭頂：「回來再跟妳說。」

劉福江一直在煩惱該怎麼跟沈倦說這件事，沈倦這個孩子平時太安靜了，他之前本來不知道他的事，後來有一次跟沈倦以前的班導師聊過，聽說了一點。

這樣的孩子會願意調座位嗎？讓他跟男生坐一桌？

劉福江嘆了口氣，一邊思考著一會兒要怎麼開口，一邊僵硬地刷新了一下論壇。

首頁蹦出了一條新的貼文。

『（高亮）老大分手實錘了，同志們們們們！！！』

劉福江手又一抖，點進去，主樓是一張照片，穿著校服的高大少年站在福利社裡，單手撐著冰櫃，而另一個男生靠著冰櫃門，兩人面對面站著。

看起來還滿少女心的，只是另一個也是男生。

嗯？也是個男生？

『樓主：剛看完隔壁那個戀情實錘的樓主，覺得現在心情不太平靜，樓主只是去福利社買個碎冰吃，挑口味挑到一半老大就進來了，和他的好基友。平時經常在學校裡看見他們一起活動嘛，樓主也沒注意，就默默地欣賞了一會兒沈同學的盛世美顏，嗯，他的好基友也很帥。

這都不是重點，重點是這兩個人說話說著說著，老大忽然踹了他的好基友……這也不是重點，重點是他踹完以後，樓主轉過頭去結了個帳，再回過頭來，老大就壁咚了他的好基友……

這是怎麼回事啊！！樓主覺得沈同學的戀情一下撲朔迷離了起來！！！』

劉福江：「……」

劉福江一開始還沒看懂。他一連看了三遍，最後覺得自己的三觀有點被刷新。

他從來沒看過什麼學校的論壇，這還是第一次看。劉福江忽然發現自己剛開學時看的那些書還是不夠全面，現在的小孩好像和他那個時候不太一樣了。

現在的小孩這都……怎麼回事啊？

年邁人民教師劉老師覺得自己的認知受到了衝擊，還沒反應過來，沈倦就敲門進來。

劉福江抬起頭來，手機放在桌面上，上面還是那張照片。沈倦走過來，一垂頭就看見那張他和何松南的照片。

沈倦的嘴角抽了抽，轉過頭來看著劉福江。

劉老師還沒回過神來，有點恍惚地看著他。他覺得自己一向是個開明的老師，絕對尊重學生的任何個人選擇，但是一時間，他還是有點沒反應過來。

兩個人就這樣大眼瞪小眼，瞪了三分鐘。

眼看就要上課了，沈倦垂頭，終於開口：「您找我？」

劉福江猛然回過神來：「喔，對，對對，我找你，我找你……」劉福江斟酌著，他覺得其實很多事情都是捕風捉影的，還是要問問當事人真實情況。

但是怎麼問也是個技術。劉福江頭一回知道原來班導師這麼難當。

沈倦有耐心又平靜地等著，沒什麼表情。

劉福江艱難地撓了撓腦袋：「我就是想問問……」

他委婉試探地說：「沈倦啊，你想不想跟女生談個戀愛？」

「……」

沈倦覺得何松南這招真的是出奇制勝，劉福江還特地強調了「女生」這兩個字，讓沈倦一時間有點不知道怎麼回答。

劉福江此時也已經反應過來了，他怕沈倦多想，連忙說道：

「老師沒有別的意思，就是想了解一下你們這個年紀的小孩，我也不是特地問你的，」劉福江非常多此一舉地說，「我上一節課也剛跟李林談完。」

沈倦安靜了幾秒，似乎是笑了一下，微挑著眉：「劉老師，早戀影響我學習。」

「……」

劉福江覺得沈倦這小孩還滿會打太極的。

但是這個意思，是不是就是說他不打算談戀愛？是不打算談戀愛，還是不打算跟女生談？

劉福江張了張嘴，心裡其實還有一百個問題想要問清楚，但是最後還是什麼都沒問出來，他也實在不知道該怎麼開口，嘆了口氣，擺擺手：「你先回教室吧。」

沈倦若無其事地回到了教室。

教室裡，體委正在和林語驚說她運動會報名參加鉛球項目的事。

體委對運動會保持著極高的熱情，林語驚是班上唯一一個願意報名跑步以外項目的女生，體委正在試圖說服她連鐵餅和標槍一起報名。

林語驚很無奈，看見沈倦回來，她一邊站起來讓位置給他，一邊好脾氣地看著他說：「體委，您看我，」她指著自己，「您看我長得像是丟得動鐵餅的人嗎？」

體委看了一眼她細得看起來能掰斷的手腕，也張了張嘴：「那妳不是報了鉛球嗎？」

林語驚：「我不就是短跑太慢，長跑也跑不來，看鉛球最不累，所以意思意思嗎？」

沈倦坐下來聽她半真半假地忽悠這個體委。看鉛球最不累，意思意思應該是真心話，而短跑慢他是不怎麼相信的。

他想起少女那天晚上在便利商店門口，一眨眼人就衝到他面前來的那個速度，覺得額角又開始隱隱作痛。

短跑不拿個第一都說不過去。

體委一連找了林語驚兩節課，始終被無情地拒絕。

但他屢敗屢戰仍絲毫不氣餒，最後林語驚實在被煩得不行，沒辦法，只能又報了標槍。

體委這才甘願了，下課時看著林語驚把名字簽到他的名單上，然後興高采烈地跑到隔壁那組纏著英語小老師代表報名參加女子八百公尺，一直到上課鐘響起。

林語驚一邊抽出書和筆記，一邊長長地吐出了口氣，小聲說：「我是真的不明白，體委到底在想什麼？還讓我丟鐵餅？鐵餅長什麼樣子啊？」

「他可能覺得妳喜歡，妳不是主動報了鉛球嗎？」沈倦說著，忽然轉過頭來，「妳體重多少？」

林語驚也轉過頭來，看著他：「你不知道問女孩子的體重是禁忌嗎？」

「我就是好奇一下，妳這個小身板，」沈倦上下緩慢地掃了她一圈，最後落在她校服袖口處露出來的一截細白手腕上，「是妳扔鉛球，還是鉛球扔妳？」

林語驚直起身子，垂下頭湊近他：「就我這個小身板，」她指指自己，非常謙虛地說，「我一個能打十個。」

沈倦笑了一聲：「一身充氣肌肉的那種？」

他說完，林語驚安靜了，沈倦也安靜了。

林語驚之前和奶油哥、李詩琪的那件事，沈倦是偷看的，她不知道他當時在那裡。

這麼一句話直接說漏嘴了，雖然也不是什麼大事。

林語驚沒表情地轉過身看著他，沈倦也看著她，沒說話。

兩個人就這麼對視了幾秒。

「你看見了。」林語驚說。

「我看見了。」沈倦說。

林語驚問：「你看見什麼了？」

「我看見妳……」沈倦想了想，懶懶地道，「把李詩琪找來的那個男的砸到地上了？」

林語驚點了點頭：「你又看見了。」

她的語氣無波無瀾，表情看起來跟知道他那天在米粉店門口後，琢磨著該怎麼殺人滅口的時候有些像。

沈倦歪著身子，手裡的筆轉了兩圈，提醒她：「其實，無論我有沒有沒看見，妳在我面前還想保持人設好像也晚了一點。」

「……」

林語驚想一想，說得也是，這個人不知道什麼時候順其自然、理所當然、自然而然地把她的面具扒得乾乾淨淨，打架都打兩回了，讓她歲月靜好的小仙女人設早就崩得破碎又徹底。

她嘆了口氣，轉過身來，撐著腦袋悶悶地說：「那好吧。」

李林坐在後面，看著前桌兩個人的互動，心情有些複雜。

劉福江從沈倦身上沒問出結果來，但是他也不放心，想到李林和葉子昂坐在他們後面，平時應該也比較熟悉，特地下課後找他們過來，想讓他們幫忙了解情況。

「你們年紀差不多，平時也很要好。我呢，其實是主張讓你們自由發展，不太想插手你們小孩的事，但是多多少少還是有點不放心。」劉福江當時情深意切地說。

李林能理解，他從小學到高中一直都屬於快被老師放棄的那一類學生，我不管你聽不聽課、你愛學不學，反正你別擾亂課堂紀律就行。

但是劉福江不一樣，他是真的不放棄任何一個學生，無論你成績有多差。

李林是真心喜歡他，所以他還是決定幫忙打探一下情況。

李林很快就找到了機會。

林語驚上次跟他們一起打了一回遊戲以後，徹底放棄了射擊類的小遊戲，但是李林他們換遊戲很快，沒幾天，他們重新踏上了一款ＲＰＧ遊戲的征程。

沈倦是不會再跟他們一起玩這些傻遊戲的了，那個名為JYZJBD的ＩＤ在拿下幾十個人頭以後再也沒能獲得重出江湖的機會，從此塵封在人們的記憶中。宋志明在知道這位最屌的是沈倦時，至少痴呆了五分鐘。

林語驚對射擊類遊戲不太行，ＲＰＧ這種倒是玩得還可以，她手速不慢，反應也還行，某天中午午休打遊戲的時候，李林就找機會問了她一下：「噯，我聽說隔壁九班有個女生跟她同桌早戀，被請家長來了。」

林語驚叼著棒棒糖，沒出聲。

中午午休的時候，不少同學吃完飯回來會補個眠，沈倦也趴在桌子上，臉面對牆壁，睡得很安靜。

教室裡的聲音很小，李林壓著聲音繼續說：「聽說那男生很帥，是他們班班草級的，溫柔掛，妳看到都會心動的那種。」

這次，林語驚笑了一聲，也壓著聲音淡聲說：「能帥過我同桌嗎？」

兩人都沒注意到一直趴在那裡的沈倦耳朵微微動了動。

「應該不能吧，」李林實在地說，「老大的顏值我肯定是服氣的。」

林語驚咬著棒棒糖打遊戲，漫不經心地說：「那能心動什麼，我面對我同桌那麼一個大帥哥都不心動了。」

她的角色是個女劍士，揮舞著一把藍色的大劍，正在積攢能量，準備放大招。說完這句話以後能量值剛好滿了，女劍士放出大招，寶劍快速挽出了劍花，然後漫天的刀光劍影把對面轟得片甲不留，看起來非常凶殘。

林語驚滿意地抬起頭來：「男人，影響我出劍的速度。」

她說這番話的時候，淡然又高傲，像個俯瞰眾生的女王。

李林：「……」

李林覺得劉福江應該可以放心了。

但是怎麼總覺得周圍有點冷呢？最近降溫也降得太快了。

‡

月考以後，林語驚兩個週末沒回過家。

關向梅打電話來問過一次，林語驚說月考成績不太理想，可是一直這樣拖著也不太合適，所以運動會前的一個週末，她拖著小行李箱回家了。

到家的時候傅明修也在，看見她以後沒什麼反應，只看了一眼，轉過頭繼續玩手機、吃水果。

林語驚拖著小箱子準備上樓，剛走進客廳就被傅明修叫住：「喂。」

她回過頭去。

傅明修隨手一丟，拋了個什麼東西過來。

林語驚下意識伸手接住，冰涼又沉甸甸的一個東西，她看了一眼，是顆柳丁。

她愣了愣，抬起頭看過去，傅明修已經扭過頭了，只留下靠坐在沙發裡的半個後腦勺。

週末晚上，關向梅和孟偉國都在，這個家庭重組以後，這是第一次四個人一起吃飯，關向梅很熱情，比起傅明修，林語驚看起來更像是她親生的。

「聽說小語這次考試考了第二名？」關向梅笑吟吟地看著她。

林語驚捏著筷子，頓了頓，低聲「嗯」了一聲。

「是在學年裡？班上呢？在你們班裡肯定是第一吧，我本來想找人把妳送到好班級去，妳爸不肯。」關向梅不滿地瞪了孟偉國一眼，「要是能進好班級多好，班上的同學對孩子的影響特別大，把小語送進一班，身邊都是好學生，讓小語跟他們學習，那成績能更好，你們男人什麼都不懂。」

林語驚戳了戳碗裡的米飯，低聲說：「我在我們班也是第二。」

關向梅愣了愣：「什麼？」

林語驚抬起頭來，夾了一片青菜，慢吞吞地輕聲說：「學年第一也在我們班，他是第一，我第二。您不用太費心，其實在哪個班都一樣，一班的同學分數也都沒我高，我跟他們應該也學不到什麼。」

飯桌上一篇寂靜，傅明修抬頭看了她一眼。

關向梅的臉色有點難看，好半天才笑了笑：「啊，是嗎？那你們班的那個同學也很厲害啊，我還以為妳肯定成績最好呢。」

林語驚沒接話，孟偉國皺著眉：「妳這是什麼態度？關阿姨是為了妳好，還跟我說想幫妳找個好班級，怎麼，妳還看不上了？容不下妳這尊大佛？」

林語驚抬起頭來：「一班的人考不過我們班，也不是我的錯啊。」她眨了眨眼，無辜又委屈，聲音軟軟的，聽起來毫無攻擊性，「我也沒想到這個學校的好學生只能考那麼一點分數……」

孟偉國像是被噎到了，瞪了她一會兒，剛要說話，傅明修推著桌邊站起來：「我吃飽了。」

林語驚也趕緊跟著站起身來：「我也吃飽了。」

兩人一前一後地上了樓，林語驚隱約聽見關向梅的聲音：「……是我考慮不妥當，我沒想到小語的成績這麼好，看來是怨我了，覺得八中的教學品質跟以前的學校比不行……」

林語驚的腳步一頓。

孟偉國特別討厭別人提起這個，他很怕聽到別人說他現在不如以前了，就好像在說他離開了林芷就不行，他肯定會發火。

林語驚看著暖色牆壁上掛著的巨幅油畫，翻了個白眼。

她這個後母真是跟林芷完全截然不同，是兩個性格，林語驚最討厭的就是這種人，直來直往，把敵意擺在檯面上的那種反而很好辦。

孟偉國不負林語驚所望，晚上直接把她罵了一頓。

他跟林芷還不一樣，林芷是完全冷，連訓斥都是冷冰冰的，你只要低著頭聽就可以了。她相當不願意囉嗦，說完自己的話，理都不會理你，轉身就走人。

但孟偉國不是，他需要你跟他互動，他罵你，你還得答應，不能踩到他的地雷，還不能表現得過於誇張，太順從，他就會問你是不是不服氣，太考驗演技了。

林語驚漠然地站在那裡，連吵都懶得跟他吵了，就這麼聽他念了十分鐘，希望他趕快把話說完走人。

大概是顧及到關向梅今天在家，他的情緒比上次收斂了很多，就在林語驚覺得自己可能快要忍不住，下一秒就會把櫃子上的花瓶丟到他臉上的時候，他終於閉嘴出了房間。

林語驚站得腿都麻了，她關上房門站了一會兒，然後長長地嘆了一口氣，靠著門板往下滑，最後蹲在門口。

手機在口袋裡震動了兩下，林語驚翻出來，發現是班級群組裡的全體訊息，體委傳了兩個非常熱血的貼圖：下週就是運動會了，我們班的運動員們該練習練習一下，別忘了到時候要帶吃的！

林語驚「啊」了一聲，才想起運動會的事。

她揉了揉發麻的腳踝，站起來從桌上拿了鑰匙就往外走，客廳裡沒人，只開著廊燈，她出了門。

等回過神來，人已經站在老巷子口了，裡面黑漆漆的一片。

路燈光線昏黃，滋滋作響，飛蛾盤旋。天空是陰霾的深紫，像是厚重的天鵝絨，被亂七八糟的黑色電線一塊一塊地切割開來。

林語驚張了張嘴，她本來想去哪裡來著？

想去便利商店買點零食。

其實吃的之後再買也來得及，她只是暫時，實在不想待在那個房子裡。

林語驚折回到便利商店，買了一袋零食和一瓶啤酒，坐在窗前的桌邊開了一瓶，一邊撐著腦袋看著外面來來往往的行人和車水馬龍的街道，一邊小口小口地喝。

喝完了一瓶啤酒，林語驚站起身來，將空的易開罐丟進垃圾箱裡，走出便利商店的門，重新回到老巷子這邊。

和別墅區那邊的燈火通明不同，這裡到處都充滿著老舊的氣息。走進巷子裡，甚至隱約能夠聞到樓房散發出木製品發霉的淡淡味道。

林語驚走到沈倦的紋身工作室鐵門前，先是茫然地站了一會兒，然後她拎著袋子走過去，背靠著冰涼的鐵門，翻出手機來傳訊息給沈倦：嗨，沈同學，你的工作室幾點關門？

林語驚不是熱絡的人，也幾乎沒怎麼跟他傳過訊息，兩個人上一次的對話還停留在沈倦帶她去射擊俱樂部回來以後，她問他額頭要不要噴個雲南白藥。

她傳完，靠著鐵門等了三分鐘，秋天的晚風冷，林語驚覺得自己的指尖都變冰了，沈倦才回：不一定。

林語驚看了一眼時間：那現在關不關？

沈倦：不關。

林語驚深吸了口氣，剛準備推門進去，手機響了一聲。

她腳步一頓，滑開鎖屏，垂頭看了一眼。

沈倦又傳了一條過來，重複道：不關，來吧。

不是「來嗎？」，也不是任何疑問句，而是「來吧」。

社會哥那一小截細膩又溫柔的神經好像恢復了信號，重新開始工作了。

不知道為什麼，在看到這兩個字的時候，林語驚覺得有哪裡酸了一下。她甚至能夠想像到沈倦在說這句話時困倦又冷淡，懶洋洋的樣子。

林語驚忽然想跟他說說話。

也可能不是忽然，從家裡出來的時候就想，但她沒意識到。

黑色的鐵門沒鎖，沈倦一般都不會鎖門。林語驚推門進去，院子裡掛著燈串，秋天鬱鬱蔥蔥的綠植顏色一點一點過渡，現在看起來皺巴巴的，還有些發黃。

廊燈開著，林語驚走到門口，敲了敲門。

大概一分鐘後，沈倦出現在門口，黑色的口罩掛在下巴上，垂著眼。

看見她以後他愣了一瞬，才側過身讓她進來。

「稍等一會兒，還有個工作。」沈倦說。

林語驚站在門口，停住了腳步：「會打擾到你嗎？」

「二十分鐘，」沈倦回頭看了她一眼，低聲說，「等我，很快。」

房間裡還是幾盞地燈，暖橙的光線，有種溫暖的昏暗，裡面有一個半開著門的房間，冷白色的燈光明亮，林語驚把手裡的東西放在沙發上，指指那邊：「我能看看嗎？」

「嗯。」沈倦走過去，他穿了一件黑色的薄衛衣，袖子折起來到手肘的位置，下手臂的肌肉線條流暢不突出，帶著一點點少年感。

林語驚跟著他過去，她沒進房間，就扒著門框站在門口，好奇地往裡面看了看。

裡面有一張看起來很舒適的長椅，上面坐著一個男生，很年輕，看起來二十出頭的樣子，也側頭看著她。

男生眨眨眼，他紋的是手臂，三分之一段的下手臂畫了像是京劇臉譜的花紋，抬起另一隻手朝她擺了擺：「嗨。」

林語驚也眨眨眼，朝他擺了擺手：「嗨。」

沈倦抬手，食指勾上口罩，抽出一雙新的手套戴上，五指撐了撐。

他抬頭看了她一眼，拿起旁邊的線圈機坐下，垂頭繼續。

沈倦的手很好看，平時看到還沒有這麼深刻的視覺刺激，此時他手上戴著黑色的一次性手套，削瘦的手背掌骨的紋路被撐起，手指的形狀修長，顯得格外好看。

他垂著眼，睫毛覆蓋下來，漆黑的瞳孔被遮得徹底，戴著口罩看不見表情。淡漠又專注。

林語驚忽然覺得有些口渴。

她咬了一下臉頰裡面的軟肉，沒幾秒，又覺得唾液腺開始急速分泌。

林語驚咽了一口口水，扒著門框的手指鬆開來，不看了，回到沙發裡坐下。

她自己本身就長得夠好看了，身邊的兒時玩伴顏值又都很高，所以林語驚一直覺得，自己對於美色的抵抗能力還是滿強的。

至少看一個男生、男人，隨便什麼年齡層的帥哥，她從來沒有流、流過口水……？

這種反應應該只有聞到炸雞、燒烤、火鍋香味的時候才會出現。

男人還不如炸雞塊。

林語驚晃了晃腦袋，扒開旁邊塑膠袋裡的零食，抽出一瓶啤酒來，咕嚕咕嚕灌了幾大口。

工作間的門沒關，林語驚坐在沙發裡，身體往前傾並遠遠地看著，一邊小口小口地喝啤酒。

沈倦捏著紋身機的時候，也會有那個小動作。指腹會稍微壓著食指指尖，每隔一段時間手指會微微抬一下。

林語驚撐著腦袋，視線從少年的肩線掃下來，到窄瘦的腰、伸長的腿。

這兄弟的腿真長啊。

她往後靠，坐進沙發裡，抬起自己的一條腿來比較一下，皺起眉頭一次有種，對自己不太滿意的感覺。

沈倦說是二十分鐘，差不多也只用了十多分鐘，最後結束的時候，紋身的男人直起身子，往外看了一眼，問道：「女朋友？」

沈倦放下線圈機，抬手按了一下後頸：「不是。」

聲音有點啞。

半個下手臂，圖也不算小，他用了兩天時間，加起來一共二十多個小時完成，今天從中午到現在，連水都沒喝一口。

「喔，」男生笑道，「女，朋友？」

沈倦沒說話，慢條斯理地摘了手套丟掉，又勾下口罩。

這個男生之前也來過幾次，跟蔣寒他們都很熟，也算是半個熟人，非常有眼力的那種。

他馬上準備撤退走人。兩個人出來時，林語驚坐在沙發裡，一邊看綜藝一邊喝著啤酒，還開了一包泡椒鳳爪啃。

見到他們出來，她抬起頭來，看見男生用保鮮膜包著的紋身，吹了口哨：「很帥啊，哥哥。」

男生咧嘴笑：「謝謝妹妹，妳也很美。」

沈倦站在門口，門都幫他打開了，不耐煩地拍了兩下門框，皺著眉看他。

「好吧，」男生雙手合十，朝沈倦一鞠躬，出了門，「我滾了，倦爺。」

沈倦關上門，轉過頭來，視線落在茶几上。

一、二、三、四。

二十分鐘，四個空啤酒罐。

林語驚看起來跟平時沒什麼兩樣，翹著腿坐在沙發裡，看綜藝看得津津有味。

還真能喝。

沈倦走過去，居高臨下地看著她：「叫哥哥叫得這麼順口？」

「嗯？」林語驚抬起頭來，眼珠清明，還咬著啤酒罐的金屬邊緣，反應了一會兒才聽懂。

「啊，我不知道叫他什麼啊，」林語驚關掉了綜藝，想了想，「叫帥哥？會不會有點輕浮？」

沈倦的舌尖頂了一下後槽牙：「妳叫哥哥不輕浮？」

「不會啊，」林語驚說，「顯得我乖巧又懂禮貌。」

沈倦氣笑了：「那妳怎麼不跟我講講禮貌？」

林語驚沒說話，把手裡剩下的那點酒也乾了，整整齊齊地擺在茶几上，加入空罐大軍成為五號選手，然後又從旁邊的袋子裡拾出一打。

「……」沈倦沉沉地，警告似的叫了她一聲：「林語驚。」

沈倦沉著聲音說話的時候很有壓迫感，但林語驚完全不怕他，看都沒看他一眼，恍若未聞地拆開啤酒。一打裡面有六瓶，她抽了一瓶出來，拉開易開罐的拉環，「砰」的一聲輕響。

林語驚仰起頭來看向他，抬手把那罐啤酒遞過去：「喝酒嗎，哥哥？」

這兩個字說出口的瞬間，沈倦像是被人按了暫停鍵。

女孩子骨架單薄，穿著一件很居家的圓領棉質上衣，頭髮鬆鬆垮垮地隨意紮著，像是從家裡逃出來的小朋友，露出來的脖頸雪白纖細。

沈倦垂眼看著她。

林語驚仰著頭，舉著啤酒的手晃了一下，在暖橘色的光線裡看著他笑：「不要嗎，哥哥？」

她的聲線本來就很輕，和刺蝟似的性格是兩個極端。平時跟他講話的時候大多棱角很分明，偶爾會故意軟著聲音，像在撒嬌似的，非常要命，比如「求你」的時候，以及現在的「哥哥」。

沈倦的喉結滑動了一下。

他抬手接過她手裡的酒，少女的手指滑過他的虎口，指尖冰涼。

沈倦接過酒後放下，拿了個空杯子幫她倒了一杯溫水：「喝這個。」

林語驚歪著頭：「你嗓子好啞。」

沈倦：「……」

「剛剛還沒這麼啞，你偷偷幹什麼去了，哥哥？」林語驚說。

「……」沈倦磨了一下牙：「林語驚。」

這女生看起來還是很清醒的樣子，黑眼珠剔透得像玻璃珠一樣，完全看不出來有任何醉了的跡象，只這麼看著，真的會讓人有種這個人喝五瓶啤酒，半點事情沒有的感覺。

但是沈倦不覺得她會在清醒的時候這樣叫他。

林語驚又幫自己開了一瓶啤酒，百忙之中抽空抬眼看了他一眼，「幹什麼？」

沈倦隨手從旁邊拉了一張椅子過來坐下，伸手過去，食指在易開罐邊緣輕敲了兩下：「放下。」

林語驚順從地放手。

沈倦拿過來，踩開旁邊的垃圾桶，把酒全倒進去了。

啤酒的麥香在空氣中彌漫開來。

沈倦倒了乾淨，又拿過旁邊的玻璃杯，把溫水灌進空了的啤酒罐裡，放上林語驚面前的茶几：「喝吧。」

林語驚全程都沒有動，撐著腦袋很淡定地看著他：「你是不是覺得我是傻子？」

「……」沈倦靠回椅子裡，挑著眉：「沒醉？」

林語驚白了他一眼，指指自己：「我，千杯不醉林語驚，我來找你喝酒的，你人都沒過來，我哪能自己就醉了？」

沈倦眯起眼：「妳來找我喝酒？」

林語鷩點了點頭。

沈倦低聲說：「妳知不知道別單獨找男的喝酒？」

林語鷩看著他，平靜地問：「你是男的嗎？」

沈倦：「……」

她說完，又自顧自地點了點頭：「喔，對，你是……」

「……」

沈倦連火都發不出來了，就這樣看著她一邊說一邊翻開身邊的袋子：「我還幫你買了好多下酒的零食。你吃薯條嗎？脆的那種。」她一邊翻一邊嘟噥，「喔，你不愛吃，你愛吃這個……」

她抽出一包什麼玩意兒出來，獻寶似的舉到他面前。

沈倦看了一眼，是酒鬼花生米。

不知道是不是被這滿屋子酒味醺得有些神志不清，沈倦居然還笑了。

「靠，」他垂著頭，笑著舔了舔唇角，「老子這輩子的耐心都用在妳身上了。」

他的聲音很低，林語鷩沒聽清楚，就看著他站起身來，把茶几上所有的酒全拿走了，又把她那一袋零食提過來放到茶几上。

還很重。

沈倦把袋子一攤，坐回去，一雙長腿往前伸：「吃吧，我陪妳吃。」

林語鷩看著他，猶豫道：「就這樣乾吃嗎？不喝一點嗎？」

沈倦撐著腦袋的手臂放下來，往前傾身，捏著水壺又幫她倒了一杯溫開水：「喝點白開水。」

林語驚：「……」

林語驚的酒量是真的還可以，不是吹的，但是一連喝六瓶啤酒，後面又喝太快，此時有點暈。

不是醉了，她意識十分清醒，清醒到能清晰地察覺到自己現在好像有點興奮，連帶著天生自帶的帥哥免疫疫苗也有點失效了。

林語驚兩隻手撐著臉，上半身壓在茶几上，眼睛一眨不眨地看著沈倦。

看著他抽出菸盒，敲出一支菸來，頓了頓又收回去，把菸盒丟在茶几上，身子往後靠。

林語驚看著他，忽然沒頭沒尾地說：「有人告訴過你，你紋身的時候很帥嗎，哥哥？」

沈倦一頓，抬起眼來看著她。

林語驚不避不讓，就這麼迎著他的視線。

過了不知道幾秒還是幾十秒，沈倦忽然靠近她，低聲說：「有人告訴過妳沒醉的時候，別叫人叫得這麼嗲嗎？」

林語驚不算乖寶寶，第一次喝酒是從家裡偷的。

林語驚記得很清楚，那天她考了學年第一名，校長對全校通報表揚了，她拿著成績單回去找林芷，林芷嫌她太吵，隨手拿了桌上的地球儀砸到她身上。

林語驚是後來才知道，那天是林芷和孟偉國的結婚紀念日。

那個地球儀太重了，砸到她的小腿上，青紫了一片，林語驚一個人躲在被子偷偷地哭，哭完抹抹眼淚，從櫃子裡隨手拿了瓶酒，跑到陸嘉珩家。

程軼當時也在，陸嘉珩隨便從廚房拿了三個大啤酒杯過來，三個小朋友鎖上門，在他房間裡圍坐成一團，開了林語驚拿來的那瓶酒。

羅曼尼康帝白葡萄酒，折合人民幣四萬塊一瓶，被他們倒在啤酒杯裡，咕咚咕咚一口氣乾掉半瓶。

程軼沒一會兒就第一個倒了，最後剩下林語驚和陸嘉珩。

林語驚揉揉青紫了一片的小腿，小女生臉頰紅紅的，眼睛濕潤，哭得有點腫。

酒精的作用下，她覺得自己的指尖都在發麻，但是意識卻清晰得可怕，甚至比平時還要清晰、深刻、敏銳，像是打醒裝睡的人最後的那一巴掌。

「陸嘉珩，我不想做林語驚了。」林語驚啞著嗓子說。

少年的桃花眼微挑，看了她一眼沒說話，過了很久才淡淡地說：「妳決定不了，讓妳是誰，妳就得是誰。」

兩個人最後乾掉了整整一瓶酒，到最後，林語驚還是清醒的，就是眼睛沉重，睏得只想睡覺，又難受得想哭，所以她一直覺得自己的酒量滿好的。

幾瓶度數偏低的啤酒，還不至於讓她頭腦不清楚。

所以，林語驚不知道還有什麼原因能解釋她今天晚上這種過度興奮的反應。

房間裡很靜，地燈的光線低暗，之前是溫柔，現在是曖昧。

林語驚撐著腦袋，上半身壓在茶几上，而沈倦坐在椅子上探身靠過來，就這樣看著她，聲音低啞，熨燙耳膜，磨得人下意識想縮起脖子。

兩個人貼得很近，幾乎是鼻尖碰到鼻尖的距離，林語驚看見沈倦黑沉沉的眼底，一個朦朧又模糊的自己。

她輕輕歪了一下頭，掌心壓著有點燙的臉蛋，舔了一下唇，也低聲問：「那，醉了以後就可以叫？」

少女的聲音溫軟，嘴唇飽滿而濕潤，狐狸眼微翹，眨也不眨地看著他。

懵懂的未成年小狐狸精自己偷偷跑下山，肆無忌憚又渾然不覺地勾引男人。

沈倦倏地直起身來，深吸了口氣，重新靠回椅子裡。動作有點猛，坐回去的時候椅子彈了彈。他的手腕搭在椅邊，目光沉沉地看著她。

林語驚笑了笑，也直起身來，抬指敲敲茶几：「酒拿來吧，我大概可以再清醒地來個兩三瓶，再多我也不喝了。」

她對自己的酒量計算得很是精準。

沈倦看著她，情緒晦澀不明：「我看妳現在就不太清醒。」

她忽然站起來，高高在上地垂眼看著他：「你知道為什麼嗎？」

「為什麼？」沈倦說。

林語驚往前走了兩步，順著茶几繞過去，腳步邁得非常穩：「因為我得——」她打了個酒嗝，「去放個水，清醒一下。」

沈倦：「……」

沈倦從來沒聽過一個女孩子說我得去放個水。

他聽見洗手間的門被關上的細微聲音，長嘆了一口氣，指尖輕揉了一下眼眶，覺得腦袋有點痛。

沈倦以為平時的林語驚很難搞，是脾氣很大的頹廢少女，剔骨為牢，將自己圍得嚴嚴實實，屁話隨口就來，幾乎沒有真心，而且在某些事情上非常沒心沒肺。

比如，對她同桌都沒心動過。

沈倦煩躁了好幾天，氣壓連續走低，完全不想說話。

十分鐘後，林語驚從洗手間裡出來，面色如常，十分平靜。

她關了洗手間的門，走到茶几前繞過去，坐進沙發裡，拽了拽身後的靠墊，人橫過來，躺下了。

沈倦：「……」

林語驚閉著眼睛，可能還嫌一個靠墊有點低，又拉了一個過去，枕著枕角，順便調整了一下靠墊的位置，讓自己躺得更舒服一點。

「沈同學，睡覺吧，睡一覺明天又是新的開始，什麼事情都會過去的。」林語驚閉著眼睛說。

「……」

沈倦真的不知道她到底是清醒還是不清醒了。

他抬腳把茶几往那邊踹了踹，站起來走到沙發邊：「起來。」

林語驚像沒聽見似的，一動也不動，直直地躺著。

「林語驚。」沈倦警告道。

「……」

林語驚緩慢又不情不願地睜開眼，她的眼睛有點紅，看著他的時候莫名讓人覺得有些委屈。

「你要趕我走嗎？」她小聲問。

沈倦又開始頭痛了：「沒有，裡面有臥室，到床上睡。我今天換的床單，妳要是清醒著，洗手間裡還有一次性的洗漱用品。」

林語驚慢吞吞地爬起來：「你不是男的嗎？」

沈倦直直地看著她：「妳覺得呢？」

「你是啊，」林語驚坐起來說，「男生的床，我能隨便睡嗎？」

沈倦挑眉，身子往後靠：「怎麼，男人的床也影響妳出劍的速度嗎？」

林語驚搖了搖頭：「我睡了你的床，我不是得負責嗎？」

「……」

沈倦有一瞬間愣住，幾乎沒反應過來。

「我還得幫你洗床單。」林語驚繼續說。

沈倦：「……」

林語驚進洗手間洗了個澡。沈倦這個工作室雖然在舊居民區，面積也不算大，但麻雀雖小，五臟俱全。臥室裡面有獨立的洗手間，應該是沈老闆獨家專用，浴室還不小，乾濕分離，非常有設計感，深灰色的牆面上鑲嵌著大塊玻璃，能毫無遮擋地看見外面的洗手台和馬桶。玻璃上的水滴凝聚聚集，然後緩慢滑落，留下一道道模糊的水痕。

林語驚抬手，伸出手指沿著痕跡滑下去。

溫熱的水流澆下來，滑進眼睛裡，酸酸澀澀的，人也清醒了不少。

她確實就是借著酒勁，在極度興奮的狀態下肆無忌憚。

她不想回去，沈倦也不說什麼，就留她在這裡住下來。

她胡言亂語，沈倦也不生氣，就這麼由著她的性子，讓她產生了一種，她是不是可以在他身邊任性妄為的感覺。

林語驚無端地想到了兩個字。

縱容。

她被自己的想法嚇了一跳。

這種詞放在校霸老大身上，實在有點違和，完全不配。

林語驚沒有可以換的衣服，洗好以後還是穿著那套，好在柔軟的棉質上衣也很舒服。

沈倦這裡一次性的洗漱用品很齊全，毛巾、牙刷什麼的都有，林語驚把頭髮吹到半乾，頂著一條新毛巾出來的時候，看見沈倦正坐在沙發裡寫作業。

「……」

林語驚瞪大了眼睛，以為自己看錯了。

聽到聲音，沈倦抬起頭來。

林語驚剛好走過去，看見他的筆尖停在最後一道選擇題前，「唰」地勾了個C，然後飛快地掃了一遍大題，又翻了一頁，用三分鐘看完了所有大題，答案一筆沒動，隨手畫了兩個題目給出的條件以後闔上考卷，抬起頭來：「去睡覺？」

林語鶯反應過來：「你剛剛在寫作業？」

沈倦笑了：「小女生，我也不是什麼都不學，考試拿了考卷就能答題的。」

林語鶯面無表情地看著他，指指自己：「我，也只比你小了一歲，不是小女生。」

「兩歲。」沈倦說。

林語鶯茫然：「什麼？」

「妳六歲讀書嗎？」沈倦問。

「啊，是啊。」林語鶯說。

「那我比妳大兩歲，」沈倦站起身來，抬手揉了一把她的腦袋。頭髮剛洗完，沒完全吹乾，還有點濕，摸上去就更軟了，「睡覺吧小女生，以後別仗著自己酒量好就這樣喝。」

他頓了頓，垂眼：「喝完還亂叫人。」

第十章
運動會上惹風波

林語驚最後堅持睡沙發，沈倦幫她抱了枕頭、被褥過來，又開了一盞最暗的地燈才進房間。

他週末一直都睡得很少，事情多，時間不夠，又陪林語驚胡鬧了一晚上，有點偏頭痛。

沈倦拉著衣襬掀掉上衣，隨手扔進了旁邊的衣簍裡，走進浴室，打開蓮蓬頭。

浴室裡悶潮濕熱，未散的霧氣繚繞，玻璃牆面上還有沒乾的水珠，洗手台旁邊有一個濕漉漉的小腳印。

十幾分鐘前，在這裡真的存在過的，幾乎能夠想像到的畫面不太受控制地在腦海裡浮現。

他閉了閉眼，站在蓮蓬頭下，單手撐著牆面，嘆了口氣。

‡

林語驚醒來的時候是淩晨五點半，正是萬籟俱寂的時候，天才微微亮，透過架子上方很窄的一塊窗戶能看見還有些灰濛濛的天空。

她平躺在沙發上，例行緩了一會兒神才慢吞吞地爬起來，揉了揉痠澀的眼睛，打了個哈欠，翻身下地。

她昨天用過的那支牙刷放在沈倦臥室裡的洗手間，林語驚看了一眼緊閉著的臥室門，選擇放棄，她去外面的洗手間又拆了一套新的，洗漱好出門。

老巷子的清晨很熱鬧，是林語驚從沒見過的光景，往外走出去是市場，各種早點散發出香氣，豆漿大餅和金黃酥脆的油條，粢飯團裡包著油條、榨菜和鹹蛋，一口咬下去滿嘴鮮香，和食堂裡那個只有米的粢飯團簡直是兩種食物。

林語鶯每樣都買了一點，邊吃邊往回走，她走的時候沒鎖門，回去屋子裡時依然靜悄悄的，沉溺著睡了一夜的溫暖和一點淡淡的酒氣。

林語鶯把早點放在桌子上，將被子疊好，又隨手扯了一張白紙留下字條才轉身出門。

她得回家去拿書包，這個時間，孟偉國和關向梅應該也還沒醒。

結果一進門，有些失算，剛好遇見下樓的傅明修。

林語鶯嚇了一跳，站在門口，張了張嘴。

傅明修也愣住了，站在樓梯口看著她，林語鶯的手臂前後擺動了兩下，喘了兩口氣，搶先說：「早上好啊，哥哥！外面空氣好好，你平時會晨跑嗎？」

傅明修擰眉看著她，又看看她身上那套很居家的衣服，清了清嗓子：「一會兒我送妳。」

少女再次受寵若驚。

傅明修很認真地解釋：「反正我也要回學校，順路。」

「……」

林語鶯現在已經透徹地認識到了，傅明修這個人雖然有很濃郁的少爺秉性，但是人不壞，而且口嫌體正直，說不定還是個暴躁的傻白甜，心裡想什麼全都寫在臉上，和他媽半點都不像。

林語鶯已經吃過早飯了，隨便吃了個水煮蛋敷衍過去，拖著小行李箱跟傅明修一起出門。走前，關向梅還在笑著跟孟偉國說：「你看這兩個孩子，關係多好。」

她到學校的時候，教室裡依然沒幾個人，各科小老師還沒來，林語鶯坐在位置上抽出手機，看見一條新的訊息。

她本來以為是沈倦的，結果不是，這條訊息來自程軼。

帝都那邊秋天來得早，運動會也比這邊早一些，附中那邊的運動會已經結束了，程軼他們班拿了總分第一，傳了張照片過來。

他勾著陸嘉珩的脖子仰拍，陸嘉珩一臉不耐煩，抬起手來想要捂鏡頭，可惜沒擋住，只露出一根手指。

程軼：鯨妹，你們那邊運動會開了沒啊？

林語驚：沒，這週。

程軼這個時間應該剛從床上爬起來沒多久，糾結著要不要去學校，回得很快：星期幾啊？開幾天？哥哥逃個課去找妳玩吧。

林語驚笑著回：週四、週五兩天吧，然後直接放雙休。

程軼在十一連假的時候本來要來，結果被他家裡綁去家庭旅行，少年那一顆除了學習，什麼都想幹的心難以抑制地躁動著，像是一隻渴望自由的小鳥，渴望著逃離學校。

程軼：那不是正好嗎？我去陪妳待個四天，順便看看我們班花幾個月沒見，顏值有沒有變得更高一點。

程軼：嗳，我跟妳說，這學期高一的學妹真的有好幾個好看的，妳這個附中第一美少女的地位可能會不保。

林語驚放下手機，笑得趴在桌子上。

正笑著，桌子被人敲了敲。

她抬起頭來，看見沈倦，就拿著手機站起來讓位，頭都沒抬地回訊息。

沈倦看了她兩眼，進去坐下。

林語驚也坐下，手指劈裡啪啦地打字，一直在笑。

她其實平時也愛笑，對誰都會笑，彎著眼睛看著你，左邊的臉頰會有一個很淺的小梨窩，會讓人忍不住想要抬手戳戳看。但是這個笑，一般眼睛裡不會有什麼內容，偶爾笑得很真實的時候，會讓人心裡覺得莫名柔軟。

比如現在，不知道在跟誰說話，笑得像朵大寫的太陽花。

這就不是非常柔軟了，不只不柔軟，還很刺眼。

沈倦早上起來看到桌上的早飯而產生的那點愉悅感全沒了，他垂著眼皮轉過頭去，側著頭靠在牆上。

林語驚打著字，忽然抬起頭來看向他：「外校的能進來八中運動會嗎？」

「應該可以，」沈倦看了她一眼說，「運動會管得不嚴，套個校服就能進來了。」

其實平時也不嚴，只要套一件八中校服，長得像學生一點，校門都隨便你進的。

林語驚點點頭，忽然轉過身來：「沈同學，運動會那天，能不能借你一件校服用用？」

沈倦一頓：「幹什麼？」

「我有個朋友要來，」林語驚解釋道，「就想借你的穿一下，他進個校門就還給你。」

「男的？」沈倦問。

林語驚覺得這個問題像廢話：「女的不就可以穿我的了嗎？」

沈倦安靜了好幾秒，瞇著眼緩聲問道：「妳跟我借衣服給別的男人穿？」

林語驚說這番話的時候不覺得有哪裡不對。

運動會外人可以進嗎？可以，要穿校服。

那你校服借用一下可以嗎？

從邏輯上來說沒什麼問題，但是沈倦這個問題問出來，她忽然覺得有些不自在。

不知道為什麼，林語驚亂七八糟地想到了一個渣男，女朋友聲淚俱下地控訴他：

「你這個愛情騙子！我對你不好嗎？我每天辛辛苦苦工作賺錢，你竟然把我賺來的錢給別的女人花！分手！」

林語驚被自己腦海中想像出來的畫面嚇到了，張了張嘴，好半天沒說出話來。

沈倦看起來並不打算放過她，靠近了一點，手肘撐在腿上，從下往上看著她：「嗯？是這個意思？」

他今天來得也很早，早自習時間還沒開始，教室裡只來了一半的人，多數都在伏案奮筆疾書地補作業。

沈倦的身上有種很乾淨的味道，之前兩個人偶爾湊近一點說話，林語驚也會聞到，林語驚曾經猜測過是他的沐浴乳還是洗衣精，但是現在她知道了，是洗髮精。因為昨天她在他家洗了個澡，用了他的洗髮精和沐浴乳，現在她頭髮上也有那個味道。

森林香味的洗髮精，混合著某種說不出口的，屬於他的氣息。

他抽菸，身上有一點點菸草味，但很淡，應該是不成癮。

沈倦還保持在安全距離以內，至少和昨天晚上兩個人的鼻尖幾乎撞在一起，鼻息交疊相纏的時候相比，現在這個距離可以說是太安全了，他們平時上課說悄悄話的距離都比這個更近。

但是頭一次，林語驚看著他一點點靠近，揚著眼直勾勾地盯著她的時候，沒由來地感受到了壓迫感。

還產生了一點被勾引的錯覺。

林語驚清了清嗓子：「不給就不給，你不要這麼小氣。」她說完移開了目光，覺得自己像坐懷不亂的柳下惠。

她轉過頭，看向正在奮筆疾書，和數學作業勇敢鬥爭的李林同學，「李林——」

李林沒時間抬頭，隨口一應：「啊？幹什麼？」

林語驚還來不及說話，沈倦不怎麼爽地「嘖」了一聲。他抬手按在她頭頂，把她的頭轉過來，讓她看著他：「我又沒說不給，妳找別人幹什麼？」

林語驚被他掰過腦袋，眨眨眼：「我以為你不願意。」

帥哥的毛都很多，林語驚能理解。

「是不怎麼願意，」沈倦懶聲說，「但妳求求我，叫兩聲好聽的，我不就給了？」

他的尾音音調微揚著，帶著一點吊兒郎當的散漫，嗓音低低地纏上來，撩撥得人耳尖發麻，開始發燙。

「……」

林語驚咽了咽口水，無意識地往後躲了一下，覺得心率好像有點過快，一下下跳得好像比平時歡快許多。

她跟沈倦現在很熟了，相處兩個月，畢竟是同桌，朝夕相處，平時也會有一些肢體接觸，但是這種很清晰的異常感還是第一次。

是什麼原因呢？

是因為她從昨天晚上開始，發現了沈倦的色相其實非常勾人嗎？

她下意識地抬手，摸了摸好像有點燙的耳朵，發現不是錯覺。

不是，妳的帥哥免疫系統去哪裡了？

她有點懊惱，在心裡默默罵了自己一句沒出息，趕緊匆匆地捂住兩隻耳朵，在沈倦沒發現之前藏住了任何蛛絲馬跡。

林語驚覺得她的反應像是一個被情場老油條調戲的懵懂傻白甜。

‡

沈倦最後還是借了一件校服外套給她。

八中通常會發兩套校服，方便換洗。沈倦休學一年，本來穿的是高三的校服，後來又去領了兩套高二的，所以校服多了兩件。

他帶校服給林語驚當天，程軼才又傳訊息給她：寶貝女兒，爸爸攜愛子陸嘉珩一同前去。

林語鷲跟陸嘉珩的關係不能說不好，但是一山不容二虎，林語鷲是無論對方是什麼性別，絕對不會服軟讓步的性格，陸嘉珩也不管你是男是女，或者在他看來林語鷲根本不是女的，他對女生一向是很溫柔的。兩個人在爭奪孩子王寶座的戰場上廝殺了數年，誰也不知道為什麼這樣的兩個人相互毆打到最後，關係竟然越來越鐵了。

程軼就是他們當中的那顆牆頭草，哪裡不行就補哪裡，組成無法撼動的鐵三角。

林語鷲冷酷無情地回了三個字：讓他滾。

回覆完，她又轉頭看向沈倦，長久地，一動也不動地注視著他。

沈倦正把化學課本立在桌面上趴著，懶散得像下一秒就要睡著了，讓人懷疑他到底有沒有在看書。他注意到林語鷲的視線，轉過頭來。

「怎麼了？」沈倦問。

林語鷲依然看著他，狐狸眼眨啊眨，長睫毛搧動，眼神很軟。

沈倦也摸索出了經驗，在一般情況下露出這種表情，是她在討好他，這是有事相求了。還是那種她覺得會讓他不太爽的事，所以得先服軟，哄一哄。

果然，下一秒——

「你另一件高三的校服能不能也借我一下？」林語鷲說，「我還有個朋友……」

「啪」的一聲，沈倦桌子上的化學課本倒了。

他直起身來，沒任何表情地問道：「妳還有幾個朋友？」

「沒了，」林語鷲做發誓狀，「我只有這兩個朋友。」

沈倦依舊很平靜地點了一下頭，漆黑的眼裡不辨喜怒。

他不說話，林語鶯湊過去，又說：「現在還有你了。」

沈倦終於有了反應，睫毛輕動了一下，抬起眼。

不知道為什麼，林語鶯覺得他這一眼好像也沒有很開心的感覺，她自己還感動了一下。

我把你當成兄弟了啊！我！跟程軼和陸嘉珩也混了兩年才交心的林語鶯！跟你才認識兩個月就這麼親切了，這是多麼神速的進展？

照這麼發展下去，高中畢業後的學區房是不是都要訂下來了？

停，好了，可以了，停下來，妳是不是又開始垂涎沈同學的美色了？

林語鶯覺得自己的思想飄得有點遠了，自我唾棄了一番，湊上前去：「沈同學？好不好？」

他看著她，半晌。

「好。」沈倦說。

‡

程軼說他們要過來，林語鶯還是滿期待的。

她到A市來雖然已經有兩個月了，卻始終沒有歸屬感。在這種陌生的環境下，老熟人會帶來非常大的安全感和安慰。

不知不覺到了週四，劉福江提前幾天找來林語鶯，讓她去舉牌。

每個班級在運動會都會有一個女生舉班牌，十班的女生比男生少，理科班本來就陽盛陰衰，劉福江找林語驚的時候，她本來是拒絕的。

對於站在隊伍最前面，享受全校注視的這種事，她沒有太大的熱情。

運動會通常會在早上開始，開幕式在清晨，時間比平時上課的時候還要早。

但校園生活枯燥，運動會這種連續兩天不用上課、不用讀書，只要玩玩的活動讓大家很亢奮，足以抵抗那點早起帶來的不情願，連那幾個天天遲到、上課睡覺，隔三差五就站到走廊罰站的小霸王們都熱情澎湃。

體委說六點半，所有人在操場上集合，除了幾個哀嚎著爬不起來的，大家基本上都沒異議。

程軼拉著陸嘉珩去學生會找熟人開了兩張假單，又跟林語驚再三確定了一遍準確時間以後，訂好了機票。

程軼說他們坐當天早上的飛機，到這邊應該是中午，說到時候會打電話給她，讓她到學校門口去接他們。

林語驚不疑有他，週四早上到操場上找到了她們班的位置。

她是住校的，還以為自己已經算是比較早的，結果到的時候，班上的人已經來了一半，宋志明不知道從哪裡弄來了一面大紅鼓，放在他們班位置前面的檯子上。欄杆上掛著大橫幅，紅底黃字，口號是他們班的佇列口號。

——山中猛虎！水中蛟龍！二年十班！臥虎藏龍！

傻得很。

這口號也是李林想出來的，充分發揮了他在黑板海報寫「春秋請喝菊花茶，清熱解毒又敗火」時的才藝。林語驚本來不接受，然後她看到了宋志明舉起手，大聲又滿意地朗讀了他寫的那個。

——激情燃燒的歲月！十班無人能超越！

宋志明朗讀完，還很有自信地問：「怎麼樣？是不是很青春？」

「……」

林語驚二話不說就去找劉福江，主動扛下了舉班牌這個任務。因為舉牌的只要舉著班牌，在前面面無表情地走就可以了，不需要念這些弱智口號。

宋志明拿著兩個棒槌站在鼓前，咚咚地敲了起來，很是拉風，把別班的什麼拍手板、礦泉水瓶裡面裝著豆子的創意壓得半點氣勢不剩。

宋志明看見她，朝她打了招呼：「有沒有覺得我有點搖滾樂隊鼓手的氣質啊！」

他說著，亂敲了一段聽起來很急促的鼓點。

林語驚被他逗得拿著十班班牌站在樓梯口笑，後面有個女孩子的聲音傳來，沒好氣地說：「讓讓好嗎？」

她連忙往旁邊側身，回過頭說了聲抱歉，那女生白了她一眼，擦著她肩膀過去，還撞了一下。

林語驚隱約記得她好像叫什麼慧，是藝術小老師，兩人在這之前應該沒有說過話，林語驚不太明白她的敵意從何而來。

宋志明也看見了，等女生走上去，他跑過來：「噯，沒事吧？」

林語驚搖了搖頭：「沒事，她叫什麼？」

宋志明抓著欄杆笑了，小聲說：「聞紫慧，不是，這兩天她都快把妳瞪穿了，妳連人家叫什麼都不記得啊？」

「我坐第一排，怎麼知道她在看我。」林語驚很無辜，「她瞪我幹什麼啊？」

宋志明敲敲她手裡的班牌：「因為這個啊，姊姊，妳沒來的時候，聞紫慧是班花，去年運動會的班牌也是她拿的，結果妳一來就變成妳了。」

舉牌這個任務，一般都是整個班上最漂亮的孩子來擔任，換句話說，是蓋了官方印章的班花工作。

宋志明繼續道：「妳說，穿著裙子全場秀一遍，和默默站在方陣裡，哪一個更出風頭？難得不用穿校服的日子，漂亮小姊姊都想秀一秀腿。」

「……」

林語驚覺得現在同齡的小女生心思真是難猜，不明白這到底有什麼好秀的，八中是有吳彥祖還是金城武看著她們嗎？

開幕式七點開始，各個班級都要站在主席臺前的操場上，先舉著牌子喊口號走一圈，然後進去站好，一個班一塊地，聽主持人發言、體育生代表發言、校長發言，七點半升旗儀式，然後就是正式開始。

沈倦是七點二十分來的，時間算得非常準，剛好逃過了羞恥的方陣佇列活動，又沒有錯過升旗儀式。

他到時，校長正在發言，整個體育場裡面只有中間那塊操場有人，烏壓壓的一塊塊方陣佇列，校長站在上面激情澎湃地噴灑唾沫。

少年懶洋洋地從三號門進來，站在門口掃了一圈。

沈倦本來準備看班牌來找，結果沒想到，第一眼就看見了站在隊伍最前面的林語驚。

每班舉牌的女生穿著學校統一發的白襯衫和紅裙子、白色球鞋，頭髮紮成高馬尾。比較變態的是不能穿襪子，因為顏色要統一。

運動會的佇列是男生一排女生一排，每個班負責舉牌的女孩子都單獨站在前面，裙子到膝蓋上方一吋。女生們露著細細白白的腿，一眼掃過一排，看起來非常賞心悅目。

沈倦在所有人的注視下穿過空無一人的橘紅色跑道，無視了劉福江催促他快跑兩步的命令，不緊不慢地走近，看見林語驚手裡立著班牌，一動也不動地站在前面。

就是整個人都在抖。

十月底、十一月初的清晨七點多，室外很涼，風都帶著潮濕的冷意，爭先恐後地往骨頭裡鑽。

林語驚本來就不太適應這邊的陰涼天氣，沈倦看見她的腳尖輕輕動了動，膝蓋內側蹭了一下，縮了縮脖子。

他沒出聲，默默走到隊伍最後一排站好。

熬過了半個小時，升旗儀式終於結束了，各班回到自己班上的位置，林語驚一走到檯下，立刻縮成一團，哼哼唧唧地跺了跺腳。

班牌也有點重量，她手臂有點痠，走到檯子的最後一排，把班牌放在旁邊臺階最後一排的空位立好，用尼龍繩子綁住，不讓它倒才轉身回頭往下走。

她想回她的位置去把校服套上。

她沒帶要換的校服和褲子，高一的時候，附中的運動會她都沒去，也沒想到會有這種情況，就只在書包裡塞了兩件從沈倦那裡借來的校服。她準備先套上校服穿一上午，等中午休息的時候回寢室換個衣服。

她走得很急，垂著頭一邊看路一邊往下走了兩階，不少坐在上面的同班同學還在往上走，林語驚就貼著邊緣走。

結果迎面往上走的聞紫慧忽然停下腳步，毫無預兆地往她這邊側身，擋在她面前。

林語驚的一隻腳已經邁下去了，抬眼看到就要撞上人，腳連忙往旁邊偏了偏。

旁邊放著一瓶葡萄汽水，應該屬於坐在最外側的那個同學，林語驚已經飛快地反應，換了一個地方落腳，結果又反應不過來，就一腳踩在那個圓滾滾的塑膠瓶上。

她腳下一滑，右半身重重地撞到了那個女生，身體完全失衡，仰著就往後倒。她反應過來的瞬間抬手支撐地面緩衝，但還是摔在了地上，往下摔了兩階。

林語驚能夠感受到從腳踝開始重重地蹭著水泥臺階的邊緣，隱約聽見「嘩啦」一聲，像是布料劃破的聲音。

她都沒出聲，反而是聞紫慧尖叫了一聲，嚇了林語驚一跳，把她喉間差點溢出的那一聲驚呼硬生生地嚇回去了。

林語驚剛剛摔在地上時，大部分的力氣都卸在手上，此時震得手腕發麻，兩隻手心痛到沒了知覺。她忍著痛感撐著地面想站起來，腳踝又是一陣刺痛。

旁邊有人在說話，聞紫慧的叫聲長而尖利，好像是有人反應過來，問她沒事吧。

亂七八糟的聲音混在一起，嘈嘈雜雜。

從小腿中段到腳踝火辣辣地疼，林語驚坐在地上，身上的紅裙子掀了起來，裙襬落在大腿中上段近至腿根，露出大片白皙光滑的皮膚，暴露在清晨冰冷的空氣中。

下一秒，一件很大的校服外套鋪天蓋地扣下來，將她擋得嚴嚴實實。

然後有人蹲在她面前，拽著校服的兩端將她整個人從前面包住，下巴輕輕地蹭到了她的額頭。

林語驚抬起頭，看見沈倦近在咫尺的鋒利喉結。

鼻尖縈繞著一點菸草的味道。

他剛剛一定是偷偷去抽菸了，林語驚想。

聞紫慧確實有點不喜歡林語驚。

大家都是同班的美少女，美少女之間從古至今一向如此，要嘛成為好朋友，要嘛就是階級敵人。

聞紫慧本來是很敬佩這個新同學的，開學的時候竟然跟沈倦坐在一起，但是敬佩的同時又有點微妙的羨慕。

十六七歲的小女生，嘴上不說，其實心裡對於帥哥同桌多多少少都有點羨慕，雖然這個帥哥有點黑歷史，但這個年紀的女孩子大多都喜歡壞男孩，校草的那點黑歷史讓他成功變成了校霸，好像反而更有吸引力了。

聞紫慧一直是那種熱愛各種活動的人。剛開學時她競選了藝術股長，去年的歌唱比賽、耶誕節晚會獨舞、運動會的舉牌手都是她，所以今年劉福江一說運動會的事，她的小姊妹就說這次肯定也是她。

結果劉福江找了林語驚，聞紫慧覺得自己被打臉打得太尷尬了。

林語驚一開始還拒絕了，後來不知道怎麼地，又答應了。

想就想，不想就不想，還拿什麼蹺。

她再看林語驚，就怎麼看都不順眼，但是她只是想擋她一下，再說她兩句，並不想故意讓她摔倒。本來就是大家都在往上走，只有她一個人往下走。

聞紫慧也沒看見旁邊倒著一個瓶子，也沒想到林語驚會順著臺階往下摔，她也只是撞了她一下而已。聞紫慧有點慌了，那一下跌得結結實實，她離得最近，甚至聽見了「咚」的一聲，聽到都覺得痛。

她站在旁邊叫了一聲，還沒等反應過來，沈倦從後面拽著她的手臂把她扯到旁邊去，蹲在林語驚面前。

他的力氣很大，手臂被拽得生疼，聞紫慧也顧不上了，站在旁邊呆愣又無措地看著還坐在地上的林語驚，看見她的小腿上有很長的一條傷，滲著血，看起來觸目驚心。

聞紫慧嚇得臉都白了。

劉福江在這個時候從另一邊跑過來：「怎麼了，怎麼都圍在這裡？」他走過來，「沈倦，你蹲在哪裡幹什麼？你校服呢？」

沈倦沒回頭，旁邊有同學說了一聲：「江哥！林語驚摔倒了。」

劉福江趕緊過來：「摔到哪裡了？摔傷了沒？哎喲，趕緊去校醫室看看。」

運動會時，通常每個班的班導師和副班導都會在，不過現在副班導還沒來，只有劉福江一個看著，他一時也走不開，在操場上看了一圈也沒看見王恐龍在哪裡，趕緊道：「別自己走了，都這樣了哪能自己走，沈倦，你揹她下去。」

林語驚抬起眼來，仰著腦袋看著他，旁邊的同學都圍著，她不想表現得太矯情。

「不用，」林語驚說，「我自己下去吧。」

沈倦頓了頓，垂眸問：「能站起來嗎？」

他手裡拉著校服的兩端，看起來像是從前面環抱住她。

「能，」她抿了抿唇，抬手搭住他的手臂，身子往前傾，趴在他耳邊道，「你扶我一下。」

沈倦的校服裡穿了一件白衣服，林語驚剛剛將手按在他手臂上，在那塊地方留下了一片血跡，非常嚇人。劉福江看看她還在流血的腿，又「哎喲」了一聲。

沈倦摸索到她背後的校服拉鍊，「嘩啦」一下拉上來，扶著她站起來，往下看了一眼：「這麼多臺階，妳打算單腳跳下去？」

林語驚的額頭靠在他的鎖骨上，緩了緩，聲音痛得發虛，還在笑：「你當我的拐杖吧。」

「我還能當妳的輪椅，」沈倦說，「妳自己不要。」

他們一邊慢吞吞地一階一階往下走，一邊說話，聲音很低，旁人聽不清楚內容。

跑道那邊的男子一百公尺開始檢錄，各個班級的短跑健將們——一百公尺選手圍在一起，目送著林語驚和沈倦走過來，又目送著他們走過去，從三號門離開了體育場。

從體育場走去校醫室有一段路，兩個人一離開體育場眾人的視線，沈倦直接拉過林語驚的手腕勾在他脖子上，打橫將人抱起來：「妳這個速度走過去，明天的運動會都結束了。」

林語驚也不矯情了，乾脆地抬手環住他，走了一段，忽然問道：「噯，你這樣算是輪椅嗎？我覺得不太準確。」

「那要怎樣才準確？」沈倦一手壓著她蓋到大腿的校服外套下襬問。

林語驚想了一會兒：「起重機？」

「……」

沈倦垂眼看她。

少女乖乖地縮在他懷裡，雖然一直一副若無其事的樣子在跟他說話，但是整個人看起來都沒了精神，像隻受了傷的小狐狸。

「行吧，」沈倦說，「那就起重機。」

校醫室在宿舍旁邊，是獨立的一個小房子，門沒鎖，但是沒人。裡面有四張床，每張床都隔著白色的簾子。

沈倦把人放在最旁邊的那張床上，林語驚坐在上面望了一圈：「我們等一會兒？」

沈倦已經把窗邊的醫務車推過來了，看了一眼她的腿，沒由來地想起了幾個月前何松南說的一句話。

——這腿能玩一年啊，倦爺。

林語驚的腿確實好看，白得像細嫩的乳酪，筆直修長，漂亮得像是人工的，挑不出一點毛病，小腿側邊後面的那一道傷口顯得更觸目驚心。

沈倦坐在床尾，一手握著她的腳踝往上抬，另一隻手捏著鞋跟，把她鞋子脫下來。

她大概是滑下去的時候蹭到臺階，水泥砌的臺階邊緣鋒利，從腳踝骨到小腿下半段有一掌長的傷口。

傷口上混著細碎的灰塵和砂石，血液呈半凝固狀態，一直順著往下流，染紅了襪子。

沈倦也把她的襪子脫下來，露出白嫩的腳。

林語驚有種說不清的不自在，反射性抽了抽腳，沒抽動。

沈倦打開裝著酒精棉的玻璃瓶，沒回頭：「別動。」

她不動了。

林語驚覺得耳朵有點燙，她雙手撐著醫務室的床面，上半身往後蹭，結果壓到掌心破了皮的地方，一陣刺痛，沈倦剛好又捏著鑷子，夾住酒精棉清理她腿上傷口的灰塵和砂礫。雙重夾擊，她痛得「嘶」了一聲，腳趾頭都蜷在一起，手臂一軟，上半身倒下去，砸進校醫室的枕頭裡。

他抬了抬眼：「痛？」

「不痛，沒感覺。」林語驚側著頭，腦袋紮在枕頭裡，聲音悶悶地，「你的動作很熟練啊。」

像個寧折不彎的倔強女戰士。

沈倦點點頭，用酒精棉擦掉了一塊有點大的沙粒。

林語驚痛得用手指不停地抓著枕頭，連腳背都繃直了。

沈倦哼笑了一聲：「小騙子。」

她不服氣：「我這叫勇敢。在抗戰時期，我一定是不怕任何嚴刑拷打的女英雄。」

「抗戰時期的女英雄都像妳這樣就沒戲了，妳只差在平地走路摔一跤，」沈倦抬腿把垃圾桶勾過來，將沾滿血的酒精棉丟進去，換了一塊乾淨的，「我只是一下子沒看著妳。」

「你說得好像我一直在你的視線裡一樣，沈同學，我們開學才認識。」林語鶯提醒他，道，「我之前的十六年也不知道你姓什麼名字。」

沈倦將鑷子放進注射盤裡：「現在妳知道了。」他忽然抬起頭來看著她：「以後也得給我記著。」

少年說這些話的時候，聲音低沉，平緩而悠長。

林語鶯心跳莫名漏了兩拍，她定了定神，側過頭去看他，彎著眼笑問：「這位同學，你好，請問你叫什麼名字？」

沈倦似笑非笑：「現在就不記得我了？開學的時候是誰求我，讓我當她爸爸？」

林語鶯：「……」

第十一章
曖昧不明的醋意

林語鶯只有兩隻手心和小腿有點皮外傷，她本來以為自己大概扭到腳了，結果沒有，緩了一段時間後，手腕和腳踝的痛感漸散。

沈倦處理起傷口確實很熟練，十幾分鐘後，校醫回來的時候已經差不多弄完了，林語鶯躺了一會兒，套著沈倦的校服當連身裙穿，回寢室去換了套衣服。

紅裙的邊緣被扯破了一點，林語鶯換好衣服，在寢室裡原地跳了兩下，確定沒別的地方不舒服以後慢吞吞地下樓，往體育場走。

她以前三天兩頭就挨揍，蹭破一點皮就不怎麼在意，反正皮膚幾天就能結痂。

回到體育館的時候是上午十點半，還有一個多小時才午休，二年十班的鼓聲激昂，加油聲此起彼伏，男子兩百公尺的運動員——拖把二號王一揚選手正在跑道上狂奔。

王一揚曾經跟林語鶯吹牛，有他的兩百公尺比賽，他第二，沒人敢說自己是第一。

林語鶯想起少年在打群架時，以迅雷不及掩耳之勢飛撲出去，一邊咆哮著「來打我啊！打死我啊！！」的畫面就信了，畢竟不是所有人都有那種恐怖的爆發力。

結果今天一看王一揚跑步，她差點笑出聲。

少年像是一匹小野馬，邁著腳步，兩個蹄子不停地動，三兩步一個飛躍，特別帥氣地滯留在空中，像是面前有無形的障礙物阻擋著他。

非常標準且專業的一百一十公尺跨欄跑法。

林語鶯數了數，就這樣居然還能跑第三，八中是真的沒有什麼跑得快的選手。

她一邊笑一邊往十班走，宋志明正敲著鼓，停下來後跑過去：「嗳，林語鶯，妳沒事吧？」

「沒事，只是蹭破了一點皮，看起來嚇人而已。」

林語鶯擺了擺手，往上掃了一圈，沒看見沈倦，也沒看見聞紫慧。

她本來沒打算問，結果剛轉頭，宋志明就一臉「我特別懂事」的表情湊過來：「剛才沈倦把聞紫慧叫走了。」

林語鶯一頓。

宋志明繼續說：「從老大的表情來看，聞同學恐怕凶多吉少，即將成為第二幅被老大鑲在牆上的油畫像。」

林語鶯：「……」

沈倦其實很無奈。

他覺得他對自己的定位滿準確的，他只是一個脾氣非常好的佛系高中生，但只是因為他以前差點打死他的傻同桌，就被人傳得血腥又暴力，讓他非常無可奈何。

他其實非常講道理，並不主張用武力解決問題，尤其是此時站在他面前的還是一個女孩子。

本來小女生之間的事情，沈倦不想管，林語鶯本身也不是會受欺負的類型，她那個戰鬥力和絕對不會處於下風的棘手性格沒有人比沈倦更清楚了，他知道她自己能解決。

但是，沈倦想起她咬著牙說不痛時，在醫務室裡白著一張小臉，把腦袋埋進枕頭裡時，繃直腳背，指尖死死地抓著枕頭邊時，都讓他有點忍不下去。

沈倦本來是想講道理的，結果聞紫慧剛跟著他走進體育館，站在門口就開始哭。

少女剛開始還是抽抽噎噎地，後來變成奔放的嚎啕大哭，一邊哭還一邊道歉：「沈同學，對不起，我真的不是故意的，我只是想撞她一下，我沒想到她會摔……哇啊嗚嗚嗚——」哭得很慘，看起來真心實意，讓人有點不知道該怎麼開口。

「……」

沈倦把手插在口袋裡，倚著牆站著，神情漠然看著她：「妳撞她幹什麼？」

聞紫慧用校服袖口擦了擦臉上的淚，又抽抽鼻子，實話實說：「我嫉妒她長得好看，本來舉牌的肯定是我，她一來就變成她了。」

「……？」

就因為這個？沈倦懷疑這群女生是不是腦子都有點毛病。

他點點頭，從口袋裡抽出菸盒，咬了一根，淡然道：「你們女生之間的矛盾我不想摻和，但我見不得我同桌受委屈，也見不得她疼。妳去跟她道個歉，她想怎麼解決，妳就聽她的，在我這裡就算沒事了。」

他摸出打火機，微微低頭點燃，在繚繞煙霧裡抬起眼，還非常善解人意地詢問對方的意見：「妳覺得可以嗎？」

聞紫慧哪裡還敢說不行，她嚇都嚇死了，瘋狂點頭，最後哭唧唧地走了。

沈倦沒動，他靠著牆抽菸，側頭隨意瞥了一眼，看見靠著門站在門口的林語驚。

門外，運動場上的兩百公尺不知道進行到哪一個小組了，槍聲「砰」的一聲，然後吶喊震天。

運動場看臺下的室內又陰又冷，燈泡瓦數不高，光線很暗，林語驚站在門口，逆著門外日光，更看不清楚表情。

沈倦熄滅了菸，丟進一旁的垃圾桶裡，又等了十幾秒，煙霧散盡才朝她招了招手。

他看著她走過來，問：「還很痛？」

「還好，」林語驚說，「我剛過來就看見聞紫慧哭著跑出去了，你怎麼欺負人家小女生了？」

沈倦懶道：「我從來不欺負小女生。」

林語驚揚眉，退後了一步，從上到下打量了他一圈。

少年懶洋洋地靠牆站著，手放進口袋，垂眼虛眸，神情懶倦，散漫又不羈。

林語驚點點頭：「那我還能說什麼呢，你說是就是吧。」

她說完就往外走。

兩個人走出室內，回到十班的位置，王一揚剛好跑完兩百公尺，正雙手撐著膝蓋喘氣，順便享受一眾同學們對他的誇讚和掌聲。

看來是跑得還行。

林語驚回到座位上，想要抽出手機看一眼時間，她兩隻手心都用醫用膠帶貼了紗布，小心地不碰到傷口，動作顯得有點笨拙。

沈倦坐在她後面一排的最邊邊，在斜側面。他垂著眼，拍了拍坐在林語驚後面的那個男生肩膀說：「兄弟，換個位置行嗎？」

那個男生愣了愣，連忙點頭，拖著塞滿書包的零食站起來，兩個人換了個位置。

沈倦坐在林語驚的正後方，單手撐著她的椅背，彎腰垂頭，從後面湊到她耳邊：「要拿什麼？」

林語鶯正費力地翻著手機，上面壓著兩件大校服，翻了半天也沒找到，被耳邊忽然出現的聲音嚇了一跳，她側過頭去，對上沈倦的視線。

接近中午，豔陽高照，早上的那點涼意被曬得乾乾淨淨，陽光充足明亮。她一側頭，對著光，有些刺眼。

林語鶯瞇了瞇眼，身子往後靠，將腦袋藏進沈倦投下來的陰影裡，把書包遞給他：「手機，我問問我朋友什麼時候到。」

沈倦一頓，他原本的動作看起來就快自然而然地接過她的書包了。

林語鶯的手都放開了，書包差點掉在地上。沈倦反應過來後接住，從裡面抽出了兩件校服，並從側格抽出手機，遞給她。

林語鶯道了謝，剛接過來，周圍的聲音比剛剛大了一些。

坐在她前面的那個女生指著天空問旁邊的男生：「那個叫什麼，是無人機嗎？我們學校還滿有錢的嘛，運動會空拍？」

林語鶯跟著抬起頭來，看過去。

還真的是四條腿八隻爪子，長得像巨形大蜘蛛的銀灰色飛行器從體育場外飛進來，一隻接著一隻，一共三個，排成一排，不緊不慢地飛過看臺。

有男生跳起來去抓，但它們飛得太高了，指尖勉強擦過邊緣，碰都碰不到。

三台無人機像是三個迷路的小朋友，茫然地繞著看臺轉了兩圈，像是在尋找什麼，最後放棄了，晃晃悠悠地飛到運動場中央，在靠近跑道的位置排成一橫排站好。

唰的一下，最左邊的那個無人機上忽然垂下一副巨大的直條幅，和每個班綁在欄杆上的運動會標語同個配色，紅底黃字，標準的金黃色正楷。

——風在刮，雨在下，我在等妳回電話。

這下，本來沒注意到這幾個小小無人機的人，視線也都被吸引過去了。

林語驚第一反應是，這學校還滿有創意的，但反應過來又覺得不對勁，這個臺詞怎麼看都不像是學校為了運動會弄的。

正想著，最右邊的無人機也垂下一副直條幅，大概是因為有點重，那個可憐的小無人機還晃了兩下。

——為妳痴，為妳狂，為妳哐哐撞大牆。

林語驚：「……」

這下子沒人覺得這是學校安排的了，大家都在猜測是哪個男生在追妹子，追得這麼激情澎湃、熱血沸騰，竟然在運動會上公開示愛，簡直是狗膽包天。

剛跟沈倦換了位置的那個男生大概對這方面比較感興趣，稍微有點了解，他站起來，一邊鼓掌一邊說：「我靠，厲害了，大疆 INSPIRE 2，這玩意兒一台要兩萬塊。」

不僅狗膽包天，還毫無人性。

整個體育場掌聲雷動，各種起鬨的聲音和口哨聲此起彼伏，所有人都在等著看中間的那個無人機會垂下什麼字。

林語驚的興趣不大，沒再注意那邊，低下頭去看了一眼時間。

十一點了，程軼和陸嘉珩應該差不多到了。

她正想著要不要打個電話問問，原本騷動的四周忽然變寂靜了。

林語驚過了好幾秒才察覺到，她抬起頭，發現視線能及的地方，所有人都在看著她。

她眨眨眼，和旁邊的那個女生對視了一會兒，問：「怎麼了？」

女生沒說話。

林語驚扭頭，看向運動場中央，中間那台無人機最後放下來的直條幅。

字體最大，也最短，只有四個字。

——致林語驚。

林語驚：「……」

林語驚用腳想都知道這東西百分之百是程軼弄的。

她在眾人目光的洗禮下霍然起身，一邊一瘸一拐地下臺階，一邊打電話給程軼，走到三號門門口，程軼剛好接起來。

林語鶯開口就罵他：「你的腦子被驢踢了吧？」

『風在刮，雨在下，我在等妳回電話，』程軼一接起來，就大聲朗誦道，『為妳痴，為妳狂，為妳哐哐撞大牆！致——林語鶯，浪不浪漫？』

「浪漫。」林語鶯真心實意地說，「我很疑惑，我走的時候是把你的腦子也帶走了嗎，導致你現在變成了一個白目？」

程軼在那邊笑得一抖一抖的，像一個神經病：『我看見妳了，噯，妳是不是在三號門口？不錯啊，妹妹，八中這身校服穿在妳身上也很鶴立雞群。』

林語鶯四下找了一圈，陽光刺眼，視野受限，沒看見他在哪裡：「你們在哪裡？不是，你怎麼進來的？」

她正轉著圈找人，肩膀被人拍了一下。

林語鶯側過頭去，程軼嬉皮笑臉地看著她，對著手機說：「我們給門口的警衛大爺帶了點家鄉土產，兩條中南海。」

林語鶯譏諷地看著他：「您可真是善於交際，長輩的小乖乖。」

程軼很謙虛地擺了擺手：「不敢當，不敢當，人生地不熟的，還是要低調。」

她懶得再跟他鬥嘴，往他後面看了一眼：「我兒子呢？」

「妳兒子餓了，找餐廳去了。麻煩的傢伙，嫌飛機餐難吃，一口都沒動。」程軼垂手，「走，吃飯去吧，我看你們上午的項目不是也差不多結束了嗎？旁邊的那幾個班，人都走了一半，早走十分鐘？」

林語鶯點點頭：「我去拿包包。」她頓了頓，往十班那邊看了一眼。

三號門這邊離十班很近，大家還都在往這邊看，劉福江趴在欄杆上，自以為偷偷摸摸，其實也非常明顯地在看著他們。

體育場正中央，三條直條幅還在那裡迎著風獵獵作響，瘋狂亂刷存在感。

林語鶯忍無可忍：「你能不能先把你的智障條幅收起來？你這樣搞我，我下午會被我們老師叫去問我是不是早戀。」

程軼嚴肅地立正站好，朝她敬了個禮，非常標準：「遵命。」

她回去拿書包，程軼則掏出遙控器，三台無人機晃晃悠悠地晃出了運動場，拖著長長的條幅。高調地來，高調地去，非常有排場。

林語鶯嘆了口氣，轉身走回檯子下，上臺階，回到自己的位置上。

她這麼一個不畏懼任何注視的少女，都被這種齊刷刷又熱烈的目光注視得有點不自在。

她的書包和東西都還在沈倦那裡，沈倦懶洋洋地癱坐在位置上，面無表情地看著她。

林語鶯垂眸，和他的視線對上。不知道為什麼，竟然還有一種微妙的心虛。

林語鶯不明白自己到底有什麼好心虛的，就是腦子還沒想通就已經開始心虛了。

她靜了靜，雙手小心地撐著椅背，微微俯身問他：「要不要一起吃個飯？」

沈倦揚眉，語氣無波無瀾：「和妳的小男朋友？」

「……」

林語鶯覺得這個程軼怎麼那麼欠揍呢。

她低聲解釋：「不是，我沒男朋友。」

沈倦點頭，手裡捏著手機把玩：「追求者。」

「……」

林語驚抬手，一把抽過他的手機，直起身來瞥他：「那你吃不吃啊？」

沈倦手裡一空，頓了頓。

他腿上還放著她的書包，便拉著書包背帶站起身來，勾唇：「吃。」

上午的最後一個項目已經結束，距離午休還有幾分鐘，有些同學也已經走了。運動會上，各個班級老師管得都比較鬆。

程軼在門口等著，林語驚和沈倦一前一後地走過去。

剛開始程軼沒反應過來，還湊過去跟林語驚說：「你們學校的兄弟顏值也很可以啊。」

林語驚笑：「你說的是哪個可以？」

「就妳身後那個。」程軼說。

「喔。」林語驚很淡定，「這個是沈倦，我同桌，一起吃個飯。」

程軼的腳步頓了一拍：「朋友？」

林語驚「嗯」了一聲。

程軼的心情很複雜。

林語驚是什麼樣的人他很了解，他甚至都做好了過來她新班級幫她交際的準備。

她跟一個人交朋友，需要很久的試探期。會跟陸嘉珩混熟，是因為這兩人從小打到大，跟他關係好，是因為他這個人沒什麼別的優點，就是臉皮夠厚。

沈倦看起來兩種都不是，但他用兩個月的時間，和林語驚熟到了能帶出來和他們一起吃飯的程度。

她的世界已經在無聲地向他敞開了。

程軼真心實意地覺得這個人有點厲害。

陸嘉珩這個人吃東西很挑，八中附近只有那幾家小飯館，最大的是盡頭的一家火鍋店，也只是相比來講比較大，所以在程軼攔了輛車，到八中旁邊的正大廣場商圈時，林語驚一點都不驚訝。

運動會的午休時間相對寬鬆充裕一些，這邊的商場裡也有不少穿著八中校服的學生。

三人上了電梯，程軼按了五樓，然後非常熱情地跟沈倦做自我介紹：「兄弟，我是程軼，林語驚的兒時玩伴，相逢便是緣，大家以後就是朋友了。」

沈倦看起來沒有半點想跟他交朋友的意思，沒什麼表情，言簡意賅地兩個字：「沈倦。」

程軼微抬了一下眉。

這小哥好酷啊，而且怎麼好像對他有點莫名其妙的敵意呢？

還好是他脾氣好，若換成坐在餐廳裡的那個，兩人現在應該已經打起來了。

五樓這層全是餐飲，餐廳很多，陸嘉珩選了家川菜。

商場裡的餐廳通常都沒包廂，這家川菜館也沒有，但是每張桌前都隔著高高的木製鏤空屏風，空間獨立，三個人順著左邊的桌子往前走，在最後一張屏風後面看見了陸嘉珩。

少年像沒骨頭一樣癱在椅子裡，正有一搭沒一搭地翻著菜單，餘光掃見來人，抬起頭來，目光很快就落在在場唯一一個他不認識的人身上。

沈倦靠在屏風旁和他對視，微揚著下巴，垂眸。

林語驚和程軼整齊地往後退了兩步。

她終於明白了一句話，氣場是會互相碰撞的。

兩個人就這麼看了好幾秒，直到林語驚都以為他們是不是互相看對眼，擦出什麼愛情的火花了的時候，陸嘉珩終於收回視線，繼續看菜單。

程軼垂頭：「不是，怎麼回事啊？南北校霸的激情碰撞？」他低聲說，「啊，是你，你就是那個我命中註定的人。」

林語驚有點無語，抬手指了指沈倦：「這個人，一手京癱爐火純青，我懷疑他血統不純，根本不是真正的南方人，他顛覆了我十幾年來對南方人的認知。」

程軼點了點頭：「也顛覆了我的。」

四方的木桌，程軼和陸嘉珩坐在一邊，林語驚和沈倦坐另一邊，服務員又拿了三本菜單過來。沈倦沒翻開，指尖扣著桌邊，抬眼問：「你們家有什麼菜不辣？」

服務員將菜單翻到後面，沈倦點點頭，道了聲謝，視線在不辣的菜品上掃過。

程軼很積極地表現出友好，還幫他取了個昵稱：「沈兄，你不能吃辣啊？」

林語驚手一抖，被他這個稱呼雷得外焦裡嫩。

沈倦倒是沒什麼反應，修長的手指捏著菜單，翻了一頁：「我同桌不吃。」

程軼認識林語驚這麼久了，多少了解一些飲食習慣，愣了愣後說：「她吃啊，她以前很會吃辣的，我們一起出去時她也吃。」

沈倦抬起眼：「她現在不吃了。」

「……」

林語驚總有種這個人在較勁的感覺。

程軼一臉茫然地看過來：「啊……」

陸嘉珩也抬眼看過來。

林語驚把手攤開，露出手心黏著的厚紗布：「我今天，在臺階上不小心摔了一下。」

陸嘉珩掃了一眼她包著的厚紗布，皺了皺眉，很無語地看著她：「在臺階上都能摔倒，妳智障嗎？」

林語驚習以為常，秒速回擊：「你最智障。」

沈倦翻菜單的動作一頓。

他抬起頭來看向陸嘉珩，指尖抵著菜單往前推，靠到椅子上瞇了一下眼：「誰智障？」

陸嘉珩側頭挑眉，看著他，沒說話。

僵持兩秒。

程軼忽然高舉雙手，大喝一聲：「我！」

林語驚嚇了一跳，三個人轉過頭來，看著他。

「……我智障。」程軼嘆了口氣，心累地說。

沈倦開始懷疑自己是不是有點精神病。

他對程軼和這個不知道從哪裡冒出來、叫陸嘉珩的，充滿了難以言說的敵意，非常不爽。

這種感覺對他來說很陌生，他看人，沒什麼合不合眼緣的想法，很多第一眼見到的人，五官在他眼裡都是打了馬賽克的，作用只是分辨一下男女。

對於無關緊要的人，只要不招惹，不牽扯上他，沈倦一般會連人名都懶得記，因為不重要，更不太會升起「敵意」這種突如其來，莫名其妙的玩意兒。

也不能說是突如其來，也不是見面才感受到的，這種煩躁不安的感覺他從林語驚跟他借衣服的時候就開始，一直蔓延到了現在。

從他在運動場上看到那幾架掛著蠢條幅的無人機時，焦躁感開始緩慢攀升。而在此時，見到這兩個人的時候，他的危機感達到了頂點。

尤其是在程軼說著林語驚以前怎麼樣的時候，就好像在提醒他他對林語驚有多麼不了解。

——兄弟，你算老幾啊，你不就是她同桌嗎？我們才是從小和她一起長大，關係最親密的人。

沈倦有一瞬間覺得自己像個麻煩的小女生，還是心思特別敏感細膩的那種，一點雞毛蒜皮的小事都能讓她們在意好久。

他對自己這種解釋不清的莫名反應有點惱火。

這一頓飯吃得有些僵硬，不過好在程軼全程都在不停地說話，所以也不算尷尬。

沈倦發現這個人非常善於察言觀色，看別人情緒的水準一絕，調動氣氛的能力也很強，性格非常討喜，屬於跟誰都能在三分鐘內成為朋友的類型，像是智商高出一百多的王一揚。

下午還有運動會，他們吃了午飯回去，時間也剛好差不多了。林語驚才發現他們真的算是比較乖的了，因為十班的位置上有一半的人都還沒回來。

副班導師王恐龍站在最後一排咆哮：「一個運動會就都跑不見了！不像話！我看劉老師，你就是太寵他們了！我以前當班導的時候，我們班敢缺一個人嗎？沒有！誰敢不來！」

劉福江站在他旁邊，笑咪咪地拿著扇子搧風，慢悠悠地道：「哎呀，王老師，消消氣，都是小孩子嘛，運動會好不容易能放鬆放鬆，心肯定會放鬆一點，沒什麼、沒什麼。」

程軼坐在林語驚旁邊看得目瞪口呆：「這是你們班導師啊？這他媽也太幸福了吧，老子也要轉學到你們班來。」

他和陸嘉珩此時都穿著沈倦的校服外套，坐在十班人群裡渾水摸魚，一眼望過去就混雜在一群同樣顏色的小蘿蔔頭裡，泯然眾人矣。

沈倦下午直接沒來了，一上午的運動會已經耗掉了老大所有的耐心和熱情，此時他的那個位置空著，林語驚還是不受控制地回頭看了一眼。

程軼也跟著回頭看了一眼：「妳那個同桌下午不來了啊？」

「啊，」林語驚說，「不知道，應該不來了吧。」

程軼的身子往後：「這哥兒們是不是不太喜歡我們啊？我是長得特別像麻煩人物嗎？還是臉上寫著『我來找碴』？」程軼搓了搓下巴，一臉費解，「或者像他前女友的現任男朋友？他被綠了？」

陸嘉珩笑了，特別疑惑地看著他：「你能不能跟我解釋解釋，就你這個長相，人家是怎麼被你綠的？」

程軼說：「被我的溫柔以及我的情商？」

他這番話說完，林語鶯也忍不住笑了：「行，滿好的，年輕人有自信是好事。」

程軼覺得自己受到了侮辱，跟她細數了一遍自己身上的優點和好處，而在他吹牛的時候，陸嘉珩已經收到第二張小女生丟過來的愛的小紙條了。

林語鶯撐著腦袋，忽然覺得有點不服氣：「我同桌不帥嗎？」

程軼愣了愣：「嗯？大帥哥啊，怎麼不帥。」

「那——」林語鶯吸了口氣，指指陸嘉珩，「我同桌和他比，誰帥？」

她看了陸嘉珩這張臉不知道多少年，已經分辨不出他的顏值水準處於哪個階段了。

程軼一臉為難：「妳這個問題，讓我有點不好做人。」

林語鶯點點頭，直接給出答案：「我覺得沈倦比他帥啊。」

程軼瞥了一眼旁邊的陸嘉珩，正在跟小女生說話，完全沒注意到這邊的對話，再加上運動場上的噪音很足，想要聽清楚也有點難度。

所以他也點了點頭：「我覺得妳說的對。」

「所以，」林語鶯不平道，「為什麼沒有女生塞小紙條給我同桌？他差在哪裡？」

這下，程軼也驚訝了：「沒有？」

林語鶯不甘地說：「沒有。」

程軼：「沒女生追他？」

「兩個月了，」林語驚比了兩根手指頭，「從來沒見過。」

「不對啊。」程軼迷茫，迷茫完之後看了一眼林語驚，覺得更迷茫。

程軼覺得自己滿擅長觀察的，剛剛一頓飯下來，雖然沈倦對他們的冷漠和霸王色霸氣都快要具體化了，但是在他垂眸跟林語驚說話的時候，那種淩厲的侵略性會有很明顯的收斂。

林語驚對他的態度就更不用說了，程軼甚至以為這兩個人是不是有什麼不可告人的曖昧地下關係。

但是林語驚這麼一問，他又覺得不對勁了。

有誰家女朋友會滿臉憤憤不平地問兒時玩伴：為什麼她男朋友這麼帥，還收不到別的女生愛的小紙條？？這可能是什麼新的情趣嗎？？

程軼又開始覺得他們可能真的是那種純潔的同桌關係了。

他思考了一下，說：「妳跟沈倦關係滿好的吧？」

林語驚點點頭。

「我看是妳在這裡最熟的人了。」程軼繼續說。

林語驚往後靠了靠，笑著糾正他：「是我在這裡，唯一熟悉的人。」

程軼點點頭，忽然問道：「妳確定沈倦沒有女朋友嗎？」

林語驚愣了愣：「他沒有吧，我沒見過。」

程軼問：「妳問過他？」

林語驚沒說話。

程軼繼續道：「那就假設他確實沒女朋友吧，但是他總得談戀愛吧？如果這個妳唯一熟悉的人有一天忽然交了女朋友呢？」

程軼說著，忽然像是被什麼吸引了，往旁邊看了一眼，很快收回視線說：「如果沈倦有一天交了女朋友，妳不能跟他走這麼近，妳得避嫌，上課、下課都不能跟他多說話，週末還得忍受他用帶女朋友出去玩的照片刷好友動態——」

林語驚打斷他，看上去很不可思議：「你覺得他看起來像是會刷屏的人？」

「我就是舉個例子啊。」程軼說，「就是如果有一天沈倦交了女朋友，妳在這個地方唯一的一個朋友也得保持距離了，妳會不會覺得不開心？」

「我為什麼不開心？」林語驚的語速很快，「我會開心得跳起來，再買兩個五百響的鞭炮幫他慶祝。」

程軼沉默了。

他抬了抬眉，側過頭去，視線落在她身後。

林語驚跟著轉過頭去往後看，沈倦不知道什麼時候已經回來了，很平靜地靠在座位上，長腿曲著，低下眼看手機，長睫壓下一片陰影，像是沒聽見他們說話。

林語驚看了他幾秒，他都像沒察覺似的，頭都沒抬，指尖落在手機螢幕上打字。

沈倦對視線非常敏感，有時候上課時他面朝著她睡覺，林語驚一直看著他，他就會忽然睜開眼。

而現在，她的動作滿大的，目光也很明顯，沈倦依然沒有任何反應。

林語驚張了張嘴，看向程軼。

程軼倒在旁邊的陸嘉珩肩膀上笑，看起來非常賤。

林語驚的鉛球和標槍比賽在下午。運動會的第一天都是個人賽，第二天除了上午的一個四百公尺決賽，剩下的都是集體比賽。

林語驚摔了一跤，手和腿都受了傷，去跟劉福江和體委說了一聲，退出了比賽。體委看起來非常沮喪，不過也沒辦法，主要是這兩個項目除了林語驚以外，大概沒有女生願意參加了。

「行吧，妳安全重要，比賽就別去了。」體委怕林語驚心裡過意不去，還想儘量表現得活躍一點，拍了拍她的手臂，安慰道，「沒事，我們班就棄權吧，這種不像兩百公尺、四百公尺這種熱門的比賽，本來就很多班都會棄權的。」

聞紫慧就坐在旁邊，抬起頭來：「那就棄權嗎？」

體委笑了：「那怎麼辦，我戴個假髮自己去嗎？」

聞紫慧抿了抿唇：「我去吧，有什麼項目啊？」

體委看起來一臉愕然，林語驚也轉過頭來看著她。

聞紫慧臉色漲紅，皺著眉，努力掩飾不自在的樣子：「問你啊，什麼項目！」

體委才反應過來：「啊，鉛球和標槍。」

「……」

聞紫慧可能是萬萬沒想到林語驚的項目會是鉛球和標槍，她的表情現在和體委一樣愕然。

兩個人就這麼大眼瞪小眼看了半天，體委撓著腦袋：「妳可以嗎？妳要是實在不行……」

聞紫慧這輩子，最討厭的就是別人說她不行、不美、不好看、不優秀。她一把搶過體委的名單，找到這兩個項目，在林語鶯的名字後面簽上自己的名字：「我怎麼不行？不就是鉛球嗎？扔出去不就好了，我比！」

林語鶯在旁邊看得嘆為觀止，抬起手來「啪啪啪」幫她鼓掌：「好！說得好！」

聞紫慧雖然簽了自己的名字，但是因為名單已經交上去了，所以她得頂著林語鶯的號碼去。

林語鶯跟她一起去檢錄處報到，兩人沿著跑道旁的看臺靠內側繞過去，轉了個彎，林語鶯聽見了很小的一聲對不起。

她剛開始還以為自己聽錯了，轉過頭去。

聞紫慧低垂著腦袋，從腦袋到脖子都漲得通紅：

「對不起，我……早上不是故意的，我不知道妳會摔倒。」她的聲音很低，「沈倦之前來找我了，讓我跟妳道歉……但是他不來，我也會跟妳道歉的，我也不想讓妳……這樣，我就是想擋妳一下，妳別生氣了。」

林語鶯覺得這個女生的聲音聽起來像是快哭了。

「我本來還滿生氣的。」林語鶯說。

聞紫慧的肩膀抬了一下，抬起頭來，鼻子有點紅了。

「不過我現在沒生氣了，也只是摔了一下，擦破一點皮。妳說妳不是故意的，我也相信。」林語鶯嘆了口氣，「就是以後別這樣了，才多大的事啊，妳就心氣不順了，等妳以後大學畢業了進入社會，是不是得被氣死啊？」

如果以前，林語驚大概不只是以牙還牙，以眼還眼這麼簡單的程度，但是現在，她發現自己真的沒有想要回敬她的欲望。

她想了一下，大概是因為沈倦。

其實她當時在體育場裡，不是剛過去，她差不多是從頭聽到尾。

在聽到沈倦那句「在我這裡就算了」的時候，她忽然覺得有點恍惚。

不是沒人幫她出過頭。她以前被欺負，程軼和陸嘉珩會帶著她，三個人按著那些欺負她的人揍一頓，但是那種感覺不一樣，他們是朋友，同進同退，所有事情都是一起扛著的，她打架打輸了還會被陸嘉珩嘲笑。

林語驚是頭一回感受到被人默默擋在身後是什麼滋味。

有種很奇異的，酸澀又柔軟的感覺。

柔軟完，她的第一反應是想要拔腿就跑，就像剛來到這個城市時，李叔說「妳一個小女生，這麼晚一個人在外面不安全」。

林語驚對於這種從沒接觸過的陌生善意有些茫然無措，她不知道這種時候該說些什麼。

謝謝你，沈同學，我好感動。

我他媽感動得好像有點心律不整，這個心跳快到感覺一分鐘跳了一百多下，請問你知道是怎麼回事嗎？

林語驚又想起程軼剛剛問她的問題。

『如果有一天沈倦交了女朋友，妳在這個地方唯一的一個朋友也得保持距離了，妳會不會覺得不開心？』

林語驚當時根本想都沒想，下意識就否認了，但是她確實從來沒問過他這個問題。

她去過他的紋身店，在那裡待過一夜，見過他的幾個好朋友，也從來沒見過他身邊有什麼女性出現。他在學校的時候，林語驚幾乎只見過他和何松南他們混在一起。

種種跡象都表明這個人應該單身。

但是在校外呢？兩個人見過的次數好像屈指可數。

他認識很多人，什麼都會，去哪裡都熟悉，也有很多她還不知道的另一面。

他說他就住在店裡，林語驚不知道他為什麼一個人住在那裡，不知道他家裡的情況，不知道他是不是有其它的交際圈，也不知道他那個神祕的差點打死同桌事件。

林語驚本來覺得他們已經很熟悉了，但是這麼一算，又覺得自己對他了解得太少。

她忽然有點不太確定他到底有沒有女朋友了，也許只是她從來沒見過呢？

不知道為什麼，林語驚忽然慌了一下。

她站在檢錄處，抽出手機來，傳訊息給沈倦。她斟酌了一會兒，想著要怎麼問比較好。

這問題太隱私了吧。要不要問？會不會不太好？

但我他媽都把你當朋友了！問問你有沒有對象還不行嗎！

林語驚跺了跺腳，小心地打字：沈同學，你有沒有女朋友？

她都沒發現自己有點緊張。

聞紫慧正在檢錄處等著鉛球的檢錄，林語驚蹲在旁邊的空地等著。她走的時候，沈倦還在盯著手機，所以她判斷他應該很快就會看到。

但一直等了十幾分鐘，沈倦沒有都回覆。

—下集待續—

高寶書版集團
gobooks.com.tw

YH 069
白日夢我（上）
作　　者　棲見
特約編輯　Rei
責任編輯　陳凱筠
設　　計　Ancy pi
內頁排版　賴姵均
企　　劃　何嘉雯

發 行 人　朱凱蕾
出　　版　英屬維京群島商高寶國際有限公司台灣分公司
　　　　　Global Group Holdings, Ltd.
地　　址　台北市內湖區洲子街88號3樓
網　　址　gobooks.com.tw
電　　話　(02) 27992788
電　　郵　readers@gobooks.com.tw（讀者服務部）
傳　　真　出版部(02) 27990909　行銷部 (02) 27993088
郵政劃撥　19394552
戶　　名　英屬維京群島商高寶國際有限公司台灣分公司
發　　行　英屬維京群島商高寶國際有限公司台灣分公司
初　　版　2022年 1 月

本著作物《白日夢我》，作者：棲見，由北京晉江原創網絡科技有限公司授權出版。

國家圖書館出版品預行編目(CIP)資料

白日夢我 / 棲見著. -- 初版. -- 臺北市：英屬維京群島商高寶國際有限公司臺灣分公司, 2022.01
面；　公分. --

ISBN 978-986-506-325-2 (上冊：平裝)
ISBN 978-986-506-326-9 (中冊：平裝)
ISBN 978-986-506-327-6 (下冊：平裝)
ISBN 978-986-506-328-3 (全套：平裝)

857.7　　　110005929

GOBOOKS
& SITAK
GROUP ©